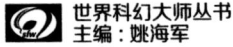

世界科幻大师丛书
主编：姚海军

The Puppet Masters

傀儡主人

〔美〕罗伯特·海因莱因　著

王金凯　刘静　译

四川科学技术出版社

图书在版编目（CIP）数据

傀儡主人 / [美]罗伯特·海因莱因 著；王金凯　刘　静 译.
－成都：四川科学技术出版社，2017. 12
（世界科幻大师丛书）

ISBN 978-7-5364-8892-2

Ⅰ.傀…　Ⅱ.①罗…②王…③刘…　Ⅲ.科学幻想小说－美国
－现代　Ⅳ.I712.45

中国版本图书馆 CIP 数据核字（2017）第 302088 号
图进字 21-2013-108 号

世界科幻大师丛书

傀儡主人

出 品 人	钱丹凝
丛书主编	姚海军
著 者	[美]罗伯特·海因莱因
译 者	王金凯　刘　静
责任编辑	宋 齐　姚海军
封面绘画	鲨鱼丹
封面设计	施 洋
版面设计	施 洋
责任出版	欧晓春
出 版	四川科学技术出版社
	四川省成都市槐树街2号出版大厦　邮政编码：610031
开 本	140mm×203mm
印 张	10.375
字 数	220千
插 页	2
印 刷	四川省南方印务有限公司
版 次	2018年1月成都第一版
印 次	2018年1月成都第一次印刷
定 价	38.00元

ISBN 978-7-5364-8892-2

罗伯特·海因莱因——首席科幻大师

姚海军

作为美国科幻的代表性人物，罗伯特·海因莱因（Robert A. Heinlein, 1907～1988）头上戴着数不清的桂冠："美国现代科幻小说之父""美国科幻空前绝后优秀作家""美国科幻黄金时代四大才子之一"……然而，这位备受推崇的世界级科幻大师之所以能走上科幻之路，却缘于一次偶然。

那是在1939年，当时的美国经济因第二次世界大战而陷入萧条，正在费城美国海军实验站担任工程师的海因莱因也被债务压得抬不起头来。恰在此时，一家科幻杂志刊出了一则科幻小说征文比赛的启事，奖金五十美元。于是，从小就是科幻迷的海因莱因写出了他的第一篇作品，并最终把它寄给了可能会给他更高稿酬的著名科幻杂志《惊奇故事》。《惊奇故事》的主编——大名鼎鼎的坎贝尔——慧眼识珠,当即以七十美元的价格买下了这篇名为《生命线》(Life-Line)的短篇杰作。

科幻史上有很多改变科幻文坛面貌的偶然,针对海因莱因的这一次,美国著名科幻评论家詹姆斯·冈恩曾这样评价:"海因莱因在三十二岁时找到了自己的职业;与此同时,坎贝尔则找到了他的明星作家。"

海因莱因的早期作品,主要是"未来史"丛书。他著名的《未来史丛书纲要》于1941年发表后,曾为许多科幻作家所仿效。以此为基础,他创作了大量的"未来史"故事,这些故事在20世纪50年代集中收录在《出卖月球的人》(The Man Who Sold the Moon)等中短篇集里。这些集子一版再版,至今仍然热销。

二战结束后,海因莱因开始在美国一流文艺刊物《星期六晚邮报》上连载他"未来史"系列的重要作品——《地球上的绿色山丘》(The Green Hills of Earth)。这次连载可算是美国科幻的一个历史性事件,它标志着科幻小说从廉价的三流读物向高级的娱乐作品的跃升。

海因莱因还写了很多少年科幻故事,其中,《伽利略号火箭飞船》(Rocket Ship Galileo, 1947)的构思为1950年的科幻电影《目的地:月球》所采用,而这部电影正是20世纪50年代科幻电影走向繁荣的起点。海因莱因随后又连续出版了《滚石太空家族》(The Rolling Stones, 1952)、《星球人琼斯》(Starman Jones, 1953)、《星兽》(The Star Beast, 1954)、《银河公民》(Citizen of Galaxy, 1957)等一系列少年科幻故事,在少年科幻小说领域赢得了受人尊敬的地位。

20世纪50至60年代是海因莱因科幻创作的鼎盛期,他连续出版了《傀儡主人》(The Puppet Masters, 1951)、《进入盛夏之门》(The Door into Summer, 1957)等一系列高水准的科幻长篇,其中,《双星》(*Double Star*, 1956)、《星船伞兵》(*Starship Troopers*, 1959)、《异乡异客》(*Stranger in a Strange Land*, 1961)和《严厉的月亮》(*The Moon in a Harsh Mistress*, 1966)为海因莱因赢得了四座雨果奖奖杯。

　　海因莱因一生创作了十多部短篇科幻小说集、三十多部长篇科幻小说，其中，《异乡异客》仅在美国就卖出了七百万册；1946年、1961年和1976年，海因莱因三次受邀担任世界科幻大会的主宾；世界科幻小说协会从1974年起开始不定期颁发"科幻大师奖"，海因莱因是第一个荣获"大师"称号的科幻作家。

　　1988年，海因莱因逝世。美国华盛顿特区为表彰他的杰出贡献，特别为他颁发了"杰出公民勋章"。

1

　　它们真的是智能生物吗？本身确有智能？我不知道，我也不知道怎样才能找到明确答案，会不会找到明确答案。我不是实验室里的研究人员，我是一名特工。

　　如果它们尚不算真有智能的话，我希望永远别看见那一天：我们不得不和既像它们、又具备真正智能的生物交手、搏斗。我知道输家会是谁，我，你——我们称为人类的这个种族。

　　对我来说，事情始于2007年7月12日一大早。电话铃声大作，像要掀掉我的头盖骨。我在自己身上上下摸索，想找到能关掉铃声的东西，随后才想起我把那玩意儿放在房间那头的上衣口袋里了。"得了，"我嘟囔着，"我听见了。把那该死的噪音关掉。"

　　"紧急情况，"一个声音在我耳朵里说道，"立即前来报到，亲身前来。"

　　我告诉他自己对付他的紧急情况去。"我正在休假，假期是七十二小时。"

"向老头子报告，"那声音坚持说道，"马上！"

不对劲。"就来。"我答道，一翻身坐起来，动作大得震疼了我的眼珠子。我发现自己对面是一个金发碧眼的女人，她也坐起来了，瞪大眼睛望着我。

"你在和谁说话？"她问。

我也盯着她，费劲地回忆我以前是否见过她。"我？说话？"我一边拖延，一边绞尽脑汁想找个适当的借口。接着，我脑子清醒了些，意识到她不可能听到另一端的谈话，所以随便编个借口就行，不一定要很得体。我们部门使用的电话不是那种标准型的，语音接收器以手术的方式植入了我左耳后侧的皮肤里——骨导体。"对不起，宝贝。"我说，"做了个噩梦。我经常说梦话。"

"真的没事？"

"一清醒过来就没事了。"我向她保证。我站起来的时候身体还有点摇摇晃晃，"你接着睡吧。"

"好吧，呵——"她几乎马上就重新进入了梦乡。我走进浴室，往自己胳膊上注射了四分之一格令①"旋转"，接踵而来的震动使劲摇晃了我三分钟，在此期间，药力发作，我精神焕发。走出浴室的时候完全焕然一新，至少看起来是这样。我拿过自己的上衣。那金发碧眼的女人正轻轻地打呼噜呢。

我让自己的潜意识向前追溯，遗憾地意识到我什么也不欠她的，于是我离开了她。房间里没有什么可以暴露我身份的东西，她连我是谁都不会知道。

我通过迈克阿瑟空间站的一间洗手间进入我们部门的办公室。你在电话簿上查不到我们部门的电话。其实，它根本不存在。我大概也不存在。一切都是幻觉。我还有另一条返回路

①重量单位。1格令＝64.8毫克

线,穿过一个狭小黑暗的商店,店招上写着:珍贵邮票和钱币。但你不要走那条路,他们只会向你兜售两便士一枚的黑美人邮票。

如果是你,哪条路线都别走。不是已经告诉过你了吗?我们不存在。

有一件事是任何国家元首都不可能知道的:他的情报机关到底怎么样。只有当这个情报机关让元首一败涂地的时候,他才可能知道。我们部门就是这样的情报机关,隐秘得像吊袜带。联合国从来没有听说过我们,中央情报局也没有听说过我们——我是这么猜的。有一次我听说,批给我们的经费名义上是拨给食品资源部的。但我不可能知道确切情况,我自己的工资全是现钞支付。

我真正了解的一切只有我所接受的训练,以及老头子指派给我的任务。有些任务挺有意思——如果你不在乎你睡在什么地方,吃什么东西,能活多久的话。我在铁幕那一边干过三年,我可以痛饮伏特加,眼皮都不眨一下;还能说一口地道俄语——还有库尔德语和其他许多难听得要命的语言。其实铁幕那边也没什么大不了的。那边有的,肖塔基的帕迪尤卡全都有,而且规模更大,更厉害。我就敢这么说。但总的来说,这份工作还行。

只要我还有点脑子,我就会辞职,找一份实实在在的工作。

那样做只有一个麻烦:我不能再为老头子干了。那可不行。

并不是说他是个温和的老板。他能说出这样的话:"孩子们,我们需要给这棵橡树施肥。跳进树根边的那个洞里,我要把你们埋进去。"

我们会照他的吩咐做的。我们当中任何一个人都会照他的吩咐做。

而老头子也真的会把我们活埋掉,只要他有百分之五十三的把握,认为那棵树正是他所培育的那株"自由之苗"的话。

我走进去,他站起身,一瘸一拐地向我走来。我又一次想道,他为什么不把那条腿重新弄好呢?我猜想,导致他腿瘸的事件是令他自豪的。当然,真正的原因我永远也不会知道。一个处于老头子位置的人只能在私下里享受这种自豪感,他的职业不允许公开赞誉。

他脸上绽开了恶作剧般的笑容。他长着一颗光秃秃的大脑袋,高高的鼻梁很结实,看上去既像撒旦,又像喜剧《潘趣和朱迪》中的潘趣。"欢迎你,萨姆。"他说,"对不起,把你从床上弄起来了。"

活见鬼,他会觉得对不起我?"我在休假。"我简短地回答说。他是老头子,可休假就是休假——而休假的机会实在不多!

"呵,你这会儿也是在休假。我们一块儿好好度个假吧。"

我不相信他所谓的"假期",因此我没有上钩。"照这么说,我的名字是'萨姆'。"我说,"那我姓什么?"

"卡瓦诺。我是你的叔叔查理——查尔斯·M.卡瓦诺,已经退休了。来见见你的妹妹玛丽。"

我已经注意到房间里还有另一个人,但只瞟了一眼,归入档案,留待将来查考。只要老头子在座,你就得把全部注意力放在他身上,除非他不想要你这么做。现在,我仔细地上下打量着我"妹妹",随后又从头到脚打量了一番。她值得我这么做。

我看得出他为什么要安排我们以兄妹关系共事。对他来说,这种安排可以免掉许多麻烦。一个训练有素的特工不会让自己的假身份露出破绽,正如一个职业演员不会有意漏掉自己的台词一样。因此,我必须把这个人当作自己的亲妹妹看待——这真是我平生所见最卑鄙的一招。

身材修长、苗条,两腿匀称。真正的哺乳动物——一看就知道,非常惹人喜爱。作为女人来说,肩膀相当宽。一头火焰般的红色鬈发,头形上宽下窄。面庞与其说美丽,倒不如说英姿勃发。牙齿既漂亮又干净。她打量着我,好像我是一扇牛肉。

我还没有进入角色,我只想像公鸡一样,奔拉下一只翅膀,绕着她打转转。这种想法一定流露出来了,因为老头子温和地说:"哎,哎,萨米①,咱们卡瓦诺家可不允许乱伦啊。你们两个都是我最喜欢的嫂子一手带大的。你妹妹非常爱你,你也非常爱你的妹妹,当然是以最健康的美国男孩的方式:健康、纯洁,豪侠仗义得让人受不了。"

"有那么可怕吗?"我问,仍旧望着我的"妹妹"。

"就是那么可怕。"

"咳,好吧——你好,妹妹,很高兴认识你。"

她伸出一只手。这手很有力,看样子和我的一样结实。"嗨,老哥。"她的声音是深沉的女低音。听这一声就够了。该死的老头子!

"我还得补充几句。"老头子继续用他那温和的声音说道,"既然你这么疼爱你妹妹,你当然会以死保护她,而且含笑九泉。我本来不想这么说,萨米,可是对组织来说,你妹妹比你更有价值,至少眼下是这样。"

"明白了,"我答道,"谢谢你婉转的陈述。"

"好,萨米——"

"她是我最喜爱的妹妹,我一定会保护她,不让狗咬她,也不让陌生人骚扰她。响鼓不用重锤。好了,我们什么时候开始?"

---

①萨姆的昵称。

"最好先在化妆室停一下。我想,他们为你准备了一副新面孔。"

"干脆给我换颗新脑袋得了。回头见。再见,妹妹。"

他们并没有给我换一颗新脑袋,但他们在我脑后突出部位植入了私人电话,再在外面粘上头发。他们把我的头发染成和我刚认的妹妹一样的发色,漂白了我的皮肤,还对颧骨和下巴做了点改动。镜子里的我和妹妹一样,变成了如假包换的红头发。我看着自己的头发,回想头发本来是什么颜色——那是许久以前的事了。然后我又想,妹妹是不是没经过改变,这就是她的本来面目。我希望是。牙齿长得真漂——打住吧,萨米!她是你妹妹。

我穿好他们给我的服装。老头子显然也去过化妆室:他现在一头鬈发,颜色介于粉色和白色之间。他们对他的面部也做了改动,我一辈子也说不上是做了什么手脚,但看上去我们三人显然有血缘关系,都是那种少见的红头发亚种。

"来吧,萨米。"他说,"时间不多。到车里我再跟你说具体情况。"我们走了一条我以前不知道的线路,出来就是发射台,高高耸立在新布鲁克林上方,俯瞰着曼哈顿火山口。

我开车,老头子说话。我们刚脱离本地控制中心的控制,他就告诉我切换到自动驾驶仪,把目的地定在艾奥瓦州的得梅因。定好之后,我去了休息室见玛丽和"查理叔叔"。他简要地讲述了我们的个人历史,加上一些符合现在情况的小细节。"这就是我们,"他说,"三个旅游者,一个欢度假期的小家庭。如果遇到意外情况,我们就这样应付,做那些爱管闲事、不负责任的旅游者惯做的所有事。"

"这次到底是什么任务?"我问,"只靠耳朵,你怎么说我们就怎么做?"

"嗯——可能吧。"

"好吧。可要是送命的话,最好知道为什么送命。我总是这么说。你觉得呢,玛丽?"

"玛丽"没有回答。她具备一种非常出色的素质:无话可说的时候就不说话。这在小姑娘当中是不多见的,值得表扬。老头子打量着我,那种看人的样子不是拿不定主意,而是在判断此时此刻的我,并将刚刚获得的数据输入两耳之间的那部机器里。

过了一会儿,他说:"萨姆,听说过'飞碟'吗?"

"啊?算不上听说过。"

"历史你总学过吧。说,说来听听!"

"你是说'大混乱'之前风靡一时的飞碟?我还以为你指的是最近发生的真事呢。那个时候的飞碟只不过是群众的幻觉。"

"是吗?"

"哦,不是吗?统计变态心理学我没怎么学过,但我记得好像有一个方程式。那整个时期都被称作精神变态期。如果哪个人精神健全,没有发癔症,他们准会给他穿上紧身衣,牢牢关起来。"

"而现在是一个全民精神健全、神志清醒的时代,对吗?"

"哦,我也不会那么夸张。"我在脑子里没有用过的那些抽屉里一阵乱翻,发现了我想找的东西,"那个方程式我想起来了——迪格比对二序和更高序列数据的评估整数方程。在排除了已经能够阐明原因的案例之后,使用该方程可以算出,飞碟是谎言的可能性高达百分之九十三点七。我之所以记得这个方程,因为这是科学史上的第一次——由政府出马,系统地收集和评估这些案例。这是某种政府项目,天知道为什么。"

老头子满脸慈祥,像个真正的叔叔。"坐稳了,萨姆,给你说件吓你一跳的事。咱们今天就去看一个飞碟。也许我们还能像真正的旅游者一样,锯下一块当纪念品呢。"

2

"最近看过新闻吗?"老头子继续说道。

我摇摇头。这问题真傻——我在休假呢。

"你该看看。"他建议说,"新闻里有不少事儿很有意思。算了。十七小时——"他看看自己的指表,说,"——二十三分钟以前,一艘不明飞船在艾奥瓦州的格林内尔附近着陆了。型号未知。大致呈碟状,直径约一百五十英尺①。来源未知,但——"

"他们找出飞船的运行轨迹了吗?"我插话说。

"他们没有。"他顿了一会儿,"这里有一张贝塔空间站拍摄的飞碟着陆后的照片。"

我看看照片,递给玛丽。照片不清晰,是那种从五千英里高空远距离拍摄的照片。大树看上去像苔藓……一团云彩的阴影挡住了照片最关键的部位。一个灰色的圆状物,可能是碟形宇宙飞船,也可能是个储油罐,或者一座水库。

玛丽把照片递过来。我说:"我看像个野外布道的帐篷。我们还知道些什么?"

①1 英尺 = 0.3048 米

8

"没有了。"

"没有了！已经十七个小时了！那儿应该已经挤满了特工，多得都快溢出来了！"

"啊，是啊。有倒是有，两个本来就在那儿，又增派了四个。他们没有发回情报。我不喜欢损失特工，特别是在一无所获的情况下。"

直到现在，我还没有停下来想想，老头子为什么亲自出马冒险。虽然看上去不像冒险，但我突然意识到形势一定非常严峻，老头子甘愿用自己的智慧来减少组织的损失——因为他就是这个部门。没有哪个认识他的人会怀疑他的勇气，当然他们也不会怀疑他的常识。他知道自己的价值，不会鲁莽行事，除非他真正相信这项工作至关重要，而且需要他用技巧亲自处理。

我突然感到一阵恐惧。一般情况下，特工有责任保住自己的小命，这样才能完成任务，把情报送回去。在这次任务中，老头子是必须平安返回的人，其次是玛丽。我是第三位，可牺牲者，价值相当于一只回形针。这我可不喜欢。

"一个特工发回了报告，但不是完整的报告。"老头子接着说，"他伪装成一个看热闹的人走了进去。他通过电话汇报说，那东西肯定是一艘飞船，但他不能确定其动力形式。这些不重要，新闻播报里也有。他随后汇报说飞船打开了，他打算走得更近一点，穿过警戒线。他说的最后一句话是，'它们过来了，它们是小生物，大约——'说到这里，通讯便告中断。"

"小人？"

"他说的是'小生物'。"

"有周边报告吗？"

"太多了。得梅因立体电视台报道了飞碟着陆，还派了一个机动小组去现场直播。他们传送过来的画面都是远距离的，从空中拍摄的。画面什么都说明不了，只是一个碟状物。接着，在大约两个小时的时间里，既没有画面，也没有消息，后来才传来后续报道和新的新闻侧重点。"

老头子闭上了嘴。我说："后续报道是怎么说的？"

"整件事是一场恶作剧。所谓'飞船'，是农场的两个小伙子在离家不远的树林里用金属板和塑料做的，是个骗局。虚假报道源于一个播音员。此人幽默感过剩，判断力不足，他指使小伙子们捏造了这条新闻。他被解雇了，这次'外太空入侵'于是成了个笑话。"

我不安地挪动身体，"原来是恶作剧——可我们损失了六个人。我们这是去找他们吗？"

"不，我们是找不到他们的。我们要去弄清楚，为什么这张照片的三角定位——"他举起从空间站拍摄的远距离照片，"——和新闻报道不完全相符。还有，得梅因立体电视台为什么有一段时间中断了广播。"

玛丽第一次开口说话："我想和那两个农场小伙子谈谈。"

我驾车沿格林内尔一侧在路上开了五英里，我们开始寻找麦可莱恩农场——新闻报道点出了捣蛋鬼的名字：文森特和乔治·麦可莱恩。那地方并不难找。三岔路口有一块很大的标牌，上面写着：通往飞船。从标牌外观看是专业人员制作的。不久，就能看到公路两旁停放着各种两栖车、越野车和三栖飞机。麦可莱恩农场的拐角处有几个匆匆忙忙搭建起来的售货亭，出售冷饮和礼品。一位州警正在指挥交通。

"停下。"老头子指示说，"咱也瞧瞧热闹？"

"好的,查理叔叔。"我附和说。

老头子跳下车,手里摇晃着手杖,几乎看不出他是瘸子。我递给玛丽一只手,把她扶出来。她紧紧偎着我,抬头看着我,装出一副笨头笨脑的淑女样子,"好哥哥,你劲儿可真大。"

我装出洋洋得意的样子,心里直想扇她一耳光。她这一套把戏称为"小可怜",是一个特工,而且是老头子手下的特工使出来的。这是真正的扮猪吃老虎。

"查理叔叔"四下里兴奋地和人交谈,絮絮叨叨地把州警烦得要死,一个劲儿地把自己的看法强加给别人,随后又在一个售货亭买了几支雪茄。总而言之,给人一种外出度假的有钱傻瓜的印象。他回到我们身边,朝那位州警晃了晃手中的雪茄。"那位警督说这完全是一场闹剧,亲爱的——孩子们想出来的恶作剧。咱们走吧?"

玛丽有点失望,"没有宇宙飞船?"

"倒是有一艘飞船,如果你愿意那么叫的话。"警察说,"跟着那些笨蛋,你就能看见了。还有,是'警长',不是'警督'。"

"查理叔叔"硬塞给他一支雪茄,然后我们就出发了,穿过一片草地,进入树林。进门要花一美元,许多潜在的上当受骗者于是就此止步,返回了。穿过树林的小路很荒凉。我小心翼翼地向前走,真希望我脑袋后面安装的是眼睛,而不是电话。按照情况介绍的说法,六个特工走下这条路,没有一个回来的。我可不想让这个数字变成九。

查理叔叔和妹妹走在前面,玛丽像个傻瓜一样喋喋不休,不知怎么搞的,她竟然让自己显得比旅程开始时更矮,更小。我们来到一片空地,"飞船"就在那里。

大小挺像那么回事,一百多英尺宽,是用薄金属和塑料板拼起来的,上面喷了一层铝合金。大致是两个巨大的糕点盘扣在一起的形状。除此之外,它跟其他任何东西都没什么相似之处。可玛丽还是尖叫起来,"哎呀,太让人兴奋了!"

一个十八九岁的小青年,脸上长满青春痘和褪不了的雀斑,从这个大怪物顶上的一个类似舱口的东西里探出脑袋。"想看看里面吗?"他喊道。很快又补充说,想进去的话,每个人得再加五十美分。查理叔叔付了钱。

玛丽在舱口犹豫不决。青春痘小伙子与另一个和他像双胞胎的小伙子一起把她往里送。她缩了回来,我进去了,速度很快。我可不想让别人塞进去,这一点,百分之九十九出自我的职业训练。我能感觉到,这个地方到处充斥着危险。"里面好黑哟。"玛丽颤抖地说。

"这里非常安全。"第二个小伙子说,"我们整天都在接待观光者。我是文斯·麦可莱恩,也是这东西的所有者。来吧,女士。"

查理叔叔通过舱口往里看,像一只小心翼翼的老母鸡。"里面可能有蛇。"他说,"玛丽,我看你最好别进去。"

"没什么可怕的。"第一个麦可莱恩坚持说,"就像在家里一样安全。"

"钱你们留下吧,两位先生。"查理叔叔瞟了一眼自己的指表,"哟,我们已经晚了。走吧,亲爱的。"

我跟着他们回到小路,一路上怒气冲冲。

我们回到车里,我把车开上公路。开动之后,老头子厉声问道:"你看到什么了?"

我反问:"你对第一份报告有怀疑吗?就是中断的那一次?"

"没有。"

"林子里的那玩意儿,一个特工是不会上当的,就算天黑的时候也不会。这不是他看见的那艘飞船。"

"当然不是。还有什么?"

"你说那个假家伙能值多少钱? 金属板是新的,油漆是刚刷的。就我从舱口看到的情况来看,大概还用了一千英尺左右的木料,撑着它别倒下去。"

"接着说。"

"还有,麦可莱恩家的住宅已经多年没有漆过了,谷仓也没有。那地方一大股'待售'的气味,随便哪儿都闻得到。如果搞恶作剧的是那两个小伙子,穷成这样,他们肯定付不起那份账单。"

"显然是这样。你看呢,玛丽?"

"查理叔叔,你注意到他们对待我的样子了吗?"

"谁?"我喝问道。

"州警和那两个小伙子。每次我使出'甜美性感的小东西'那一套时,总会奏效。可这次没有。"

"他们都很专心。"我反对说。

"你不理解。你理解不了——但我知道,这种事我懂。他们不对劲。他们的内心麻木了。明白我的意思吗? 像太监一样。"

"被催眠了?"老头子问道。

"可能。也许是药物。"她皱着眉头,迷惑不解。

"唔——"他说,"萨米,到前面那个路口向左拐。我们要调查一个地方,向南两英里。"

"远程照片三角定位的地方?"

"还能是哪儿?"

但我们没能开到那里。先是一座桥塌了,地方太狭小,就算不理会两栖车地面交通规则方面的小事,也没有足够的空间让车子跃过去。我们绕到南面,又一次开进来。除了那座桥,这是仅有的另一条路。有位警察站在那里,还有绕道行驶的标牌。我们停了下来。一场小规模火灾,他告诉我们。再往前走,我们很可能会被召去救火。他不知道该怎么办,按理说应该把我派进去当义务救火员。

玛丽朝他展示着忽闪忽闪的长睫毛,还有其他部位。他投降了。她指出,她和查理叔叔都不会开车:一句话便撒了两次谎。

我们离开后,我问她:"这个怎么样?"

"你说他吗?"

"太监?"

"哦,天啊,不! 一个最有魅力的男人。"

她的回答让我很恼火。

老头子不允许飞上天空,从空中穿过那个三角定位的地方。他说这么做毫无意义。我们朝得梅因驶去。我们没有把车停在收费站,而是付了钱,把车开进城里,停在得梅因立体电视台的主演播厅。"查理叔叔"气势汹汹地闯进总经理办公室,我们紧紧跟在他身后。他撒了几次谎——但没准儿查尔斯·M.卡瓦诺真的是联邦无线电管理局的大人物,我怎么会知道呢?

进去关上门之后,他继续摆着高级官员的官架子。"说吧,先生,关于飞船骗局的这些胡说八道到底是怎么回事? 说实话,先生。我警告你,你的执照就看你今天的表现了。"

经理是一个个头不高、肩膀圆滚滚的人,看样子他没有被吓住,只是有点心烦意乱。"我们已经在频道上作了详尽解释。"他说,"我们也是牺牲品,上了一个内部人员的当。那家伙已经被开除了。"

"这还不够,先生。"

这个名叫巴恩斯的小个子耸耸肩,"你想怎么样?我们还能捆住他的两只大拇指把他吊起来不成?"

查理叔叔用手中的雪茄指着他,"我警告你,先生,我可不是随便就能蒙混过去的,我一直在亲自调查这件事。我就不相信,两个农场的乡巴佬,还有一个小播音员,就能弄出一个如此荒谬的骗局。这里面有钱,先生,是的,先生——钱。钱的问题,我该上哪儿追查?当然是上层。现在告诉我,先生,你到底——"

玛丽坐在紧靠巴恩斯桌子的地方。她对自己的装束做了一点改变,露出更多肌肤。她的姿势让我想起了戈雅的《脱了衣服的女人》。她给老头子打了一个拇指朝下的手势。

巴恩斯本该看不见的,他的注意力似乎集中在老头子身上。可他看见了。他转向玛丽,脸上的表情僵住了。他的手伸向自己的桌子。

"萨姆!杀了他!"老头子厉声命令道。

我打断了他的双腿,他的身体倒在地板上。这一枪打得不准,我本想射他肚子的。

他的手指还在四处摸索,我迅速跨过去,一脚踢开他手指旁的手枪。为了解除他的痛苦,我正要再给他补一枪——一个人被子弹射成这样肯定活不成,但他还得过上一会儿才会死——老头子叫道:"别动他!玛丽,站远点!"

我们照办了。老头子侧着身子,像一只猫一样缓缓接近那具尸体,小心翼翼地审视着我不知道的什么东西。巴恩斯呼噜呼噜吐出一口气,随后一动不动了——休克死亡。枪灼伤是不会流很多血的,不会流那么多。老头子打量着他,用手杖轻轻戳了一下他的身体。

"头儿,"我说,"该走了。"

他头也没回地说:"我们在这里和在其他地方一样安全,也许更安全。它们在这幢楼里,挤满了。"

"什么挤满了? 它们是谁?"

"我怎么知道? 挤满了它这种东西,无论它是什么东西。"他指指巴恩斯的尸体,"这就是我必须亲自查明的。"

玛丽发出一声哽咽。就我所知,这是她第一次表现出女性的真实情感。她倒抽一口气,"看,它还在呼吸!"

尸体面朝下,上衣的后面起伏着,好像胸部在一呼一吸。老头子看着尸体,用手杖戳了一下。"萨姆,过来。"

我走过去。"脱下它的衣服。"他说,"戴上手套,小心点。"

"身上预设了诡雷?"

"闭嘴。用心。"

我不知道当时他想发现什么,但他一定产生了一种很接近事实的预感。我猜老头子大脑底部有一个内置的合成器,能从微不足道的事实中推断出符合逻辑的必然结果,就像博物馆的家伙能从一块骨骼再造已经灭绝的动物。

我遵命行事。先戴上手套——特工专用。戴上这种手套,我可以用手搅动沸腾的酸液,也可以在黑暗中摸出硬币的正反面。我开始把它翻过身来,脱它的衣服。

背部仍在起伏,我可不喜欢看这模样——不自然。我把手掌放在尸体肩胛骨之间。

人的背部是由骨骼和肌肉组成的。可这东西像果冻一样柔软,还在颤动。我嗖地缩回手。

玛丽一言不发,从巴恩斯桌上拿起一把漂亮剪刀递给我。我接过剪刀,剪开上衣,拉开。我们看着剪开的部位。上衣下面只穿了一件薄薄的衬衣，几乎是透明的。有东西，在衬衣和皮肤之间，从脖子到后背的一半，不是肌肉。几英寸厚，使尸体的肩膀看上去圆鼓鼓的，或者说多少有点佝偻。

它搏动着，像水母。

就在我们的注视下，那东西从背上向下滑去，看不见了。我伸手想剥开衬衣，看个清楚。老头子的手杖敲开我的手。"你拿主意吧。"我揉着手指说。

他没有回答，把手杖的底端插进衬衣的下摆挑了起来，亮出下面的东西。

灰白色、半透明，光线透进去，可以看出内部结构的颜色较深，说不出是什么形状——我觉得像一堆巨大的凝在一起的青蛙卵。这东西显然是活的，它在搏动，在震颤，在流动。我们看着这东西流到巴恩斯胳膊和胸脯之间，填满那里，然后再也前进不了了。

"可怜的家伙。"老头子轻声道。

"什么？那东西？"

"不，是巴恩斯。等这件事了结了，记得提醒我给他发一枚紫心勋章。如果这件事还能了结的话。"老头子挺直身板，一瘸一拐地在房间里走来走去，似乎完全忘记了巴恩斯臂弯里那团灰白色的、可怕的东西。

我往后退了一点，继续盯着那东西，手枪随时准备开火。这东西不会动得很快，显然也不会飞。但我说不清它能做什么，我不想冒险。玛丽靠近我，肩膀贴在我的肩膀上，似乎想得到一点安慰。我的手搂住她的肩膀。

旁边桌上有一堆摆放不整齐的罐子，是那种装立体声磁带的罐子。老头子拿了一个装着节目带的罐子，把磁带倒在地板上，拿着罐子过来了。"我看这就行了。"他把罐子也放在地板上，紧靠着那东西，开始用手杖戳它，想把那东西惹恼，让它爬进罐子里。

但那东西却蠕动着，几乎完全钻到躯体的下面。我抓住尸体的另一只胳膊，把巴恩斯身体的其余部分挪开。那东西紧贴着尸体不放，过了一会儿才"噗"的一声落在地板上。按照亲爱的查理叔叔的指示，玛丽和我把枪定在最小能量上，烧着了紧挨那东西的地板，迫使它进入罐子。总算把它弄进去了，刚好能装下，我"啪"的一声扣上盖子。

老头子把罐子夹在腋下，说："上路，亲爱的。"

出来的时候，他在半掩的门旁向巴恩斯大声道别，关上门后，他在巴恩斯秘书的办公桌前停下。"我明天还要见巴恩斯先生。"他告诉她，"不，没有预约。我会先打电话的。"

我们出来了，走得并不快。老头子用胳膊夹着装得满满当当的罐子，我则警觉地竖起耳朵。玛丽装出一副傻乎乎的模样，嘴里唠唠叨叨，滔滔不绝。老头子还在大厅里停下来，买了一支雪茄烟，问了路，活像个多嘴多舌、妄自尊大的好老头。

一上车，他就指点我向哪儿开，又提醒我不要开快车。按他指点的方向，我们来到一家汽车修理厂。老头子叫来经理，对他说："马隆先生想要这辆车——马上就要。"这是我过去也偶尔用过的暗号，不过我用的时候，急着要车的是一位谢菲尔德先生。我知道这辆双栖车二十分钟内就会不复存在，成为配件箱中来历不明的零部件。

经理打量了我们一番，然后平静地说："穿过那道门。"他支开屋里的两个修理工，我们穿过了那道门。

出来之后，我们已经置身于一套名义上属于一对年迈夫妇的公寓。在这里，我和玛丽成了黑头发，老头子又恢复了秃顶。我要了一副八字胡，但这并没有改变我的外观。我吃惊地发现，玛丽变成黑头发以后同样漂亮。"卡瓦诺"家庭不复存在了。玛丽一副时髦的护士打扮，我穿上了司机的制服，而老头子则成了我们年迈体弱的顾主，加上一件披巾和满肚子脾气，他的新形象就大功告成了。

我们刚刚准备好，一辆车已经在等着我们了。返程没有什么麻烦，我们本可以不用费事，依旧保留红发卡瓦诺的身份。我开着荧光屏，频道一直调在得梅因电视台。不知警察有没有发现死去的巴恩斯先生，反正做新闻的还没有听说这件事。

我们直接去了老头子的办公室——或者说，在这个曲里拐弯的地方尽可能地直接。在那儿打开罐子。老头子派人去叫格雷夫斯博士，他是部门生物实验室的主任，他的设备五花八门，很称手。

我们没有使用操作设备。我们需要的是防毒面具，而不是操作设备。一股有机物腐败的恶臭弥漫在房间里，就像坏死的伤口发出的臭气。我们不得不赶紧关上盒子，加大排气扇的转速。格雷夫斯抽了抽鼻子，"那玩意儿到底是什么？"他问道，"让我想起了死孩子。"

老头子轻声咒骂着，"这就是需要你来弄清楚的问题。用最好的设备，工作时穿上防护服，在无菌环境里操作。还有，不要认定这玩意儿是死的。"

"那东西要是活的，我就是安妮女王。"

"说不定你真是安妮女王。不要碰运气。以下是我能给你提供的所有情况：这是一种寄生物，可以把自己依附在寄主身上，比如说依附在人身上，而且还能控制寄主。差不多可以断定是源于地球以外的物种，具备新陈代谢功能。"

实验室的老板轻蔑地说："地球以外的寄生物依附在地球的寄主身上？荒唐！人体内的化学物质肯定会排斥它。"

老头子恼怒地说："让你的理论见鬼去吧。我们抓住它的时候，它寄生在一个人身上。如果这意味着它是地球上的有机体，告诉我它是哪个生物类别，在哪儿交配。别仓促得出结论，我要事实。"

生物学家挺直身体，态度僵硬地说："你会得到的！"

"去吧。等一下——研究的时候用量要适当，我还要把这东西的大部分留作证据呢。另外，不要坚持你那愚蠢的假设，认为这东西已经死了。现在这股子香味也许是一种保护它的武器。只要活着，那东西相当危险。如果它依附在你的实验人员身上，几乎可以肯定，我会被迫杀了他。"

实验室主任没有再说什么，他离开的时候，身上的锐气减了不少。

老头子坐在自己的椅子上，叹了口气，闭上眼睛，看上去像是睡着了。玛丽和我都没说话。过了大约五分钟，他睁开眼睛看着我说："博士刚才从这儿带走的东西，那臭烘烘的玩意儿，假设那种东西大致都是那个体积，一艘和我们看到的假货飞船同样大小的飞船能装多少？"

"究竟有没有飞船还说不定呢。"我说，"证据似乎不充分啊。"

"证据虽然不足，但却是无可辩驳的。那儿原先有一艘飞船，现在仍然有一艘飞船。"

"我们当时应该检查一下现场。"

"那样的话,那个现场就是我们活着看到的最后一个地方。另外那六个小伙子也不是傻瓜。回答我的问题。"

"我回答不了。船有多大说明不了有效载重,因为我不知道飞船的推进方式、航行距离,以及乘客所需要的补给品重量。这就像问我一根绳子有多长一样。要是你想让我胡猜一下,我得说,好几百,也许好几千。"

"嗯……对。这么说,今天晚上,艾奥瓦州就有好几百,也许好几千个被控制的僵尸。或者按玛丽的说法——太监。"他想了一会儿,"可我怎么才能从这批太监身边通过,进入后宫呢?我们总不能四下里乱跑,把艾奥瓦每一个圆肩膀的人都开枪杀了吧。人家会说闲话的。"他微微一笑。

"我再给你提一个找不出答案的问题。"我说,"如果一艘飞船昨天在艾奥瓦州着陆,明天还会有多少艘在北达科他州着陆?或者说在巴西着陆呢?"

"对,有这个问题。"他看上去更加忧心忡忡了,"我就用你那个绳子有多长的问题来回答你吧。"

"啊?"

"长得足以勒死你们。你们两个孩子,去洗洗,享受一下吧,说不定不会再有这样的机会了。别离开办公室。"

我回到化妆室,恢复了皮肤的颜色,也恢复了正常的相貌。我泡了个澡,又按摩了一下,随后来到工作人员的酒吧,想来点喝的,也想找个伴儿。我四下里看了看,虽然不清楚我寻找的姑娘是金发、黑发,还是红头发,但有一点相当肯定,我能一眼认出她来。

是红头发。玛丽坐在一个火车座里,喝着一杯饮料,看上去和作为妹妹介绍给我的时候差不多。"嗨,妹妹。"我来到她身边。

她笑道："你好，老哥。来杯烈点儿的。"她挪了挪身子，为我腾出地方。

我叫了波旁威士忌加水，我拿这种酒当药喝，随后说："这就是你的真面目吗？"

她摇摇头，"根本不是。其实我长着斑马条纹，两个头。你呢？"

"我妈妈第一眼看到我的时候，就用枕头把我闷死了，所以我没有机会知道。"

她又一次像看一扇牛肉那样审视着我，然后说道："我能理解你妈妈的做法，我也许比她更冷酷。你也会的，老哥。"

"谢谢。"我说道，"我们别再装成一对兄妹了，这种关系的抑制性太强。"

"嗯……我看你需要抑制抑制。"

"我？一点也不需要。我从来没有暴力倾向，温和得很，是那种'巴吉斯愿意①'型的。"我得再说一句，假如我把手放在她身上，而她正好又不喜欢，收回来时手肯定被砍掉，只剩下一截血淋淋的残肢。老头子的孩子们绝不会是娘娘腔。

她笑了，"巴吉斯先生愿意又怎么样？好吧，你记住，巴吉斯小姐不愿意，至少今天晚上不行。"她放下杯子，"我们干了，再来一杯。"

我们又要了一杯，继续坐在那里，感觉暖洋洋的，很舒服。此时此刻，十分放松。特别是在我们这个行当中，这种时光并不多，值得细细品味。

玛丽身上最让人喜欢的一点是她不会拿性当工具，除非是为了工作。我想她知道——肯定知道——自己所拥有的资本，

━━━━━━━━

①语见《大卫·科波菲尔》。老实的马车夫巴吉斯不敢向自己的爱人表明心迹，便请幼年大卫·科波菲尔转告爱人辟果提，"巴吉斯愿意。"

可她很有绅士风度，不会滥用自己的天资。只把这种性诱惑力调到最小，让我们俩都觉得暖烘烘的，同时又不紧张，很舒服。

我们坐在那里，没有多说什么。我开始想，如果她像个家庭主妇似的坐在壁炉一侧，看上去一定很漂亮。干我们这一行的，没有谁会当真考虑结婚的事儿——说到底，漂亮姑娘不过是漂亮姑娘而已，有什么值得大惊小怪的？玛丽本人也是个特工，和她谈话不会像在大山里一样，只能得到空空洞洞的回音。我意识到，自己已经孤独了很长、很长一段时间了。

"玛丽——"

"什么？"

"你结婚了吗？"

"啊？为什么问这个？事实上，还没有——现在没有。可这和你——我是说，这有什么关系吗？"

"哦，也许有。"我固执地说。

她摇摇头。

"我是认真的，"我继续说道，"好好看看我。四肢健全，还算年轻，又不会把脚上的泥踩得满屋都是。这方面说不定你还不如我呢。"

她笑了起来，她的笑是善意的。"这段说辞大有改善的余地，肯定是临时现编出来的。"

"对。"

"那我就不怪你了，就当你没说过。听着，色狼，你的段数太低了。就因为一个女人告诉你她今晚不和你睡觉，你就昏了头，要和她订下合同。有些女人会卑鄙地抓住这个把柄不放的。"

"我是认真的。"我生气地说。

"认真又怎么样？你给我开多少工资？"

"我诅咒你那双漂亮的眼睛。如果你要那种合同,行,照你说的办。你的工资你自己留着,我再把我的工资分一半给你……除非你不要。"

她摇摇头,"我不是这个意思。我是不会签这种财产合同的,不会和一个我愿意同他结婚的男人——"

"我看你也不会。"

"我只是想让你明白你自己也不是认真的。"她冷静地打量着我,"但也许你是认真的。"她柔声补充道。

"我是认真的。"

她又一次摇头,"特工不应该结婚。这你知道。"

"特工不应该和别人结婚,但可以和特工结婚。"

她正要回答,又突然停了下来。我的电话也在耳朵里响起来,是老头子的声音,我知道她收听的也是同样的内容。"到我的办公室来。"他说。

我们俩站起来,一言不发。玛丽在门口拦住我,一只手放在我的胳膊上,注视着我的眼睛。"这就是不能谈婚论嫁的原因。我们手里有这件工作要完成。我们聊天的时候,你和我一样,脑子里一直想着这件工作。"

"我没有。"

"别跟我开玩笑!想想吧,萨姆——假设你结了婚,醒来的时候发现那东西在你妻子的肩膀上,控制了她。"她眼睛里充满恐惧,"也可能是我,醒来时发现这东西在你的肩膀上。"

"我要碰碰运气。还有,我不会让这东西靠近你。"

她摸了摸我的脸颊,"我相信你。"

我们走进老头子的办公室。

他抬头看着我们说:"走吧,我们得走了。"

"去哪儿?"我问,"或许,我不该问?"
"白宫,见总统。闭嘴。"
我闭上了嘴。

3

森林大火或瘟疫一开始的时候,在一段很短的时间内,只要采取一点点正确的行动就能控制住局势,否则就会产生灾难性的后果。搞科学的伙计用指数方程来描述这个阶段,但没有数学知识一样能理解这一点。最重要的就是抢在失控之前做出早期判断,采取果断措施。老头子早已认清总统必须采取哪些措施——宣布全国进入紧急状态,封闭得梅因地区,击毙任何企图逃跑的人,无论逃跑者是一只狩猎小猴犬,还是一个拿着饼干桶的老奶奶。然后,让里面的人一个一个出来,脱掉他们的衣服,寻找寄生虫。与此同时,负责火箭的伙计们和太空站利用雷达识别新的着陆点,粉碎任何一次新的着陆行动。

向其他国家发出预警,寻求他们的帮助——现在不是为国际法的条文磨嘴皮的时候,这是为种族的生存与外层空间的入侵者做斗争。眼下,它们来自何方并不重要——无论是火星、金星、木星,或者干脆是太阳系以外。最重要的是击退入侵。

老头子解开了难题,分析了案情,仅用二十四小时多一点的时间就获得了正确的答案。他能够以不常见的、让人震惊的事实为基础,进行逻辑推理,就好像推理基础是习见习闻的寻常事一样。这就是他人所不及的才干。不算什么? 我从来没有遇到过一个能够全心全意将这种推理方法付诸实践的人。只要面对与基本信条相悖的事实,大多数人都会懵了头,无法思考了。无论笨蛋还是自以为有高级文化教养的人,遇到这种情形以后都是相同的反应,只能吐出一句话:"我简直不敢相信。"

但老头子可不是这样——而且,总统一向听他的。

负责总统安全的秘情局警卫认真检查了我们,态度彬彬有礼。X光机发出"嘟嘟"的响声,我交出了手枪。虽然玛丽身上穿的衣服就连一张税单都藏不住,可她却是一座移动军火库:机器发出了四次"嘟嘟"声,外加一次像打嗝的声音。老头子不等别人吩咐就交出了自己的手杖。我看出来了,他不想让自己的手杖通过X光检查。

我们的植入式通话器让他们很费了一番工夫。无论X光还是金属探测器都显示出了通话器,但这些警卫不可能给我们做外科手术。卫队长和总统秘书当即举行了一次会谈,最后认定,任何植入肌肤的东西都不能视为潜在的武器。

他们取了我们的指纹,留下了我们的视网膜照片,把我们领进接待室。老头子立刻被带走,单独晋见总统。

"不知为什么非得带上我们。"我对玛丽说,"我们知道的一切老头子都知道。"

她没有回答。过了一会儿,我们被带了进去。我发现自己太怯场了,竟然绊了一下。老头子介绍我们时,我结结巴巴说了些什么,玛丽鞠了个躬。

　　总统说他很高兴接见我们,他面带微笑,就是你在立体电视节目中看到的那种笑容——让我们觉得见到我们他确实很高兴。我感到心里热乎乎的,不再觉得尴尬了。

　　我也不再担心了。总统将在老头子的帮助下采取行动,我们见到的令人厌恶、引起恐慌的东西将被彻底清除。

　　老头子命令我汇报在这次任务中我所做的一切,以及我的所见所闻。我言简意赅地做了汇报。

　　讲到枪杀巴恩斯的时候,我试图从他的目光中捕捉点什么,可他没有任何情感的流露——于是,我没有提老头子命令开枪射击的事,清楚地说明我开枪是为了保护另一个特工——玛丽——因为我看到巴恩斯伸手去掏枪。老头子打断我的话:"完整地汇报。"

　　于是,我又说到老头子命令开枪。总统对老头子的纠正投去赞许的目光,这是他唯一流露出来的表情。我继续谈到寄生虫的事,我接着讲是因为到目前为止没有人让我停下来。

　　接着是玛丽汇报。她尴尬地试图向总统解释她为什么期待着常人的某种反应——然而麦可莱恩兄弟、警长和巴恩斯却没有出现这种反应。总统帮了她一把,对她温和地一笑,在保持坐姿不变的情况下向她微微一躬,道:"我亲爱的年轻女士,我完全相信。"

　　玛丽满脸通红,继续汇报。总统严肃地听着。她说完之后,他问了几个问题,然后一言不发,静静地坐了好几分钟。

　　他抬头对老头子说:"安德鲁,你的部门一直是无与伦比的。在历史的紧要关头,你们的报告至少两次打破了平衡。"

　　老头子哼了一声,"这么说,你的回答是'不'。对吗?"

　　"我没有这样说。"

"你就要这样说了。"

总统耸耸肩,"我本来想建议你的这两位年轻人先出去一会儿,但眼下已经没这个必要了。安德鲁,你是一个天才,但即使是天才也会犯错误,比如劳累过度,丧失了判断力的时候。我不是天才,但我四十年前就学会了放松。你上次休假到现在有多久了?"

"让你的休假见鬼去吧!听我说,汤姆,我早就料到了,所以我才带来了证人。他们既没有吃药,也没有受人指使。把你的心理分析小组叫进来,看看他们说的话是真是假。"

总统摇了摇头,"你是不会把那些不堪一击的证人带来的。我相信,对于这种事情,你比我找来测试他们的任何人都要聪明得多。就拿这个年轻人来说吧——为了保护你,他情愿冒接受谋杀指控的危险。你很能激起部属对你的忠诚啊,安德鲁。至于这位年轻女士,安德鲁,我不能根据一个女人的直觉发动一场战争。"

玛丽向前迈了一步,非常恳切地说道:"总统先生,我真的知道这种事。每次都知道。虽然我不能向你说明我是怎么知道的——可那些人绝不是正常的男人。"

总统犹豫了一下,然后回答道:"我不和你争。可是,你没有考虑一种显而易见的解释——也就是说,他们确实是,呃,'太监'。原谅我,小姐。人群中始终存在这种不幸的人。按照机遇法则,你一天之内碰到了四个。"

玛丽不吭声了,老头子却不然。"见鬼,汤姆——"我吓了一跳,这样跟总统说话可不行啊,"——你还在参议院调查委员会的时候我就认识你了,我还是你主持的调查活动中的主要成员。你知道,如果这件事解释得通的话,用任何别的方法解释得通,我绝不会让你听这么一个童话故事。但事实不容忽视,他们必须被消灭,必须认真对待。那艘飞船到底是什么?里面到底有什么?我为什么连着陆点也靠近不了?"他抽出一张从贝塔太空站拍摄的照片,一下子捅到总统鼻子下面。

总统泰然自若。"噢,对,事实。安德鲁,你我向来热衷于事实。但除了你的部门,我还有几个别的情报来源。就拿这张照片来说——你打电话的时候非常强调这张照片。我已经查过了。根据当地法院的记录,麦可莱恩农场的边界与这张照片上三角定位的经纬度完全相符。"总统抬起头来,"有一次我心不在焉地早拐了一个街口,竟然在自己住的地方迷了路。那个地方离你熟悉的地区很远,安德鲁。"

"汤姆——"

"怎么,安德鲁?"

"你没有跑到那儿亲自核对法院的地图吧?"

"当然没有。"

"感谢上帝——否则的话,你的肩胛骨中间此刻就会长着一个三磅重的像凉粉一样跳动的东西——上帝保佑美国!有一件事你可以肯定:那个法院书记员,或是你派去的任何人,此时此刻都被这种可恶、肮脏的寄生虫牢牢控制着。"老头子眼睛盯着天花板,"是啊,得梅因的警长、报社的编辑、交通调度员、警察,各行各业的关键人物都在场。汤姆,我不知道我们要对付的是什么东西,可它们对我们却了如指掌。没等我们获得真实情况,它们就控制了我们社会肌体的神经细胞——用假报告掩盖了真报告,用的就是它们对付巴恩斯的办法。总统先生,你必须立刻下令对整个地区进行最严格的检疫。没有别的办法!"

"巴恩斯,"总统轻声重复了一遍,似乎没听见老头子的其他话，"安德鲁，我本来希望不至于弄到这一步，可——"他停下来，按下办公桌上的一个键，"给我接得梅因的立体电视台，经理办公室。"

办公桌上的屏幕很快亮了。他按了另一个键，墙上的立体屏幕也亮了。我们看到的是几小时前曾经进去过的房间。

房间是越过一个男人的肩膀看到的。这个男人几乎占据了整个画面——巴恩斯。

也许是他的孪生兄弟。我要是杀了一个人，我自然认为他会老老实实当他的死人。我震惊不已，但我仍然相信自己——以及我的手枪。

屏幕上的人说："你找我吗，总统先生？"听上去，他好像被这种殊荣惊呆了。

"对，谢谢。巴恩斯先生，你能认出这几个人吗？"

他看上去很惊讶，"恐怕不能。我该认出他们吗？"

老头子插话道："让他把办公室的人都叫到镜头前来。"

总统有点疑惑，但还是照他说的做了。"巴恩斯"看起来有点不解，但也照办了。他们走进来，多数是女孩子，我认出了坐在经理办公室门外的那个秘书。他们当中有人尖叫起来："哇——是总统。"传来一片嗡嗡的交头接耳声。

没有人认出我们——没有认出老头子和我不足为奇，但玛丽的外表和在那间办公室时是一样的，我敢断定，她的外表会给任何见过她的女人留下深刻印象。

但我注意到一件事——他们所有人的肩膀都是圆滚滚的。

总统陪我们走出来。他揽着老头子的肩膀说："休假吧，安德鲁，我是认真的。"他的脸上露出了大家熟悉的笑容，"共和党是不会倒台的——瞧我的吧。尽管提心吊胆，但我还是可以坚持到你回来的时候。”

十分钟后，我们站在罗克溪平台上。老头子萎靡不振，第一次显得老态龙钟。“现在怎么办，老板？”

“啊？对你们俩来说，没事了。放假。”

“我倒是想再看看巴恩斯的办公室。”

“不要接近那个地方，不要去艾奥瓦。这是命令。”

“嗯——你打算干什么，我能问问吗？”

“总统的话你也听见了。我要去佛罗里达，躺在阳光下，等待世界末日的来临。如果你还有点脑子的话，你也会和我一样。享受的时间不多了，真见鬼。”

他挺起身子，拖着沉重的脚步走了。我转身要对玛丽说话，可她已经走了。老头子的提议听上去很不错。我的脑子里突然闪出了这样的念头：只要跟她在一起，等待世界末日的来临也没有那么糟糕。

我飞快地四周扫视了一下，没有看见她。我跑向前去，追上了老头子，“请原谅，老板。玛丽去哪儿了？”

“什么？放假了，毫无疑问。不要来烦我。”

我正要通过部门的线路与她联系，突然想到我不知道她的真实姓名，也不知道她的代码和身份号码。我想通过描述她的特征来找她，可这太愚蠢了。只有通过化装整容部门的档案才能知道一个特工原先的模样——而他们是不会告诉你的。对她，我只知道她两次出现时都是红头发，至少有一次是自愿选择的。这一点很对我的胃口。我觉得，她就是所谓“男人们争斗的原因”。真想把这句话作为查询条件！

我没有那样做，只找了间过夜的房间。找到房间后我想，为什么不离开首都回我自己的公寓去呢？随后又想，那个金发碧眼的女郎是不是还在我的公寓里。我又想，那金发女郎到底是谁？接着我就睡着了。

4

　　傍晚的时候,我醒了。这房间有一扇真正的窗子——部门发放的报酬很优厚,因此我多少可以奢侈点。我眺望窗外,入夜的首都充满生机。河流拐了一个大弯,绕过纪念碑。正值夏日,他们在华盛顿特区的水面上增加了荧光灯,这条河于是成了一条蜿蜒的玫瑰色、琥珀色和艳绿色的彩带,像燃烧的火焰,十分耀眼。小小的游船在五光十色的水面上穿行。我敢断言,每条船上都少不了正在寻欢作乐的狗男女。

　　陆地上,夹杂在古老建筑中,水泡般的圆形屋顶灯火辉煌,城市看上去就像色彩艳丽的人间仙境。整个地区好似一篮子复活节彩蛋——一片从内部燃亮的复活节彩蛋。

　　由于工作关系,我常看首都的夜景。虽然我喜欢这地方,但以往并没有多想。而今晚,我却产生了一种良辰难再的感觉。这里太美了,美得让人心疼。但让我喉头哽咽的并不是这座城市的美,而是我知道,在这灿烂的灯光之下,活生生的人们本分地工作、做爱或争吵,无论什么适合他们……只要觉得高兴就去做。正如人们所说的:每个人都在属于自己的家园里安居乐业,没有人能让他们感到害怕。

我想着这些性情温和、心地善良的人（偶尔也会碰到一个卑鄙家伙），我又想着他们每个人后颈下面都垂着一个灰色的鼻涕虫，摆弄着他们的身体四肢，让他们说出鼻涕虫想让他们说的话，去鼻涕虫想让他们去的地方。

真是地狱的景象啊。

我在心底郑重发誓：如果寄生虫赢了，我绝不苟且偷生，宁死也不会让一个那种东西像控制巴恩斯那样控制我。对于一个特工来说，死是非常简单的，只要咬一下手指甲——如果你的手不幸没有了，还有另外几种方法。专业问题上，老头子安排得十分周到。

但是我知道，老头子并没有为我所设想的情况做出任何安排。让下面这些普通人感到安全，情况恶化的时候不要跑出来碰上它们——这是老头子的职责，也是我的职责。

我转身离开窗口。现在，我什么都做不了。我觉得自己现在所需要的是找个伴儿。房间里有"陪伴公司"和"模特代理商"目录，这些目录几乎所有大饭店都有。我大概翻了一下，看了一遍上面的姑娘，随后"啪"的一声合上。我不想随便找个一起狂欢的姑娘，我只想找一个特定的姑娘——可我不知道她去哪里了。

我总是带着一瓶"时光延长"片。绝大多数特工都随身带着它，因为谁也说不清楚什么时候会碰上紧要关头。这种情况下，吃片药可以帮助你挺过去。虽然反对者的宣传很恐怖，但时光延长片并不上瘾，和原先的印度大麻不同。

那些纯粹派肯定会说我上瘾了，因为我已经养成了不时吃几片的习惯，这样能使二十四小时的休假感觉起来像一周。我承认我喜欢那种温和的欣快感。其实这只是药物的副作用,它的主要功能是把你的主观时间延长十倍以上——把你的时间更精细地切成一小段一小段,所以在同样的时段内,你过的时间更长。

这有什么错吗?当然,我知道那个吓人的故事:一个人由于不断服用这种药物,在日历上一个月的时间里就衰老致死。但我只是偶尔服用。

也许我们都应该效仿他的这种做法。他度过了漫长而幸福的一生——肯定是幸福的——最后死的时候也很幸福。太阳只升起三十次有什么关系?这种事难道还有既定规则、有记分员不成?

我坐在那里,注视着药瓶,这些药片估计能让我心满意足地兴奋上至少两"年"。如果我愿意的话,我会爬进我的洞里,关上身后的洞口。

我拿出两片药,倒了一杯水。随后,我又小心翼翼地把药片放回瓶子,带上手枪和电话,离开旅馆,直奔国会图书馆。

去国会图书馆的路上,我在一家餐馆停下来随便吃点东西,看了新闻。没有艾奥瓦的新闻,艾奥瓦什么时候出过新闻?

在图书馆,我找到了总目录,戴上眼罩,开始查询参考资料。从《飞碟》到《飞盘》,接着是《碟》《天光》《火球》《生命起源的宇宙扩散论》,还有二十多种我瞎猜的、稀奇古怪的分类文献。我需要一个类似盖革计数器①的东西来告诉我哪些是有用的,哪些是没用的,特别是我所检索的关键词意思太宽泛,又没有明确分类——我只知道它的类别介于《伊索寓言》和失落大陆的神话之间。

一小时后,我还是找到了二十多种选择卡片。我把卡片递给

---

①德国物理学家汉斯·盖革(1882～1945)发明的用于探测单个α粒子和其他电离辐射的探测器。

柜台后的一个清纯女子,等她把卡片输入读卡机。过了一会儿,她说:"你要的胶片,大部分都在使用中,剩下的会送到9-A阅览室。请走南面的自动扶梯。"

9-A阅览室只有一个读者。我走进去的时候她抬起头来,道:"噢!色狼亲自来了——你是怎么找到我的?我敢发誓,我没留下任何线索。"

我说:"你好,玛丽。"

"你好,"她说,"再见。巴吉斯小姐仍然不愿意,而且我有工作要做。"

我有点生气,"听着,你这个自负的小人。虽然你会觉得很奇怪,但我到这儿来不是为了你那无疑是漂亮、雪白的肉体的。我偶尔也做一点工作,这就是我来这里的原因。如果你能耐住性子忍受我一会儿,我的胶片一到,我立刻离开这里,再找一间阅览室——一间男人专用的。"

她没有反唇相讥,变得温和了许多,这证明她比我更有绅士风度。"对不起,萨姆。一个女人成千上万次听到同一个话题,她就会渐渐以为根本不可能有其他话题。坐下吧。"

"不,"我回答说,"谢谢,不过我要把我的胶片拿到一个没有人的阅览室。我确实想干工作。"

"留下,"她坚持道,"读读墙上的规定。如果把胶片转到其他房间,你不仅会让分拣器弄坏十几个显示器,还会让文献部主任精神崩溃。"

"我读完这些资料再送回来。"

她拉着我的胳膊,我感到了一丝暖流。"留下吧,萨姆。对不起。"

我坐下了,对她笑道:"现在,谁也不可能劝我再离开了。我没想到会在这儿找到你,可既然找到了,我不会让你再离开我的视线,除非你告诉我你的电话号码、住址,还有你的头发的真实颜色。"

"色狼。"她温柔地说,鼻子抽动了一下,"这些事,你永远别想知道。"她夸张地一扭头,重新盯着她的阅读机,不再理我了。可是我看得出来,她并没有不高兴。

传送管道发出"嘎吱嘎吱"的响声,我的胶片放进了篮子里。我把胶片拿起来,摆在另一台机器旁的桌子上。其中一盘胶片滚到了玛丽那堆胶片上,把她的胶片撞翻了。玛丽抬起头。

我捡起我认为是我的那一盘,瞟了一眼——拿错了。胶片这一面都一样,不同的只有序号和供分拣器辨识的点阵。我翻过来,读了标签,放在我的那一摞上。

"嘿!"玛丽说,"那是我的。"

"瞎子才这么想呢。"我彬彬有礼地说。

"就是我的——标签对着我的时候,我看见了。这一卷我正要看。"

我就算再笨,迟早也会看出来,玛丽是不会来这儿研究中世纪鞋袜史的。我拿起三四卷她的胶片,看了标签。"这么说,我要找的都在你这儿。"我说,"但你的工作做得不彻底啊,我找到了一些你没有找到的。"我把我找到的递给她。

玛丽看了一下,然后把所有胶片堆成一堆。"我们俩一人一半,还是每个人都统统看一遍?"

"一人一半,先把没用的剔出去,剩余部分我们俩都读。"我说,"咱们开始吧。"

即使我已经看见了可怜的巴恩斯背上的寄生虫,即使老头子已经郑重地断定一个"飞碟"着陆了,但我还是没想到,竟然能在一家公共图书馆里找到这么多证据。该死的迪格比和他的评估公式！迪格比本质上是一个floccinaucinihilipilificator①——这可是一个价值八美元的单词，意思是一个毫无价值的混蛋，把他那张臭嘴没亲口咬过的任何东西都视为不存在。

证据是毋庸置疑的，来自外太空的飞船曾经到访过地球，不止一次，而是很多次。

许多记录的日期远在人类实现太空旅行之前，有些甚至记录于十七世纪——还有更早的。但是，那个时代的"科学"就是亚里士多德，想认真评价那时的报告的质量几乎是不可能的。第一批系统的数据源于二十世纪四十年代到五十年代之间的美国。第二批是二十世纪八十年代的，大部分来自俄罗斯的西伯利亚。因为没有我们的特工的直接证据来佐证，这些报告很难评价。

我注意到一些情况，开始摘录日期。空中奇怪物体出现的周期大约为三十年。我记下了这个周期，统计分析专家也许能悟出点什么——如果我把这些告诉老头子，他就能运用他那个活像能预言未来的水晶球似的大脑，从中看出点什么道道来。

"飞碟"与"神秘失踪"现象密切相关，至少有三份文件能充分证明，飞行员追踪"飞碟"的时候，既没有在任何地方着陆，也没有在任何地方坠毁。官方把此类事件归结为在荒无人烟的旷野坠毁，没有找到——这是一种"轻松略过"或"愉快跳过"式的解释。

我产生了一种看似不可能的直觉，想看看神秘失踪现象是否也存在一个三十年周期。如果确实如此，那么这种周期是否与空中不明物体出现的周期相符？粗看起来，似乎是这样，但是

———————
①这是作者杜撰的一个词，读下去就知道该词的意思了。

我不敢肯定——数据太多,但周期波动不明显。每年都有许多人由于其他原因而失踪,从健忘症到和丈母娘闹翻了,原因不一而足,林林总总。

好在最重要的信息已经记录很长一段时间了,在轰炸中也只丢失了小部分。我记下来,以便专业分析人员使用。

我没费多大劲就看出来了,好几组报告似乎存在地理方面、甚至政治方面的共性。我思考着一种假设情形:站在入侵者的立场上设身处地地想一想,假如你在一个陌生的星球上搜索,你会花费同样的工夫来研究所有的情况,还是会选择一块看起来有意思(不管有意思与否的标准是什么)的区域进行研究?把注意力集中在这一点上?

这仅仅是一种猜测。我已经做好准备,如果有必要的话,熬一个通宵也要完成分析。

玛丽和我整晚也没有说上三句话。最后,我们站起来,伸伸懒腰,我借给玛丽一些零钱,支付她从机器里摘下的一卷卷记录,(女人为什么都不带零钱呢?),同时拔下我机器的插头。"有什么想法?"我问道。

"我感觉自己就像一只麻雀,筑起了一个挺不错的鸟巢,却发现鸟巢竟然暴露在倾盆大雨之中。"

我接着背诵那首古老的歌谣,"我们会覆辙重蹈——不愿意学习,又在大雨之中重新筑巢。"

"哦,不!萨姆,我们必须做点什么,马上。一定得让总统相信。我已经看出头绪了,它们这次进来以后不打算走了,是要留下的。"

"有可能。其实,我也觉得它们的目的是留下。"

"那么我们该做些什么?"

"宝贝,你很快就会知道,在盲人国里,独眼龙也要担当大任的。"

"别玩世不恭了,我们没时间了。"

"对,没时间了。打起精神,咱们离开这里。"

黎明时分,我们离开了图书馆,偌大个图书馆几乎空无一人。我说:"我看——咱们俩弄上一桶啤酒,带到我旅馆的房间里,好好讨论一下这件事。"

她摇摇头,"不去你的旅馆房间。"

"见鬼,这是工作。"

"咱们回我的公寓,离这儿只有几百英里。在我家里,我还能给你做早饭。"

"这是整个晚上我听到的最好的提议。可我是认真的——为什么不去旅馆?我们可以在旅馆吃早饭,省下半小时的旅行时间。"

"你不想去我的公寓吗?我不会咬你的。"

"我倒是希望你咬我——这样我就可以咬你了。不,我只是在想,你的态度为什么来了个一百八十度大转弯?"

"嗯——也许我想让你看看我在床的四周精心设下的熊陷阱;要不就是我想向你显示一下我的烹调手艺。"她的脸上笑出了酒窝。

我招手叫来一辆出租车,去了她的公寓。

我们进入她的公寓之后,她让我站在那儿,而她则小心翼翼地搜遍整个公寓,这才走过来对我说:"转过身去。我想摸摸你的背。"

"为什……"

"转身!"

我闭上嘴巴,转过身去。她仔细地把我的后背摸了个遍,然后说:"现在你可以摸我的背了。"

"太好了!"嘴里说着玩笑话,手下摸得其实很认真。我明白她的意图。她衣服下面只有姑娘——姑娘,加上各种各样致命的硬件。

她转过身来,深深喘出一口气。"这就是我不愿意去你旅馆房间的原因。现在我们安全了。自从看见电视台经理背上那玩意儿之后,这还是我第一次实实在在地感到我们是安全的。这间公寓是密封的。我每次离开的时候都会关掉空气,把它彻底密封,跟金库一样严实。"

"空调怎么样? 那种东西能从空调通风口进来吗?"

"可能——但我没有打开空调系统,只开了一个备用气瓶。不管它了。你想吃点什么?"

我想说就吃玛丽,就着莴苣和烤面包,但还是不说为好。"能有两磅牛排吗? 热乎的。"

我们俩分吃了一块五磅重的牛排。我发誓,我只吃了一少半。我们一边嚼着牛排一边看新闻报道,依然没有艾奥瓦的消息。

5

我没有看到熊陷阱,她锁上了卧室的房门。这我知道,因为我试过。三小时后她叫醒了我,我们吃了早餐,接着点上香烟,我伸手打开新闻频道。电视台在集中报道各州进入"美国小姐"决赛的人选。通常情况下,我会看得饶有兴趣。但今天,这种报道就显得微不足道了。因为这些小姐没有一个圆肩膀,她们参赛时的服装也不可能掩盖比蚊子叮咬的疙瘩更大的包。

我说:"现在干什么?"

玛丽说:"我们得把我们发掘出来的事实组织好,让总统认真看一下。应该在全国范围内采取行动——真该在全球采取行动。"

"怎么采取?"

"我们得再见他一面。"

我又说:"怎么见?"

她也不知道。

我说:"我们只有一个办法——经官方渠道。通过老头子。"

我连通了电话,用了我们两人的密码,这样玛丽也可以听见。我立刻听到:"副主任奥德菲尔德,代表老头子。他不在。说吧。"

"只能对老头子说。"

短暂的停顿,随后:"你们两人目前手头都没有工作,是公事还是私事?"

"噢,我想你会称之为私事。"

"好吧,只要不是公事,我不能给你接通老头子。所有公事都由我来处理。说还是不说?"

我向他表示感谢,趁我还没骂人赶快挂断了。随后我又输入一个密码。除了正常线路,老头子还有一个特号,即使他在棺材里,这个号码也能保证把他唤醒。可要是哪个特工在不必要的情况下使用这条线路,此人就只能祈祷上帝保佑了。五年中我从来没用过这个号码。

他大发雷霆,破口大骂。

"老板,"我说,"关于艾奥瓦的问题——"

骂声立即中断,"怎么了?"

"玛丽和我花了一整夜的时间,从档案中找到了以往的数据。我们想和你谈谈。"

那些亵渎神明的语言又来了。他要我做成要点,交上去完事,等上头分析,随后又说要把我的耳朵煎了做成三明治。

"老板!"我严厉地说道。

"啊?"

"如果你可以撒手不管,我们也可以。玛丽和我现在就向部门辞职——正式辞职。"

玛丽的眉毛扬了起来,但她什么都没说。长时间的沉默。我还以为他切断了线路,接着他以疲倦、认输的语气道:"帕姆格

"哦,"她考虑了一下,回答说,"嗯,老板——"

"怎么?"

"我不能肯定我能不能认出一个被寄生虫控制的女人。我没有,呃,这方面的才能。"

"好办,把他的女秘书全部赶走。提一个能难住我的问题吧。玛丽——你也得监视他,他是个男人。"

她认真想了想,"假如我发现寄生虫控制了他,那该怎么办?"

"你采取必要的措施,副总统接替他的职务,你因叛国罪被枪决。就这么简单。现在说说这项任务。我们派贾维斯带着摄像机去,我想我还得把戴维森也派去,作为后备杀手。贾维斯为你拍照的时候,戴维森可以监视贾维斯——而你尽可能分点心思瞄着戴维森。一个连环套。"

"你觉得这个办法行得通?"

"不——但是,任何计划总比没有计划强。也许这能引出来一点什么。"

贾维斯、戴维森和我向艾奥瓦进发,老头子则回华盛顿。他带着玛丽一起走了。分手时,她把我推到墙角,两手揪住我的耳朵,用劲吻了我,说:"萨姆——尽一切可能回来。"

我激动不已,感觉就像十五岁。我想这是第二次童年。

戴维森把车开到我上次找到桥的地方。我负责指点方向,摊开一幅大比例军用地图,地图上用大头针标明真正的飞船着陆的确切地点。那座桥依然矗立在那里,成了清晰明了的参照点。我们在现场以东五分之一英里的地方下了公路,穿过灌木丛,来到现场。没有人阻拦我们。

应该这样说——几乎到了现场。我们穿过经过大火焚烧的土地,然后决定下车步行。空间站拍摄的照片所显示的现场就在大火烧过的区域之内——这里没有"飞碟"。如果换一个比我更好的侦探,说不定还能看出这里曾经是一个飞碟的着陆点。即使着陆留下了任何痕迹,也被大火烧了个一干二净。

贾维斯把所有情况都拍下来了,但我知道,鼻涕虫这一轮又赢了。从车里出来的时候,我们碰上了一个老农夫。我们按照指示,与他谨慎地保持一段距离,尽管他看上去没什么威胁。

"火势不小啊。"我说着,闪到一旁。

"确实不小。"他悲哀地说,"烧死了我两头最好的奶牛,可怜的牲口。你们是记者吗?"

"对,"我说,"被派出来碰碰运气的。"我真希望玛丽在身边。有她帮助,我就拿得稳了。这个人说不定天生就是这么一副圆滚滚的肩膀。从另一方面讲,假如老头子关于飞船的说法是正确的——肯定是正确的,那么,这个看似天真的乡巴佬一定会知道。这就是说,他在掩盖真相。因此,他准是个被附体者。

我认为我必须这么做。要想抓住一个活着的鼻涕虫,并把照片通过线路传到白宫。在这里抓住的可能性远比在人群中抓住一个大得多。我向我的同伴使了个眼色,他们俩都很警觉,贾维斯开始拍摄了。

老农民转身正要走,我绊倒了他。他面朝下倒在地上,我像猴子一样骑在他的背上,扯开他的衬衣。贾维斯拍摄近镜头,戴维森也过来掩护。没等他喘过气来,我已经亮出了他的肩膀。

肩膀上光光的,和我的肩膀一样干净,没有寄生虫,没有寄生虫的任何痕迹。他身上其他地方也没有,我放他站起来前就仔细看过了。

我扶他站起来,掸去他身上的土。他衣服上沾满了灰烬,我的也一样。"真是太对不起了。"我说,"我完全弄错了。"

他气得浑身发抖。"你这小——"看来他一时找不到一个适合我的词。他看着我们几个,嘴唇也在颤抖,"我要让法律制裁你们。如果我再年轻二十岁的话,非亲手收拾你们三个不可。"

"相信我吧,老前辈,这是个误会。"

"误会!"他的脸一皱,我以为他马上就要哭出来了,"我从奥马哈回来,发现我的家被烧掉了,我的牲口有一半都不见了,哪儿也找不到我女婿。我出来想瞧瞧为什么陌生人在我的土地上四处转悠,却差点被打个半死。误会! 这个世界到底怎么了?"

我想我能够回答最后一个问题,但我没有那样做。我确实想补偿刚才让他丢面子的事,可他把我给他的钱摔在地上。我们夹着尾巴逃跑了。

我们回到车上向前开,这时戴维森问我:"你和老头子知道你们在做什么吗?"

"我会犯错误。"我怒不可遏地说,"可你什么时候听说过老头子犯过错误?"

"嗯……没有,从来没有。下面去哪儿?"

"直接去得梅因电视台。这一次绝对不会错的。"

"不管怎么说,"贾维斯说,"我从头到尾都拍下来了。"

我没有答话。

进入得梅因收费站的入口处。我把钱递过去的时候,收费人员居然有点犹豫。他瞟了一眼笔记本,又看了看我们的车牌。"警长在找这辆车。"他说,"靠右停下。"他没有升起栏杆。

"好,靠右。"我说,把车子倒了大约三十英尺,一脚将油门踩到底。栏杆又粗又结实。幸好部门的车是加强型的，发动机功率也大。冲过去之后我也没有放慢速度。

"这，"戴维森迷迷瞪瞪地说，"可真有意思。你还说你知道自己在做什么吗？"

"别再唠叨了。"我严厉地说道，"就算我头脑发热，可我仍然是负责人。听着，你们俩：就算死在这儿，我们也得把那些照片拍到手。"

"听你的，头儿。"

我把追捕者远远甩在后面。来到电视台前，我猛地停下车子，我们一拥而出。这时用不上"查理叔叔"那套委婉手法——我们冲进第一个开着门的电梯，按了顶楼的按钮——巴恩斯就在这一层。到了顶楼之后，我让电梯的门开着，希望等会儿还用得上。

我们走进外间办公室，接待员想拦住我们，但我们一把推开她，直接进去了。姑娘们全都惊讶地抬起头来。我径直走到巴恩斯里间办公室的房门前，想把门打开，可门上了锁。我转身对他的秘书说："巴恩斯在哪儿？"

"请问你是谁？"她彬彬有礼地问。

我低头看她毛衣的肩膀部位是否合身。鼓起来了。老天在上，我心里想，就是她。我杀巴恩斯那次，她也在这里。

我一弯腰，一把拉起她的毛衣。

我是正确的。我不可能弄错。这是第二次，我眼睁睁地看着寄生虫鼓起的一块生肉。

我想呕吐，可我太忙了。她又是挣扎，又是抓挠，还想咬我。我以柔道手法砍在她脖子的侧面，手差点没碰到那令人厌恶的东西。我用三根手指狠狠朝她胃部戳了一下，一个大背挎把她摔倒在地。"贾维斯，"我喊道，"近镜头。"

那傻瓜拼命拨弄着他的设备，他弯着腰，我与摄像头之间是他的大屁股。他直起身子。"完蛋了。"他说，"烧了一根管子。"

"换一个——快点！"

一个速记员在房间另一边站起来，开枪了。不是对着我，也不是对着贾维斯，她打的是摄像机——射中了。戴维森和我同时开枪撂倒了她。似乎是一个信号，大约六个人猛地扑倒了戴维森。他们看来没有枪，赤手空拳扑倒了他。

我仍然紧紧按住那个秘书，一边开枪射击。我用眼角余光一瞟，扭头看到了巴恩斯——"巴恩斯"第二——站在他的门口。我射穿了他的胸膛，以确保射中鼻涕虫，我知道那东西就在他背上。我转过身，面对屠杀场面。

戴维森又站了起来。一个女孩向他爬过去，她好像受伤了。他对准她的面部开了一枪，她停了下来。他的下一颗子弹从我耳边掠过。我扭头一看，说："谢谢！咱们离开这里。贾维斯——快！"

电梯仍然开着，我们冲了进去，我还拖着巴恩斯的秘书。我关上了电梯门，按下电钮。戴维森浑身颤抖，贾维斯脸色苍白。"振作起来。"我说，"你们没有向人开枪，你们是在向东西开枪。就像这个。"我把那姑娘的身体抬起来，低头看着她的后背。

这一看我差点没倒下。我的标本，就是我曾一直抓着、并想连寄主一同带回去的活体不见了。大概是在骚乱过程中滑落到了地板上。"贾维斯，"我说，"你在上头粘上什么东西没有？"他摇摇头，什么都没说。我也没说话，戴维森也是。那姑娘的背上覆盖着一层红色的疹子，像是成百上千的大头针针尖，就在那东西曾经依附的部位。我拉下她的毛衣，把她放在地板上，靠着电梯壁。她依然不省人事，好像要永远保持这种状态。我们到达底层时把她留在了电梯里。很明显，没有人注意到上面发生的事。我们穿过大厅走到街上，没有听到叫喊声。

我们的车还停在那里，一个警察脚踩在保险杠上，正在开罚单。我们上车的时候，他把罚单递给我。"你知道，这儿不能停车，老兄。"他以责备的口吻说道。

我说了声"对不起"，签了他的罚单。这是最安全、最快捷的方法。然后我开足马力把车子开过路沿，尽量避开拥挤的交通，直接从市区的大街上腾空而起。我在想，那警察是不是把这个也填在了罚单上。车子升到一定高度后，我这才想起更换车牌和识别代码。老头子把一切都考虑到了。

可当我们回去的时候，他并不赞赏我的做法。我在路上就向他汇报，但他打断了我，命令我们直接回部门办公室。玛丽和他都在那儿。我一看就明白了：如果老头子说服了总统，她就会留在那里了。

他让我讲述所发生的情况，不时哼一声。"你看到了多少？"我说完后问他。

"你撞断收费站的栏杆时，信号发送就中断了。"他告诉我，"不能说总统被他看到的情况打动了。"

"我想也不会。"

"其实，他让我开除你。"

我僵住了。我已经准备主动辞职，可这仍然让我大吃一惊。"我非常愿——"我开始说道。

"你冷静点！"老头子严厉地说，"我跟他说了，他可以开除我，但他不能开除我的部下。你是个顶呱呱的笨蛋。"接着，他更平静地说道，"但不能轻饶了你。"

"谢谢。"

玛丽在房间里不安地走来走去。我一直想捕捉她的目光，但什么也看不出来。现在，她在贾维斯椅子后面停下——给老头子比了个手势，就像当初见到巴恩斯时那样，拇指朝下。

我用手枪击中了贾维斯脑袋的侧面，他从椅子上滑了下来。

"往后站，戴维森！"老头子厉声说道。他抽出自己的枪，对准戴维森的胸膛。"玛丽，他怎么样？"

"他没问题。"

"他呢？"

"萨姆也没问题。"

老头子的目光打量着我们，我从来没有感到自己离死亡这么近。"你们俩都把衬衣脱下来。"他暴躁地说。

我们都脱下了衬衣——玛丽对我们俩的判断是正确的。我开始想，如果鼻涕虫寄生在我身上，我自己会不会意识到？"现在处理他。"老头子命令说，"你们俩都戴上手套。"

我们把贾维斯面朝下平放在地板上，小心翼翼地剪开他的衣服。我们有了活标本。

6

　　我觉得自己马上就要吐出来了。一想到从艾奥瓦回来的路上，在那辆封闭的车里，那东西就在我身后爬，我的胃就受不了。我不是个爱呕吐的人——有一次，我在下水道中躲了四天——可这种东西！你不知道见到一个会对你产生多大影响，除非你亲眼见到，并且知道这是什么东西。

　　我强忍着恶心，说道："我们看看怎么把这东西弄下来。也许还能救活贾维斯。"我并没有真这么想，我内心深处预感到，任何人，只要被这东西附体，他就毁了，永远毁了。我想我有点迷信，觉得这东西"吞噬灵魂"——当然，我自己也不知道这是什么意思。

　　老头子挥手让我们靠后，"别再提贾维斯了！"

　　"可是——"

　　"别唠叨了！如果他能救活，时间稍长一点也没关系。在任何情况下——"他突然停了下来，我也没有再说什么。我知道他的意思。个人至上的原则现在已经不适用于贾维斯了。我们是可以牺牲的，而美国人民则不能。

54

原谅我上面的话吧。我喜欢贾维斯。

老头子握着手枪，小心谨慎地继续观察不省人事的特工和他背上的东西。他对玛丽说："让总统出现在屏幕上，特号0007。"

玛丽走向他的办公桌，照办了。我听见她对着隔音式听筒说话，但我的注意力仍然集中在寄生虫上。寄生虫一动不动，没有离开它的寄主，而是缓缓地搏动，令人厌恶的波纹向四周蔓延开来。

片刻后，玛丽报告说："联系不上他，先生。他的一个助手在屏幕上。"

"哪个助手？"

"麦克多诺先生。"

老头子有点不愿意见他，我也一样。麦克多诺是一个特工，也是个讨人喜欢的人，他很有礼貌，对任何事情都有自己的看法。总统用他充当缓冲垫的角色。

老头子大吼大叫，甚至没有打开听筒的隔音功能。

不，总统不在。不，消息传不到他那里。不，麦克多诺先生没有越权。总统曾明确表示，老头子不在特殊名单上——当然，其实并不存在这样一个名单，麦克多诺先生自然也不会承认有这个名单。对，他很乐意安排预约，无论如何，他愿意把老头子挤进去，说话算话。下个星期五怎么样？今天？完全不可能。明天？同样不可能。

老头子关掉屏幕，我以为他马上要中风了。可过了一会儿，他深深地吸了两口气，面部放松了。他步履沉重地朝我们走过来，说道："戴夫，悄悄到下面大厅里，请格雷夫斯博士进来。你们其他人保持距离，提高警惕。"

不一会儿，生物实验室的主任进来了，进来的时候还擦着双手。"博士，"老头子说，"这里有一个还没死的。"

格雷夫斯看看贾维斯，然后更仔细地观察贾维斯的背。"有意思。"他说，"太奇特了。"他单腿跪下来。

"靠后。"

格雷夫斯抬头看着他，"可我必须有机会——"完全是讲道理的语气。

"机会，机会个屁！听着——我让你研究这东西，这不错，但这并不是最重要的目的。首先，你必须让这东西活着。第二，你不能让它跑了。第三，你必须保护好你自己。"

格雷夫斯露出微笑，"我不害怕这东西。我——"

"害怕这东西！这是命令。"

"我认为，我们把它从寄主身上摘除之后，必须安装一个保育箱来养着它。上一个标本是死的，我们没有多少机会来研究其物质成分和化学性质，但有一点是显而易见的，这东西需要氧气。你把那一个闷死了。不要误会我的意思，不是空气中的氧，而是寄主身上的氧。也许一条大狗就足够了。"

"不行。"老头子严厉地说，"留在原处。"

"啊？"格雷夫斯满脸惊讶，"这个人是志愿者吗？"

老头子没有回答。格雷夫斯继续说道："人体实验的参与者必须是志愿者。你知道的，这是职业道德。"

这些搞科学的墨守成规，从不敢越过雷池半步。老头子让自己冷静下来，细言细语地说："格雷夫斯博士，只要是我部署的任务，这个部门的每一个特工都是志愿者。请执行我的命令。找张担架来，把贾维斯弄出去。要小心。"

他们把贾维斯推走之后，老头子让我们解散了。戴维森、玛丽和我要去休息室喝上一杯,也许四杯。我们需要喝一点。戴维森还在颤抖。第一杯酒喝下去之后情况没有好转,我说:"你看,戴夫,我和你一样,也对那些姑娘感到难过——但这是没有办法的事情。你解脱出来吧,这是没有办法的事情。"

"很可怕吗?"玛丽问。

"相当可怕。我不知道我们杀了多少,也许是六个,也许是十几个。没有时间谨慎行事。我们没有向人开枪,至少,我们的目的不是杀人。我们是向寄生虫开枪。"我转向戴维森,"这你明白吗?"

他似乎振作了一点。"是这样。它们不是人。"他接着说道,"如果工作需要,我想我能对自己的亲兄弟开枪。可这些东西,不是人。你向它们开枪,可它们还是向你扑来。它们不——"他停了下来。

我能感觉到的只有怜悯。过了一会儿,他起身去门诊部去打针,以消除他的痛苦。玛丽和我又谈了一会儿,想找出答案,但并没有什么结果。随后她说她困了,到女宿舍去休息。老头子已经下令所有人员当晚都睡在办公地点,因此,睡前喝了一杯后,我便去了侧楼的男宿舍,钻进睡袋。

我并没有立刻入睡。我能听到我们上方的城市低沉的隆隆声。我一直在想,如果这座城市也和得梅因现在一样,会是个什么模样。

警报惊醒了我。我跌跌撞撞穿上衣服,警报声渐渐消失了。接着,内部通信系统传来老头子高声叫喊的声音,"防毒气、防辐射程序! 密闭所有地方——所有人员到会议室集中。行动!"

身为外勤特工，我没有本地任务，是一个额外人员。我从生活区缓缓走下隧道，来到办公区。老头子在大厅里，一脸冷酷。我想问他出了什么事，但是那里还有比我先来的十几个工作人员、特工、速记员和其他人员，我想我还是不问的好。过了一会儿，老头子派我到值勤的卫兵那里去拿进门记录。老头子亲自点了名。很明显，目前所有签了名的活人都来到了会议室，从老头子年迈的私人秘书海因丝小姐到部门休息室的服务员，所有人都到了，除了值勤的卫兵和贾维斯。记录错不了，我们记录每个人的出入情况，比银行记录货币流通的情况还要严格。

老头子让我出去叫门卫。门卫又给老头子打了电话，以确认他离开岗位没有问题，随后他才锁上门，跟我一起进去。我们进去后，贾维斯竟然也在，由格雷夫斯和他的一个实验室人员照看。他站在那里，裹着一件医院的病号服，显然恢复了知觉，只是看上去有点迟钝。

看到贾维斯以后，我开始预感到即将发生什么事。老头子并没有让大家继续瞎琢磨。他面对参加会议的所有人员，保持着一定的距离。他抽出了手枪，"一个入侵的寄生虫逃掉了，就在我们中间。"他说，"对于你们中的某些人来说，这种做法有些过分。我必须解释一下，我们所有人的安全——人类这一种族的安全——全系于此，就看我们能不能精诚合作，完全服从了。"接着，他简短地解释了这种寄生虫到底是什么，并说明了目前的局势。"换句话说，"他总结道，"这种寄生虫，几乎可以肯定，就在这个房间里。我们中间有一个人看上去是人，其实是一具行尸走肉，遵照我们不共戴天的、最危险的敌人的意志行事。"

大家发出了嗡嗡的议论声。人们在偷偷地互相观察，有的人还试图和其他人拉开距离。刚才我们还是一个和谐的集体，现在却成了乌合之众，互相猜忌。我自己也感觉到了这一点，还发现自己正缓缓地往后退，想离我旁边的人远一点。那人是罗纳德，休息室的服务员，我认识他多年了。

格雷夫斯清了清嗓子。"头儿，"他开始说道，"我想让你明白我采取了一切合理——"

"住嘴。我不想听任何借口。把贾维斯带到前面，脱掉他的衣服。"

格雷夫斯闭上嘴巴，他和他的助手执行了命令。贾维斯看来根本不在乎，他似乎完全没有意识到周围发生的一切。他左脸的颧骨直到鬓角有一道难看的紫色伤痕，可这并不是他麻木不仁的原因，我打他时没有那么重。格雷夫斯一定是给他用了麻药。

"把他转过来。"老头子命令说。贾维斯由着别人把他转了一圈。肩膀上和脖子上都有红色的疹子，这就是鼻涕虫的特征。"你们大家都看到了这东西依附在他身上的部位。"老头子说道。会议室发出一阵低声议论，贾维斯的衣服被剥下来时，还有人发出尴尬的笑声，现在却是一片死一般的沉默。

老头子说："现在，我们要找到那只寄生虫！再进一步，我们要活捉那东西。但是，你们这些迫不及待、手痒痒地想开枪的小伙子得注意。你们都看到了寄生虫依附在人体上的部位。我警告你们，如果寄生虫被击毙了，我就要枪毙击毙它的人。如果你们为了抓住它不得不向寄主开枪的话，朝下打。到这儿来！"他用枪指着我说。

我朝他走去，他让我停在他和大家之间。"格雷夫斯！别让贾维斯挡着路。让他坐在我后面。不，别让他穿衣服。"贾维斯被领着穿过会议室，仍然昏沉沉的。格雷夫斯和他的助手也过来了。老头子的注意力转向我。"拿出你的枪,丢到地板上。"

老头子的枪对准我的肚脐,我小心翼翼地掏出我的手枪,扔到离我大约六英尺的地方。"脱掉你的衣服——全部。"

我不是一株娇滴滴的紫罗兰,但执行这样的命令确实有点窘迫。老头子的枪让我克服了这方面的阻力。

我脱光之后,几个年轻姑娘咯咯地笑起来,这对我克服尴尬没起到任何正面作用。她们中有人说:"不错嘛!"声音还不算小。另一个姑娘则说:"我得说,挺结实。"

我像新娘子一样羞红了脸。

上下审视我一番之后,老头子让我拿起枪站在他身边。"掩护我。"他命令说,"注意门口。你!多蒂还是什么——你是下一个。"

多蒂是个秘书。她当然没有枪,警报响起的时候她显然还在床上,因为她穿着垂到地板的长睡衣。她往前走了几步,停下来,但并没有脱衣服。

老头子对她晃着手枪说:"快点——脱下来!这还要一整夜吗?"

"你真让我脱?"她难以置信地问。

"脱!"

她吓了一跳——几乎真的跳了起来。"行!"她说,"犯不着为这种事掉脑袋。"她咬着下唇,缓缓解开腰间的扣子,"为这种事,该给我发一笔奖金才对。"她不服气地说,随后哗啦一下子,把睡衣脱了下来。

她花了点时间摆了个姿势,虽然时间不长,但人人都瞧出来了。这种做法确实有点破坏印象。虽然我没什么心情去欣赏,但我承认她还真有点可以展示展示的本钱。

"过来靠墙站着。"老头子粗暴地说,"伦弗鲁!"

老头子一个个点名,叫一个男人,再叫一个女人,交替着来。这是个好主意,因为这样做阻力最小。不知道他是不是有意这样安排的。噢,妈的,我当然知道,老头子做任何事都经过精心安排。我经受了折磨之后,后面的男人们就轻松多了,一本正经脱衣服。当然,有些人还是明显地觉得尴尬。至于女人,有些"咯咯"地笑着,有些满脸通红,但没有一个人过分地表示反感。换一个场合的话,我会觉得这件事很有趣。我们大家都对其他人有了比以往更多的了解。比如说,有一个姑娘,我们一直叫她"大胸"——算了,不说这些了。过了大约二十分钟,我所见到的鸡皮疙瘩比之前见到的多得多。地板上的枪支堆了一大堆,好像是个军火库。

轮到玛丽了,她麻利地脱掉衣服,没有任何挑逗的意思,真为大家树立了一个好榜样——老头子真该第一个就叫她,而不该叫多蒂那个小骚货。脱光之后,玛丽一点也没有大惊小怪,虽然赤身裸体,却很有尊严。我所看到的一切并没有使我对她的感情冷却下来。

玛丽为那堆军火增添了不少内容。我看出来了,她就是喜欢枪。至于我,向来不用第二支。

最后,除了老头子本人和他的秘书海因丝小姐,我们全都精光赤条,显然没有被寄生虫感染。我觉得他对海因丝小姐有点敬畏,因为她的年龄比他还大,而且喜欢支使他。我开始明白附体者是谁了——假如老头子刚才的分析不错的话。但他也可能会出差错,我们毕竟对那种寄生虫一无所知,它或许会附在屋顶的大梁上,等着落在某个人的脖子上。

老头子看上去很苦恼,用手杖戳着那堆衣服。他知道里面什么也没有——或许他真的想弄个清楚。最后,他抬头看着他的秘书。"海因丝小姐——请吧,你是下一个。"

我心里暗想,老天,这下非得动用武力不可了。

她没有动。她站在那里,怒视着他,犹如一尊受到伤害的处女雕像。我看出他就要采取行动了,于是,我靠近他说——从嘴角悄悄说:"头儿——你自己呢? 脱掉吧。"

他猛地一扭头,看上去吃惊不小。"我是当真的。"我说,"不是你,就是她。是你们俩当中的一个。把衣服脱了。"

无法避免,只好顺从。老头子完全明白这个道理。他说:"脱掉她的衣服。我是下一个。"他的手伸向皮带扣,样子很严肃。

我让玛丽叫几个姑娘去脱海因丝小姐的衣服。我转过身来的时候,老头子的裤子已处于降半旗的状态——而海因丝小姐的选择是朝外冲去。

老头子站在我和她之间,我无法开枪——其他特工都被解除了武装! 我又一次认为这不是意外。如果发现了寄生虫,老头子不相信他们会不开枪。他想得到那个鼻涕虫,活的。

我理清头绪的时候,她已经出了门,沿着走廊跑去。我本可以在过道中射中她的胳膊,但两件事情让我犹豫不决——首先,我的情感不能如此之快地转过弯子。我的意思是说,在我心里,她仍然是年迈的海因丝女士,老板的老处女秘书,因为我报告中蹩脚的语法而冲我大喊大叫的人。第二,如果她携带了鼻涕虫,我不想冒打死鼻涕虫的危险开枪。不管怎么说,我不是世界上的最佳射手。

她钻进一个房间,我跟上去,但又一次犹豫了——完全是出于习惯:这是女厕所。

犹豫只是一瞬间的事。我猛地撞开厕所门,枪握在手里,四下查看。

右耳后被什么东西打了一下。似乎经过了一段很长、很舒缓的时光，我这才倒在地上。

我无法清楚地叙述接下来的事情。首先，我昏了过去，至少有一段时间是这样的。我记得发生了争斗，还有叫喊："当心！""该死的——她咬了我！""当心你的手！当心你的手！"随后有人比较镇定地说："把她的手脚捆起来，快点——要小心。"又有人说："他怎么办？"另一个人回答："等会儿再说。他没受重伤。"

他们离开时，我还没有真正恢复知觉，但我开始感到一股生命的潮流在我体内涌动。我坐起来，迫不及待地想要做什么事。我站起来，跌跌撞撞走到门口。我在门口犹豫不决，警惕地四下观察：没看到任何人。我出了门，来到走廊，朝会议室相反的方向走去。

到了外门，我突然惊讶地意识到自己仍然赤身裸体。我立刻放慢脚步，随后又匆忙穿过门厅来到男宿舍的侧楼。我随手抓起能找到的衣服穿上。我找到了一双鞋，太小了，但顾不了那么多了。

我跑回出口处，手指忙乱地一阵摸索，找到了开关，门开了。

我还以为我已经神不知鬼不觉地逃出来了。但有人喊了起来："萨姆！"——就在我正要出门的时候。我毫不犹豫地冲了出去。然后立即在面对我的六扇门中选了一扇，我打开这扇门，里面还有三扇。我们称之为"办公室"的这块地方十分拥挤，曲里拐弯的通道一大堆，像意大利通心粉，可以让任意数量的人员进进出出而不引起别人的注意。我终于走进了地铁站里一个卖水果和书籍的店铺，向店主点点头——他看上去一点也不吃惊

——我推开后门,融入人群中。这是一条我以前从来没有走过的路线。

我赶上了上行的喷气特快,在第一站就下去了。我转到去下游的一侧,在换零钱的窗口附近等着,最后等到了一个带了许多钱过来的男人。我和他上了同一趟特快,他下车的时候,我也跟着下来了。在一个暗角里,我朝他的后颈劈了一掌。现在我有钱了,做好了行动准备。我并不清楚自己为什么必须有钱,但我知道我准备采取的行动需要钱。

7

　　人们说,语言的形成是为了让使用这种语言的种族描述自己的经验。首先是经验——其次才是语言。我怎么才能说出自己的感觉呢?

　　看周围的东西时,我得到的是一种奇特的双重景象,好像涟漪摇荡水面的倒影——然而我既没有感到惊奇,也没有觉得不可思议。我就像一个梦游者,不知道自己要做什么——但我是十分清醒的,完全知道自己是谁,在哪里,以及我在部门所从事的工作。没有记忆缺失,我的记忆在任何时候都是健全的。尽管我不明白我打算做什么,但我始终知道我正在做什么,而且确信每个行动在当时都是必要的、有目的的。

　　他们说催眠生效之后,催眠者的指令就会在被催眠者身上产生这种效果。我不知道。我是一个可怜的被催眠者。

　　大部分时间里,我并没有特别的感觉,只是有一种做一件必要工作时的轻微满足感。这种满足感产生于我的清醒意识——我再说一遍,我是完全清醒的。但在某个地方,在清醒意识之下的某个我难以理解的地方,我感到极度的痛苦、恐惧,内心充满愧疚——但那是在内心深处,非常深,被严密地封锁着,完全压制住了。我几乎意识不到它,所以它对我实际上没有什么影响。

我知道我离开的时候被人看见了。那声"萨姆"是对我喊的,只有两个人知道这个名字,而老头子会用我的真实姓名。因此,看见我离开的是玛丽。我想,幸好她让我知道了她的私人公寓在哪里。眼下就有必要在那间公寓里设下陷阱,等待她回去。同时,我必须开始工作,而且不能被抓住。

我正小心谨慎地穿行在一个仓库区,我充分利用了我接受的一切特工训练,以避免引起别人的怀疑。不久,我就发现了一处比较满意的楼房,上面有一块牌子:阁楼出租——请与一楼租房代理商面谈。我将这座楼房彻底搜索了一遍,记下地址,然后跑到最近的一个西联公司的电话亭。我坐在一台空机器前,发送了如下信息:"发送两箱小娃娃的故事,与发送给乔尔·弗里曼的折扣相同。"①并加上那间空阁楼的地址。我发到了艾奥瓦州得梅因的罗斯科和迪拉德,乔伯斯和制造商代理公司。

我离开电话亭的时候,看到了一家通宵营业的快餐连锁店。我感到了饥饿,但这种生理反应立刻就消失了,我也不再想了。我回到仓库区的那幢房子,在后面找了一个阴暗的角落安顿好自己,等待黎明到来,等着商店开门。

我一定睡着了,模模糊糊记得做了噩梦,不断重复、幽闭恐怖的噩梦。

从天色刚亮到九点钟,我在职业介绍所的大厅里徘徊,看着不同的招聘广告。在这个地区,这里是一个没有职业的男人唯一能不引人注意的地方。九点钟,出租代理打开办公室房门时,我见到了他,并租下阁楼。为了马上得到这间阁楼,在办理租房的

---

①这是一句暗语,后文会提到使用暗语的原因。

书面文件时,我给了他一笔丰厚的佣金。随后我便上楼打开阁楼,等待着。

大约十点三十分,我的箱子送来了。我让卡车司机离开,三个人对我来说太多了点,再说我还没有准备好。他们离开之后,我打开一个箱子,拿出一个容器,加热,做好了准备。接着,我下楼找到租房代理商,我说:"格林伯格先生,你能上来一下吗?我想把上面的灯弄一弄。"

他一通大惊小怪,但还是同意了。我们走进阁楼之后,我关上门,领他走到打开的箱子前。"来吧,"我说,"你要是能弯下腰,就明白我的意思了。我要是能——"

我一下子卡住他的脖子,让他不能呼吸。我撩起他的上衣和衬衫,用另一只手把一个主人植入他赤裸裸的后背,然后我紧紧抓住他,他挣扎了一会儿就不动了。我让他站起来,拉下他的衬衣,掸掉他身上的灰尘。他呼吸顺畅以后,我说:"有得梅因的消息吗?"

"你想知道什么?"他问,"你出来多久了?"

我开始解释,但他打断了我:"我们直接会谈,别耽误时间。"我脱掉衬衣,他也脱了,我们坐在没有打开的箱子的边上,背靠背,这样我们的主人就可以接触。我的意识几乎是一片空白,我不知道会谈进行了多长时间。我看着一只苍蝇嗡嗡叫着绕过沾满灰尘的蜘蛛网,虽然看见了,但并没有思考。

大楼的看门人是我们下一个招募对象。他是个大块头的瑞典人,要我们两个人才能把他按住。此后,格林伯格先生把大楼的主人请了过来,坚持说他必须过来查看一下出现在大楼结构方面、会导致严重后果的问题——到底是什么,我也不知道。我正忙着看门人的事,同时还打开好几个容器,给它们加热。

大楼的主人成了我们的重大战果,我们都感到很满意,当然也包括他自己了。他是宪法俱乐部的会员,这个俱乐部的会员名单读起来就像《金融界、政界、工业界名人录》的索引。还有更好的消息,俱乐部自恃拥有城里最有名的厨子,任何一个会员,只要在城里,都可以到那里去吃午餐。

马上就到中午了,我们没有时间了。看门人到外面去为我买了合适的衣服和一个小背包,还把楼主的司机叫上来,我们也需要他。我们离开时是十二点三十分,楼主和我坐在他的车里;背包里装了十二个主人,仍然装在盒子里,但都准备好了。

楼主签了名:J.哈德威克·波特及来宾。一个男仆要接过我的背包,但我坚持说午饭前我要换上包里的衬衣。我们在洗手间里消耗时间,最后,除了我们,就剩下服务员了——我们在这里招募了他,并派他出去告诉客房部经理一位客人在洗手间病倒了。

我们料理了经理之后,他为我找来一件白色上衣,我成了洗手间的另一个服务员。我只剩下十个主人了,但我知道箱子可以从仓库阁楼里取出来,很快就能送到俱乐部。中午的用餐高峰结束前,另一个服务员和我用光了我带来的主人。我们正忙活的时候,一个客人让我们吃了一惊,由于没有时间留下他的性命,把他招募进来,我只得杀了他。我们把他塞进了拖把间。

此后有一段短暂的平静,因为箱子还没有运来。本能的饥饿反应把我折腾坏了,但没过多久,饥饿感逐渐消失,不过仍能感觉到。我告诉了经理,他让我在他的办公室吃了一顿最美味的午餐。我刚刚吃完,箱子就送来了。

下午过半的时候,每个绅士俱乐部都是一片昏昏欲睡。到这时,我们已经安全地控制了这个地方。到了四点钟,大楼里的所有人——会员、工作人员和客人——都成了我们的人。从那时起,只要看门人把人放进来,我们就在大厅里处理他们。当天晚些时候,经理给得梅因方面打了电话,再要四箱货。

当天晚上,我们有了最大的收获——一位客人,财政部的部长助理。我们把他视为重大胜利:财政部负责总统的安全。

8

　　抓获这名重要的高级官员让我十分欣喜,但这只是一种漫不经心的满足,随后我就再也不去想它了。我们——从人类中间招募的新成员——很少思考。每一时间、场合,我们知道应该要做什么,但只是到了行动的时间场合才知道,就像一匹良种赛马听到口令后立即做出反应一样。也和赛马一样,我们时刻待命,等着骑手的另一个信号。

　　赛马和骑手是一个很好的比方——但是并不十全十美。骑手可以部分地利用马的智慧;而主人们不仅仅可以完全利用我们的智慧,还可以直接利用我们的记忆和经验。我们在主人之间为他们传递信息:有时候,我们知道我们所传递的内容;有时候,我们不知道——这还只是通过仆人进行的语言交流。更重要、更直接、主人与主人之间的会谈,仆人们则完全不参与。在这种会谈期间,我们静静地坐在那里,等待着,直到我们的骑手商谈完毕,我们再重新整理好衣服以掩护他们,接着去做一切必要的事情。财政部部长助理被招募之后,召开了一次大规模的会议。虽然我也坐在里面参加会议,但我知道的并不比你多。

虽然主人通过我的嘴说话，但我并没有参与这些话，就跟植入我耳朵后面的语音转发器没有参与通过它进行的对话一样——顺便说一句，语音转发器一直沉默着；我也没有带电话——我和电话一样，只是一个通信工具，仅此而已。我被招募的几天之后，我就给俱乐部的经理发出了新指示，告诉他们如何订购装载主人们的容器。在做这件事的时候，我模模糊糊意识到又有三船货物到岸了，但我并不知道它们的具体位置，我只知道唯一一个新奥尔良的地址。

我没有想这件事，继续工作。在俱乐部的那天之后，我就成了新任的"波特先生的特别助理"，整日整夜待在他的办公室里。事实上，这种关系或许应该颠倒过来——我不断对波特先生发出口头指示。但我也说不准这种关系，因为我现在对寄生虫社会组织的了解和当时一样肤浅。在这个社会结构中，上下级关系完全可能更加灵活、更加自由，其精妙程度是我的经验所无法想象的。

我知道——我的主人当然更清楚——我应该避开别人的视线。主人通过我深入了解了那个我们叫作部门的组织，了解程度和我一样。他们知道我是招募来的人类中唯一认识老头子的人——我肯定，我的主人知道老头子不会不找我，他要重新抓住，或是杀了我。

奇怪的是，他们并没有决定换一个身体，消灭我这个身体。可以招募的人员多的是，数量比主人多得多。我不认为主人也像人类那样神经质，才从运输容器里取出来的主人常常会毁坏他们最初的寄主，我们总是彻底毁掉受损的寄主，为主人再找一个新的。

我的主人却恰恰相反，在选择我的时候，他已经控制过至少三个人类寄主——贾维斯、海因丝小姐和巴恩斯办公室的一个姑娘,大概是秘书。在这个过程中,他无疑透彻地掌握了控制人类寄主的技巧,熟练而巧妙,完全可以轻松自如地"换马"。

从另一方面讲,一个技巧娴熟的牧场骑手不会毁掉一匹训练有素的役马,转而偏爱一匹从来没有试过的陌生坐骑。也许这就是我被藏起来、救了命的原因——或许,我根本不知道自己在说什么,一只蜜蜂怎么可能了解贝多芬?

过了一段时间,城市"搞定"了,我的主人开始让我上街。我并不是说城里的每一个居民背上都长着一坨肉——百分之九十九以上的人都没有。人类的人数太多,而主人却仍然很少——但城里的重要位置全都由我们招募来的人接管了:从街角站着的警察,到市长和警察局局长,还有监狱长,教堂里的神父,董事会的成员,所有和大众通讯及媒体有关的职位。绝大多数人依旧从事他们的日常事务,不仅没有心神不安,而且根本没有意识到所发生的任何事情。

当然,除非他们当中的一个碰巧妨碍了主人实现某种目的——在这种情况下,他就会被干掉,使他闭上嘴巴。这是浪费潜在的寄主,但没有节省的必要。

在服侍主人时,我们的工作中有一个不利条件——也许我应该说我们的主人在工作中有一个不利条件,这就是长途通讯。长途通讯只能由人类寄主用人类的语言进行,这是很大的局限。如果使用的是普通线路,限制就更大了。除非线路能保证安全,否则通讯就只能限于暗语,就像我最初订下两箱主人时那样。噢,主人们当然可以在飞船之间通讯联络,大概还能进行飞船与本土基地的通讯联络,但是附近没有飞船。这座城市被攻陷是个意外收获,是从前的我前往得梅因带来的直接后果。

　　几乎可以肯定地说,这种通过仆人进行的通讯是不足以实现主人的目标的,他们似乎需要不断进行身体对身体的会议,来协调他们的行动。我并不是外星人心理学专家。有些人坚持认为寄生虫不是分离的个体,而是更大的有机细胞的组成部分,这样的话——我为什么要说这些?他们看来需要直接接触的会议,知道这些就足够了。

　　我被派往新奥尔良,去参加一次这样的会议。

　　我并不知道我要去。一天早上,我和平时一样走到街上,然后上了到城里去的发射台,定了一个舱位。出租车很少,我正考虑转到另一侧去赶公共飞船,但这个想法马上就被抑制了。等了相当长的时间,我的车升到了活动舷梯前,我开始上车——我之所以说"开始",是因为一个老先生匆匆忙忙跑过来,在我之前钻进了车里。

　　我接到一道干掉他的命令,但这道命令立刻就被另一道命令取消了。新的命令让我慢慢来,小心谨慎。即使是主人们,似乎也并不总是胸有成竹。我说:"对不起,先生,这辆车已经有人了。"

　　"没错。"年迈的老人回答说,"我这不已经坐进来了吗?"从他的公文包到他的举止风度,处处是妄自尊大的生动写照。他完全可以成为宪法俱乐部的一名会员,但他不是我们的人。我的主人知道,并且告诉了我。

　　"你得再找一辆。"我合情合理地要求他,"让我看看你排队的车票。"我一到发射台就从架子上把票取了出来,我的票上印着车辆的发射号码。

　　他无话可说,但就是一动不动。"你要去哪里?"他问道。

"新奥尔良。"我回答他时,才第一次意识到我的目的地。

"那你可以让我在孟菲斯下来。"

我摇摇头,"不顺路。"

"不过是十五分钟的小事!"他好像控制不住自己的脾气,似乎很少遇到别人不服从他的事,"你,先生,一定知道在车辆短缺的时候共用车辆的规定吧。你不能不讲道理地抢占公共交通工具。"他转过身去,"司机!向这个人解释一下规定。"

司机正在剔牙,他停下来说:"和我没有关系。我接你们,我送你们,我让你们到地方下车。你们俩自己解决,要不我就让调度员另外找一个乘客。"

我犹豫了一下,但还没有接到指示。于是,我把包扔进车里,自己也上去了。"新奥尔良,"我说,"在孟菲斯停一下。"司机耸耸肩,向控制塔发出信号。那位乘客轻蔑地哼了一声,不再理我了。

升空之后,他打开文件包,把文件摊在膝头。我兴味索然地看着他。

但没过多久,我发现自己在改变坐姿,这样我更容易把枪拔出来。年迈的老头突然伸手握住我的手腕,"动作别太快,孩子。"他说。他的脸上露出了狰狞的笑容,变成了老头子本人。

我的条件反射非常迅速,但我有个不利条件:必须把所有情况都发送给主人。先发送过去,主人再把接下来要采取的行动发送给我。延时多久?千分之一秒?我不清楚。我正要拔枪,感到枪口顶在我的肋骨上。"放松点。"

他用另一只手把一个东西刺入我的身侧,我感觉是一根针。紧接着,一阵猛烈而温暖的震颤梦幻般笼罩了我的全身。以前,我曾经两次被这种药物麻倒,我给别人用的次数更是多得多。我知道这是怎么回事。

又一次试图把枪抽出来的时候,我面朝下倒了下去。

我清晰地感觉到了声音——这声音已经持续了好一段时间,但我到现在才能够分辨出其中的意思。有人正粗暴地对付我,还有人说:"当心那只类人猿!"另一个声音回答说:"没关系,他的肌腱已经被切除了。"第一个声音反驳说:"他还有牙齿,不是吗?"

对,我心烦意乱地想,如果你们走近我,我要用牙齿咬你们。切除肌腱的说法看来是真的——我的四肢都不能动了,但这并没有让我感到屈辱,真正让我感到愤怒的是被人叫作猴子,却无法表达出愤怒。我想,趁一个人无力自卫的时候辱骂他,实在太不应该了。

我哭了一会儿,随后就不省人事了。

"感觉好点了吗,孩子?"

老头子的身体靠在我的床头,若有所思地盯着我。他裸露的胸膛上覆盖着一层灰色的胸毛,他的腹部多少有点发胖。

"啊,"我说,"相当好,我想。"我想坐起来,但动不了。

老头子绕过来走到床边。"现在我们可以把这些限制措施取消了。"他说,一边摸索着那些挂钩,"不想让你弄伤自己。知道吗!"

我坐起来,揉搓着自己的身体。我浑身僵硬。

"你能回忆起多少? 现在汇报吧。"

"回忆?"

"你和它们在一起——记得吗? 它们抓住了你。寄生虫依附在你身上之后,你还记得什么吗?"

我突然感到一阵恐惧,双手紧紧抓住床边。"头儿! 头儿——它们知道这个地方! 我告诉了它们。"

"不,它们不知道。"他平静地回答说,"因为这里不是你记忆中的部门办公室。当我知道你干净利落地逃走了时,我就从老办公室撤出来了。它们不知道这个地方——我想。你还记得吗?"

"我当然记得。我是从这儿离开的——我是说从老办公室离开的,去了——"我的思维比话语来得快,我的脑海中突然出现了一幅完整的画面:我赤手拿着一个活的、湿乎乎的主人,准备放在租房代理商的背上。

我吐在床单上,老头子拉起床单一角,为我擦了擦嘴巴,温和地说:"说吧。"

我吸了口气说:"头儿——它们到处都是! 它们占领了这个城市。"

"我知道。和得梅因一样。还有明尼阿波利斯,还有圣保罗,还有新奥尔良和堪萨斯城。也许还有更多,但我不知道,因为我不可能去所有的地方。"他的样子十分阴郁,"这就像把你的脚绑着进行战斗。我们正在输掉这场战争,而且输得很快。"他愁眉不展地说道,"我们甚至不能在我们已经知道被控制的城市展开清剿。这真是太——"

"老天! 为什么不能?"

"你应该知道。因为那些比我'更年长、更聪明'的人仍旧不相信一场战争已经爆发,正在进行。原因是,每当它们占领一座城市,那里的一切都一如既往,照常进行。"

我瞪着他,"别管那些了。"他温和地说,"你是我们取得的第一个突破。你也是被我们活捉的第一个牺牲品——现在,我们又发现你仍然能回忆起发生在你身上的事。要知道,这很重要。你身上的寄生虫是我们抓到并使之存活的第一个活体。我们会有机会——"

他突然停了下来。我的面部表情一定是太恐怖了,一想到我的主人仍然活着——而且可能再度控制我——这是我难以承受的。

老头子抓住我的胳膊摇晃着,"别担心,孩子。"他温和地说,"你还病得很厉害,还很虚弱。"

"那东西在哪里?"

"什么?寄生虫?别担心。你可以看看,如果你愿意的话。它正依靠一个取代你的生物活着,一只红猩猩,名叫拿破仑。很安全。"

"杀了它!"

"不可能——我们要它活着,做研究用。"

我的精神一定崩溃了,因为他打了我好几巴掌。"振作起来。"他说,"你在生病,我本来不愿意打扰你,但这件事必须做。我们一定要把你能想起的一切全都记录下来。认真想,好好说。"

我打起精神,开始认真、详细地报告我能回忆起的一切。我描述了租下阁楼,招募我第一个牺牲品的情况,接着又讲了我们如何从那儿开始,一直发展到宪法俱乐部。老头子点点头说:"符合逻辑。你是一个优秀的特工,即使对它们也是如此。"

"你不明白。"我反对说,"我根本没有思考。我知道正在发生的事,仅此而已。这就好像是,呵,好像是——"我停了下来,找不到合适的字眼来描述。

"没关系,说下去。"

"我们拿下俱乐部的经理之后,其余的人就容易了。他们一进来,我们就把他们拿下,而且——"

"名字呢?"

"噢,当然。我自己,格林伯格——M.C.格林伯格,索尔·汉森,哈德威克·波特,他的司机吉姆·威克利,还有一个叫'杰克'的小个子,他是俱乐部卫生间的服务员,但我相信他后来被干掉了,他的主人不愿意让他浪费时间做打扫卫生的工作。最后就是经理了,我一直不知道他的名字。"我停下来,让思绪回到那个在俱乐部忙忙碌碌的下午和晚上,想弄清楚招募每一个人过程,"哦,我的上帝!"

"怎么了?"

"部长——财政部部长助理。"

"你是说你把他也拿下了?"

"对。就在第一天。那天是星期几? 离现在有多久了? 上帝,头儿,财政部是保护总统的部门。"

但是我的对面已经没有人了,老头子坐过的地方只留下一股风。

我筋疲力尽地躺下了。我开始用枕头捂着脸低声哭泣。过了一会儿,我睡着了。

9

我醒来的时候，嘴巴里臭烘烘的，脑袋也嗡嗡响，而且模模糊糊地意识到即将降临的灾难。但我的感觉却不错，相比而言。就在这时，一个令人愉快的声音说道："感觉好点了吗？"

一个娇小的黑发女郎弯腰看着我。我从来没见过这么可爱的小东西。虽然我还很虚弱，但已经恢复到足以欣赏这一切的程度了。她衣着非常古怪：紧身白短裤，一条几乎透明的东西紧裹在她的乳房上，一种类似金属盔甲的东西罩在脖子后面、肩膀上和脊椎骨上。

"好点了。"我承认说，做了个鬼脸。

"嘴里的味儿不好吧？"

"就像巴尔干国家的内阁会议。"

"喝了吧。"她递给我一杯东西——香料味很浓，还有点辣，但立刻冲走了嘴巴里的异味。"别，"她继续说道，"别咽下去。像小孩一样吐出来，我去给你拿点水。"我照办了。

"我是多丽丝·马斯登，"她说，"你的日班护士。"

"很高兴认识你，多丽丝。"我说，饶有兴趣地盯着她看，"说说,为什么这副打扮? 不是说我不喜欢这样,但你看上去就像连环漫画里的流浪者。"

她低头看了看自己,咯咯地笑了。"我觉得像个舞蹈演员。不过你会习惯的——我已经习惯了。"

"我已经习惯了。我喜欢这副打扮,不过为什么穿成这样?"

"老头子的命令。"

我又一次问为什么,然后知道了原因,我又一次感到糟透了。我不再说话。多丽丝说道:"吃点午饭吧。"她端起餐盘,坐在我的床边。

"我什么也不想吃。"

"张嘴,"她语气坚定地说,"要不我就揉进你的头发里。来吧! 真乖。"

趁吞下几口饭的空隙,我费劲地说:"我感觉相当好。给我来点'旋转'我就能站起来。"

"你不能服用兴奋剂。"她直截了当地说,一边继续往我嘴里喂饭,"特种饮食,多休息,等会儿也许会给你一点安眠药。这都是老头子的命令。"

"我怎么了?"

"极度疲劳,饥饿,我一生中见过的第一例坏血病。还长了疖疮,生了虱子——不过疖疮已经治好了,虱子也杀灭了。现在你都知道了,如果你敢跟医生说是我告诉你的,我就当面说你撒谎。翻过身去。"

我翻过身,她开始给我换药。我好像浑身都长了疮,她用的药物有点刺痛,接下来的感觉是凉。我在思索她告诉我的情况,努力回忆我在主人控制之下是如何生活的。

"别哆嗦。"她说,"很痛吗?"

"我没事。"我告诉她。我确实想停止哆嗦,平静地理清思绪。就我的记忆而言,在这期间,大概是三天的时间里,我粒米未沾。洗澡?让我想想——我根本没洗过澡!我每天都刮脸,还换上一件干净衬衣,但这是伪装的必要部分,而且主人也是知道的。

另外,根据我的记忆,自从我偷了那双鞋穿上之后,在老头子抓到我之前,那双鞋就从来没脱过——开始穿的时候,那鞋子很紧。"我的脚现在是什么形状?"我问。

"别管闲事。"多丽丝说,"转过身来躺下。"

我喜欢护士——她们平和、朴实,而且非常宽容。我的夜班护士布里格斯小姐没有多丽丝那么令人垂涎——她长着一副患了黄疸性肝炎般的马脸——但对于她这样年纪的人来说,身材还不错。身体结实,保养得很好。她的那套音乐喜剧里的打扮和多丽丝的属于同类,可她却穿得一本正经,走起路来活像掷弹兵。而多丽丝走路的时候会轻轻扭动身子,真是赏心悦目。愿上帝保佑她。

我半夜醒来感到恐惧的时候,布里格斯小姐拒绝给我安眠药,但她却和我打起了扑克,赢了我半个月的薪水。我想从她那儿了解总统的情况,因为我想这段时间已经足够老头子行动了,或赢或输总会有个结果了,可她却守口如瓶。她甚至不承认自己知道任何关于寄生虫、飞碟和诸如此类的事情,尽管这是她穿着一套戏装坐在那里的唯一原因!

我问她当下有没有什么新闻,可她坚持说她最近一直忙着看电视剧。于是我让她把立体电视搬到我的房间,这样我就可以看新闻了。她说必须征求医生的意见,因为我在需要"静养"

的名单上。我问她我什么时候才能见到这个所谓的医生。她说她也不知道，因为医生最近很忙。我问医院里住了多少病号？她说她确实记不清了。就在这时，叫她的铃声响了，她离开了，可能是去看另一个病号了。

我收拾了她。她离开后，我在下一副牌里做了手脚，让她拿了满把烂牌。再以后，我怎么也不肯和她打牌了。

后来我睡着了。叫醒我的是布里格斯小姐，她用冷冰冰、湿乎乎的洗脸巾抽我的脸。她把我安置好，准备吃早饭，随后多丽丝接了她的班，把早饭端给了我。这一次，我是自己吃的，我一边吃，一边想从她嘴里套出点消息——收获和我对付布里格斯小姐时一样。护士们总是把医院当成弱智儿童幼儿园。

早饭后，戴维森过来看我。"听说你在这儿。"他说，他只穿了短裤，其他什么也没穿，只有左臂缠着绷带。

"你听说的比我多多了。"我抱怨说，"你怎么了？"

"蜜蜂蜇了我。"

我不再提他的胳膊，如果他不愿意告诉我他是怎么受的伤，那是他的事。我继续道："老头子昨天来了，听了我的汇报就突然离开了。从那以后你见过他吗？"

"见过。"

"情况怎么样？"我问。

"还是说说你自己的情况吧。你怎么样？好了吗？那些负责心理分析的伙计们允许你重新接触机密了吗？"

"难道还会怀疑我不成？"

"你活下来了，这就是大疑问。可怜的贾维斯就没救过来。"

"啊？"我还没想过贾维斯的事，"他现在怎么样了？"

"不能说好。一直没有缓过来，昏迷不醒，第二天就死了

——你离开的第二天。我是说你被他们抓住的第二天。没有明显的死因——就是死了。"戴维森打量了我一番,"你一定很坚强。"

我并没有感到自己很坚强,只觉得软弱的泪水又一次涌了出来。我眨了眨眼睛,把泪水挤回去。戴维森假装没看见,继续和我说话:"你真该看看你溜走后所引起的大骚乱。老头子紧跟着你追出去,身上什么都没有,只有一把手枪,加上满脸凶相。他本可以抓住你,我敢打赌——却被警察抓住了,我们不得不把他从监狱里弄出来。"戴维森咧嘴笑了。

我自己也露出了些许笑容。老头子一身呱呱坠地的打扮,单枪匹马地去冲锋陷阵拯救世界——这种事,真是既英勇又傻气。"真遗憾,我没有看到。后来又怎么样了?"

戴维森小心谨慎地上下打量了我一番,然后说道:"等一下。"他出门离开了一小会儿,回来后说,"老头子说没关系。你想知道什么?"

"一切。昨天发生了什么情况?"

"那件事我在场,"他回答说,"于是我变成了这样。"他朝我晃了晃受伤的胳膊。"我算幸运的,"他接着说,"三名特工牺牲了。真是好一场轩然大波。"

"可怎么会这样? 总统呢? 他——"

多丽丝匆匆忙忙地进来了。"哦,你在这儿呢!"她对戴维森说,"跟你说了让你躺在床上。你现在该去摩西医院做修复手术了。救护车都等了十分钟了。"

他站起来,冲着她咧嘴笑了,还伸手在她脸上捏了一下。"我不到,宴会就开不了席。"

"好啦好啦,快点。"

"来了。"他和她一起走了出去。

我大声喊道："嗨！总统怎么样了？"

戴维森停下来，扭头道："哦，他？ 他没事——连划伤都没有。"他走了。

几分钟后，多丽丝怒气冲冲地回来了。"病人！"她说，口气像骂人，"知道为什么把他们叫'病人'吗？ 因为你必须有耐心才能忍受他们[1]。我至少在二十分钟以前就该给他打针了，可我直等到他进了救护车之后才能给他打。"

"为什么要打针？"

"他没有告诉你？"

"没有。"

"好吧……没理由不告诉你。截肢，移植，左臂下半部分。"

"噢。"好吧，我想我不可能从戴维森那里听到事情的结局了。移植一截新的肢体是件大事，他们通常会把病人关上整整十天。我在想老头子：昨天的大事之后，他还活着吗？ 当然。我提醒自己，戴维森和我说话之前曾经请示过他。

但这并不是说他没有受伤。我又开始套多丽丝的话，"老头子怎么样了？ 他也是病号吗？ 告诉我是不是违反了你们神圣的搪塞大法？"

"你的话太多了。"她说。"该给你增加早上的营养了，你也该睡一会儿了。"她拿出一杯牛奶，就像变魔术。

"说，姑娘，要不我把牛奶泼你脸上。"

"老头子？ 你是说部门的主任？"

"还能有谁？"

---

[1]英语中，总统是president，病人是patient，耐心是patience。这三个单词发音相似。

　　"他没有住院，至少没在这儿住院。"她颤抖了一下，做了个鬼脸，"我可不想让他在我这儿当病号。"

　　我同意她的说法。

10

此后的两三天里,他们把我像婴儿一样裹在褓褓中。我不在乎,这是我多年来第一次真正意义上的休息。他们大概偷偷为我加了镇静剂。我注意到每次他们喂完我,我总要睡觉。疼痛减轻了不少,现在有人鼓励我——应该说是多丽丝"要求"我——在房间里做一些轻微锻炼。

老头子来看我。"哦,"他说,"还在装病啊,我看出来了。"

我满脸通红。"你这个黑心肠。"我说,"给我找条裤子,我让你看看谁在装病。"

"别急,别急。"他从我床脚拿起记录,浏览了一遍,"护士,"他说,"给这家伙找条裤子。我要恢复他的工作。"

多丽丝抬头看着他,像一只矮小而好斗的母鸡。"你是大老板,但你不能在这儿发号施令。医生会——"

"闭嘴!"他说,"把裤子拿来。医生一到,让他来见我。"

"可是——"

他把她揪起来,甩了一圈,在她屁股上拍了一下,说,"快去!"

她出去了，嘴里唠唠叨叨地抱怨着，不一会儿就回来了。她没有给我带来裤子，却带来了一位医生。老头子看了看，温和地说："医生，我让她去拿裤子，不是去叫你。"

医生口气生硬地说："你不干预我的病人，我就感谢你了。"

"他不是你的病人了。我需要他，我要恢复他的工作。"

"是吗？先生，如果你不喜欢我管理这个部门的方式，你可以立刻免去我的职务。"

老头子虽说固执，但并不是死脑筋。他说："我请你原谅，大夫。有时候，我满脑子都是其他问题，忘记了按正常程序办事。你愿意帮我一个忙，检查一下这个病人吗？我需要他。如果他有可能恢复工作的话，让他立刻归队，这对我帮助很大。"

医生气得下巴直哆嗦，说出口的话却是："遵命，先生！"他一本正经地看了一遍我的病历，然后让我坐在床上，检查我的身体反应。我的个人感受是，身体反应太差劲了。他翻开我的上眼皮，拿电筒照了照，说："他还需要一段时间才能恢复——但你可以带他走了。护士，给这个人拿衣服。"

衣服包括短裤和鞋子，我一直穿的病号服也比这个体面。但其他所有人都是这种打扮，看着这些没有被主人依附的光肩膀，真是太让人宽慰了。我对老头子就是这么说的。"我们目前能找到的最好的防御方法就是这个。"他愤愤地抱怨说，"弄得这地方活像个该死的夏日游乐场。如果在冬天到来之前不能赢得这场较量的话，我们就完蛋了。"

老头子在一个门前停下，门上挂着一块刚刚写好的牌子：生物实验室——不得逗留！他开了门。

我畏缩不前，"我们要去哪儿？"

"去看看你的孪生兄弟，带着你的鼻涕虫的猿猴。"

"我猜就是这回事。我不看——毫无意义。不,谢谢!"我觉得自己开始浑身发抖。

老头子停下来。"你瞧,孩子,"他耐心地说,"你必须克服你的恐惧感,最好的方法就是面对恐惧。我知道这很难——我自己就在这里度过了好多小时,盯着那东西看,让自己习惯它。"

"你不知道——你不可能知道!"我颤抖得太厉害了,只有靠在门框上才能勉强稳住身体。

他看着我。"也许吧,和真正染上不一样。"他缓慢地说,"贾维斯就——"他突然停了下来。

"你说得太对了,不一样!你不能把我弄进去!"

"是啊,我看出来了,做不到。好吧,医生说得对。回去吧,孩子,重新回医院去吧。"他的声音里充满遗憾,而不是愤怒。他转身走进实验室。

他走了两三步,我大声喊道:"老板!"

他停住脚步,转过身来,脸上没有任何表情。"等等,"我说,"我就来。"

"用不着勉强自己。"

"我知道。我要进去。需要点……时间,才能鼓起勇气。"

他没有答话,但我走到他身边时,他抓住我的上臂。他的手很暖,动作充满慈爱,我们往前走的时候他一直抓住我,好像我是个姑娘似的。我们走进去,穿过另一道锁着的门,进入一个房间,里面有空调,温暖潮湿。猿就在那里,关在笼子里。

猿坐在我们对面,一个钢筋制成的金属框架支撑着它的身体,约束着它。它的胳膊和腿无力地耷拉下来,好像自己控制不了似的——就我所知,它确实控制不了。

我们走进去的时候,它抬头看着我们。顷刻间,它的双眼充满敌意和智慧。接着,智慧的光芒消失了,只有愚蠢的动物的眼睛,一只痛苦的动物。

"绕过来,"老头子温和地说道。我只想向后退,可他仍然抓着我的胳膊。我们绕了过去,猿的目光跟随着我们,但它的躯体却被框架约束着。从新的角度,我看到了——那东西。

我的主人。相当长的一段时间里,那东西依附在我的背上,通过我的嘴巴说话,用我的大脑思维。这就是我的主人。

"站稳,"老头子柔和地说,"站稳,你会适应的。"他摇了摇我的胳膊,"往别处看看,会有帮助的。"

我的目光转向别处,确实有帮助,但只有一点。我深深地吸了两口气,然后屏住呼吸,想让我的心脏跳动得慢一点。我迫使自己的眼睛盯着那东西。

引起恐怖的并不是寄生虫的外观。那东西确实丑陋,令人厌恶,但是并不比池塘里的淤泥更难看,也不比垃圾里的蛆虫更丑陋。

恐怖也并非完全出自对那东西的了解,知道它能做什么。在我真正了解那东西是什么之前,我第一次看到的时候就感到了恐怖。我跟老头子谈了这个看法,想以此稳定自己的情绪。他点点头,眼睛仍然盯着寄生虫。"人人都是这样。"他说,"没有理由的恐惧,就像鸟儿见到了蛇。大概这就是它最好的武器。"他的眼睛缓缓地转了过去,似乎看得太久,他那生牛皮一样坚韧的神经也难以承受。

我紧靠着他,尽量去适应,尽量不把早饭吐出来。我一直安慰自己:我是安全的,那东西不能再伤害我了。

我的目光又一次转过去,发现老头子正看着我。"怎么样?"他问,"承受力大点了?"

我回头看着那东西。"大点了。"我接着愤怒地说,"我想做的就是消灭它!我想全部消灭它们——我可以把我的一生都用来消灭它们,消灭它们。"我又开始颤抖起来。

老头子凝视着我。"给。"他说,把他的枪递给我。

我吓了一跳。我从病床上直接到了这里,没有带枪。我接过枪,疑惑地看着他。"啊?拿枪干什么?"

"你想消灭它,对吗?如果你觉得必须这么做——那就来吧。消灭它,动手吧。"

"啊?可是——你看,老板,你告诉过我,你要留下这个做研究。"

"对。但是,如果你需要消灭它,如果你觉得你必须消灭它,那就干吧。我认为,这一个寄生虫,它,是你的。你有权这样做。如果你要杀了它才能使自己重新成为一个完整的人,那就下手吧。"

"'使自己重新成为一个完整的人——'"这个想法在我脑子里回旋。老头子清楚,比我更清楚我出了什么毛病,什么药能治我的病。我已经不再颤抖了,我站在那里,枪握在手里,准备开枪杀戮。我的主人……

如果我杀了这一个,我将重新成为一个自由的人——只要它活着,我永远也自由不了。我想把它们全杀光,每一个,把它们搜出来,杀了它们——特别是这一个。

我的主人……只要我不杀了它,它就是我的主人。我产生了某种阴暗的想法:假如我单独和它在一起,我什么也做不了,我会僵在那里,等它爬上我的身体,再一次依附在我的双臂之间,找到我的脊梁骨,占有我的大脑和内在的自我。

可现在,我能够杀了它。

我不再害怕，反而感到一种强烈的兴奋。我准备扣动扳机。

老头子注视着我。

我放低枪口，有点没把握地问："老板，如果我杀了它，你还有其他的吗？"

"没有。"

"可你需要它。"

"是的。"

"哦，可是——看在上帝的份上，你为什么要给我枪？"

"你知道为什么。这个是你的，你有优先权。如果你必须杀了它，那就干吧。如果你能放过它，那么部门就要利用它。"

我必须杀了它，即使我们杀了所有的寄生虫，只要这个还活着，我就会在黑暗中缩成一团，浑身发抖。而其他的，以研究为目的的——我们随时可以去宪法俱乐部抓它们。只要这个死了，我会亲自带队袭击。我又一次举起枪，呼吸急促。

随后，我转过身来，把枪扔给老头子。他接住枪，放到一旁。"怎么回事？"他问道，"你下定决心了？"

"啊？我不知道。我的枪瞄准它的时候，我知道我能行，这就足够了。"

"我也这么想。"

我感到一阵轻松，浑身暖洋洋的，好像我刚杀了一个人，或是刚刚占有了一个女人——似乎我已经杀了它。我能够面对老头子，把自己的背对着它了。对于老头子做的一切，我甚至没有感到愤怒，只感到一股温暖。"我知道你的把戏。当个手提木偶提线的傀儡主人是什么感觉？"

他并没有把我的嘲弄当作笑话，而是严肃地回答道："傀儡主人不是我。我做得最多的只是把一个人引导到他想走的道路上。那里才是傀儡主人。"他用大拇指指着寄生虫。

我回头看着寄生虫。"对,"我轻声说道,"'傀儡主人'。你自以为了解被它附体意味着什么——其实你不了解。老板……我希望你永远也别了解。"

"我也希望如此,"他郑重地回答说。

我看着那东西,不再发抖。我甚至可以把手揣进自己的口袋里,但是短裤没有口袋。我仍然盯着那东西,继续说道:"老板,如果你用完了那东西,如果还剩下什么,我就杀了它。"

"保证。"

有人匆匆忙忙闯进放笼子的房间,打断了我们。他穿着一条短裤,还穿了件实验室的大褂,看上去傻乎乎的。我不认识他——他不是格雷夫斯,我再也没有见过格雷夫斯,我想老头子把他当午饭吃掉了。

"主任,"他一边说,一边快步走上前来,"我不知道你们在这儿。我——"

"嗯,我在这儿。"老头子打断他的话,"为什么穿大褂?"老头子的枪已经掏了出来,对准那人的胸膛。

那人盯着枪,好像这是场恶作剧。"干吗啊,我当然是在工作。总有可能把什么东西溅在自己身上吧,我们有些溶液是非常——"

"脱下来!"

"啊?"

老头子对他晃着手中的枪,对我说:"准备抓他。"

那人脱下大褂。他站在那里,举着大褂,咬着嘴唇。他的后背和双臂干干净净的,没有说明问题的疹子。"把那该死的大褂拿去烧了。"老头子对他说,"然后回去工作。"

那人满脸通红,准备走开。随后,他又迟疑了一下,瞟了我一眼,对老头子说:"主任,你准备好,呃,进行那个程序了吗?"

"马上。我会告诉你的。"

那人张开嘴,又合上了,接着离开了。老头子疲倦地收起枪。"我们公开张贴过一道命令。"他说,"还大声朗读,让每个人都签字——简直把命令文在他们狭隘的胸脯上了。可总有某个机灵鬼认为这道命令不适合他。科学家!"他说最后一个词的神态就和多丽丝说"病人"时一样。

我转过身来看着我以前的主人。那东西仍然让我感到厌恶,还让我有一种危险的感觉,这种感觉并不完全是令人讨厌的——就像站在一个非常高的地方时的感受一样。"老板,"我问,"你要拿这东西干什么?"

他看着我,而不是鼻涕虫。"我打算和它谈谈。"

"打算干什么?可你怎么能——我想说的是,猿猴不会说话,我的意思是——"

"不,猿不会说话。这是个麻烦。我们必须有一个志愿者——一个人类志愿者。"

他的话音刚落,我就开始想象他的话是什么意思,强烈的恐惧感又一次笼罩了我。"你不会是那个意思吧。你不能那样做,不能对任何人那样做。"

"我能,而且我就要这样做了。该做的一定要做。"

"你找不到任何志愿者!"

"我已经找到了一个。"

"已经找到了?谁?"

"但是我不想使用我找到的这个志愿者。我仍然在寻找合适的人选。"

我很反感，而且表现了出来。"你不应该找任何人，无论是不是志愿者。就算你已经找到了一个，我敢肯定你找不到第二个——这种疯子不可能有两个。"

"或许吧。"他同意我的说法，"可我仍然不愿意用我已经找到的这一个。谈话是必要的，孩子，我们正在进行一场完全搞不到军事情报的战争。对于我们的敌人，我们什么都不了解。我们不能和它谈判，我们不知道它从哪里来，也不知道它的动力是什么。这些，我们必须找出来。我们种族的存亡有赖于此。我们与这些生灵谈话的唯一——唯一方式是通过人类志愿者。所以必须这样做。但我仍在寻找志愿者。"

"哦，别看着我！"

"我就是要看着你。"

我的话有一半是俏皮话，他的回答却是极为认真的。我震惊不已，瞠目结舌。终于，我气急败坏地说："你疯了！我拿着你的枪的时候，真该杀了它。要是知道你留着它的用处，我一定会杀了它。要我自愿地让你把那东西放在——不！我已经体会过一次了，我受够了。"

他似乎没有听到我的话，继续说道："这种事，不是随便哪个志愿者都能做的。我需要一个能挺过来的人。贾维斯不够稳定，从某种角度说，也不够坚强。他没挺过来。但我们知道你行。"

"我？你对这种事情根本不了解。你只知道我活过来了。我……我不能再忍受一次。"

"嗯，也许这会送了你的命。"他心平气和地说，"但与其他人相比，你送命的可能性小得多。你是经过考验的，而且你很老练。你做这件事应该是轻而易举。如果用别人，我就要冒损失一名特工的风险，这种风险非常大。"

"你从什么时候开始担心特工的风险了？"我挖苦地说。

"自始至终，相信我。我再给你一次机会，孩子，你知道，这件事必须得做，而你比任何人都更有机会成功——因为你已经习惯了，所以对我们最有用。如果让其他特工替你，他们就要冒着丧失理智、甚至丧失生命的危险，你愿意这样吗？"

我开始尽力解释我个人的感受。我不是怕死，死亡是正常的，可一想到死的时候还被寄生虫所控制，我就受不了。我隐约觉得，如果这样死了，我肯定会堕入地狱的最底层。更让我受不了的却是被鼻涕虫所控制而没有死。

但我无法向他描绘，因为人类这个种族还没有这种经历，所以没有合适的字眼来描述这种体验。

我耸耸肩，"你可以撤我的职。但一个人的承受力有其极限，我已经达到极限了。我不干。"

他转向墙上的内部电话。"实验室，"他喊道，"立刻开始实验。快点！"

我听出回答的声音就是刚才闯进来的那个人。"哪个实验对象？"他问，"对象不同，测量手段也不一样。"

"最初的志愿者。"

"用那个小一点的装置？"那声音疑惑地问道。

"对。弄到这儿来。"

我朝门口走去。老头子厉声道："你要去哪儿？"

"出去。"我也大声回答，"我不参与。"

他抓住我，把我拽得转了个圈子，好像他才是我们两人中块头更大、更年轻的那一个。"不，你一定要参与。你比我们其他人更了解这些东西,你的建议会很有帮助的。"

"放开我。"

"给我留下,好好看!"他愤怒地说,"是用皮带把你捆在这儿还是让你自由行动,由你选择。考虑到你的病情,我作了让步,但我已经受够了你的胡言乱语。"

我太疲倦了,无力反驳。我感到非常紧张,筋疲力尽,连骨头都疲惫不堪。"你说了算。"

实验室人员推进来一个像椅子一样的金属框架,活像新新监狱特制的死刑椅。脚踝和膝盖处都有金属夹具,椅子的扶手上也有固定手腕和胳膊肘的夹具。还有像紧身胸衣一样的东西来限制腰和胸以下部位的活动。没有椅背,因此,坐进这张椅子的倒霉蛋的肩膀可以完全露出来。

他们把这把椅子移过来,摆在关猿猴的笼子旁边,卸掉笼子的后围栏,将侧围栏靠近"椅子"。

猿猴似乎意识到了什么,目不转睛地注视着整个过程,但四肢仍然无能为力地悬在那里。笼子打开以后,我更不安了。要不是老头子威胁要把我捆起来,我早就溜走了。

技术人员站在后面等待,显然做好了准备。外面的门打开了,进来了几个人,玛丽也在其中。

玛丽的突然出现让我吓了一跳。我一直想见到她,几次通过护士向她传话——可她们说找不到她。也不知是真找不到还是有人吩咐她们这么说。我竟然在这种情况下与她重逢。我只能在心里诅咒着老头子,知道抗议只是白费工夫。这种事,怎么也不该让一个女人看,哪怕这个女人是一名特工。不管怎么说,做事总该稍稍体面点,稍稍有点限制吧。

　　玛丽看见了我,一脸惊讶,她朝我点点头。我也点点头,没说什么,这不是闲聊的时候。她和平时一样漂亮,但神情很严肃。穿的服装和那些护士们相同:短裤和一件很小的三角背心,但她没戴那种可笑的金属头盔和背甲。

　　这群人里的其他人都是男人,像老头子和我一样穿着短裤。他们带了一大堆录音和立体电视拍摄设备,还有一些其他装备。

　　"准备好了?"实验室主任问道。

　　"开始。"老头子回答说。

　　玛丽径直走向金属椅子,坐了进去。两名技术人员跪在她的脚前忙着扣上夹具。玛丽的手伸到背后,解开背心的带子,让自己的背部裸露出来。我被眼前的一切惊呆了,犹如被噩梦魇住了。过了一会儿,我才一把抓住老头子的肩膀,把他推到一旁。我冲到椅子旁边,踢开技术人员。"玛丽!"我叫喊着,"快起来,离开这里!"

　　老头子用枪顶着我,命令我往后退。"离她远点。"他喝道,"你们三个——抓住他,把他捆起来。"

　　我看着那把枪,又低头看看玛丽。她什么也没有说,一动不动,她的脚已经被扣住了。她用温柔的目光看着我。"站起来,离开这里,玛丽。"我无力地说道,"让我来。"

　　他们搬走了玛丽坐的椅子,又拿进来一张更大的。我不能用她的,两张椅子都是根据身体尺寸定制的。他们把我固定在椅子上,我就跟被他们用水泥浇筑进去差不多。刚把我固定好,我的背就痒得难以忍受,尽管没有任何东西碰到我。

　　玛丽已经不在这个房间里了。我不知道是她自己离开的,还是老头子命令她出去的。都一样。他们把我准备好之后,老头子走向前来，一只手搭在我的胳膊上，平静地说道："谢谢，孩子。"

我没搭理他。

因为是在我后面进行的，因此我没看到他们如何拿掉寄生虫。我刚才见他们弄进来了一个装置，是在专门处理放射性物质的遥控设备的基础上改装的。他们用的无疑就是这个装置。即使头能转过去，我也没兴趣看，再说我的头也转不过去。

猿猴开始大叫起来，有人喊道："小心！"

一片死寂，好像每个人都屏住了呼吸。接着，一团湿乎乎的东西碰到我的脖子后面，我昏了过去。

我醒过来时，浑身充满我以前经历过的那种令人激动的能量。我知道我处境窘迫，但我暗自下定决心，要想个办法逃出去。我并不害怕，我蔑视这些围在我身边的人。只要给我时间，我有把握，一定能智胜他们。

老头子严厉地说："你能听见我的话吗？"

我回答说："当然。别大喊大叫的。"

"你还记得我们这么做的目的是什么吗？"

我说："我自然记得。你想问一些问题。你还等什么呢？"

"你是什么？"

"真是个愚蠢的问题。看看我。我身高六英尺一英寸，头脑简单，四肢发达，体重——"

"不是你。你知道我说的是谁——你。"

"猜谜游戏？"

老头子等了一会儿才回答："假装我不知道你是什么，对你没有什么好处——"

"啊，可你确实不知道。"

"要知道，从你寄生在那只猿猴身上开始，我就一直在研究你。我了解许多有关你的情况，我对你有优势。第一——"他开始一条一条地列举。

"你可以被杀死。

"第二，你可以被伤害。你不喜欢电击，你受不了人能忍受的热量。

"第三，如果没有寄主，你就无所适从。只要把你从这个人的身上摘掉，你就会死。

"第四，你自己没有力量，只能利用你的寄主的力量——你的寄主当然只能听凭你摆布。试试你的枷锁，识相点。你必须合作——否则就得死。"

我心不在焉地听着，身上的枷锁我早就试过了，既不抱什么希望，也不觉得害怕。我只发现这副枷锁正如我所预料，是不可能逃脱的，这并没有让我担心。我既不担心，也不害怕。又一次和我的主人在一起，我有一种莫名其妙的满足感，远离麻烦，远离紧张。我要做的就是侍奉主人，将来的事就任其发展吧。

同时我必须保持警觉，随时侍奉他。

我一只脚踝上的夹具比另一只的要松一些，也许我能把脚从里面抽出来。我又试了试胳膊上的夹具，如果我把肌肉完全放松，大概——

但我没有做出逃跑的尝试。立刻就来了一道指示——或者说，我做出了一个决定，因为"指示"和"决定"的意思是一样的。我告诉你，主人和我之间没有冲突，我们是一体的——无论是指示还是决定，反正我知道，现在还不是冒险逃跑的时候。我的眼睛四下看了看，想知道谁带了武器，谁没有带。我的猜测是：只有老头子带了武器。那我逃跑的机会更大了。

在内心深处的某个地方,有一种内疚和绝望的痛楚。除了主人的仆人,没有人体验过这种痛楚——可我正忙于手头的问题,没有工夫操心这种事。

"怎么样?"老头子继续说,"你是回答我的问题呢,还是让我惩罚你?"

"什么问题?"我问,"到目前为止,你一直在唠唠叨叨,胡说八道。"

老头子转向一个技术人员,"把反馈线圈给我。"

虽然我不明白他要的到底是什么,但是我并没有感到恐惧。我仍在忙着检查我的枷锁。如果我能骗他把枪放到我能够得着的地方——假设我能挣脱一只胳膊——那我就能——

他把一根杆子伸到我的肩膀前。我感到了极度的、难以忍受的疼痛。房间里一片黑暗,好像电闸被拉下来了似的。一瞬间,由于疼痛,我浑身颤抖、扭曲。我被这疼痛劈开了,此时此刻,我的主人不存在了。

疼痛消失了,只留下记忆的烙印。我还不能说话,甚至不能连贯地思考,被劈开的感觉也结束了,在主人的怀抱中,我又一次感到了安全。在我侍奉他的过程中,我第一次,也是唯一的一次感觉到我不是那个无忧无虑的我,主人的极度恐惧和疼痛传到了我这个仆人的身体上。

我低头朝下看,看到我的左手手腕上有一条肿起来的红色伤痕。在我挣扎的时候,我在夹具上划伤了自己。这没关系,我会扯断自己的双手和双脚,迈着血淋淋的步子从这里逃走——只要我的主人能以这种方式逃脱的话。

老头子问道:"你喜欢这种滋味吗?"

笼罩着我的恐慌渐渐消失了,我又一次感到健康、无忧无

虑,虽然有点谨慎小心。刚才很疼的手腕和脚踝现在已经不碍事
了。"你为什么要这样做呢?"我问,"你确实可以弄疼我——可这
是为什么呢?"

"回答我的问题。"

"问吧。"

"你是什么?"

我没有立刻回答。老头子伸手去拿那杆子,我听到自己说:
"我们是人。"

"人？什么人?"

"唯一的人。我们研究了你们,知道你们的方式,我们——"
我突然停了下来。

"接着说,"老头子严厉地说道,拿着杆子晃了一下。

我接着说道:"我们给你们带来——"

"给我们带来什么?"

我想说,因为杆子离我非常非常近,近得可怕。但我却找不
到合适的字眼。"给你们带来和平。"我脱口而出。

老头子轻蔑地哼了一声。

"'和平',"我继续说,"和满足感——屈服的快感。"我又犹豫
了——"屈服"不是恰当的字眼。我绞尽脑汁搜寻着,就像在使用
一种不熟练的外语,"快感,"我重复道,"——涅槃……之快感。"
这就对了,这个词很恰当。我的感觉就像狗因为叼回棍子而受到
了爱抚一样,我浑身快乐地颤抖着。

"让我来说吧。"老头子沉吟着说,"你们向人类承诺,如果我
们屈服于你的同类,你们就会照料我们,让我们快乐。对吗?"

"确实是这样!"

老头子久久地注视着我,他并没有看着我的脸,他的目光掠

过我的双肩。他朝地板上吐了一口痰。"你知道,"他缓慢地说道,"经常有人向我和我的同事提出类似的交易,当然,规模从来不像现在这么大,但我们从来都不屑一顾。"

我尽量把身子向前靠,"你亲自试一试,"我说,"马上就试试——然后你就真正知道了。"

他盯着我,这次是我的眼睛,"也许我应该试试。"他若有所思地说,"也许我欠谁点——什么,该试试。也许有一天我会试的,可现在,"他厉声说,"你还得多回答点儿问题。给我好好回答,免受皮肉之苦。要是回答慢了,我就升高电流。"他挥舞着手里的杆子。

我缩了回来,有一种被打败的、心灰意冷的感觉。我最初还以为他要接受条件呢,我一直计划的逃跑的可能性就可以实现了。"现在回答,"他继续说道,"你们从哪里来?"

没有回答……我没有回答的冲动。

杆子离我更近了。"遥远的地方!"我叫了起来。

"这不是新闻。告诉我是哪里?你们的本部基地在哪里?你们自己的星球在哪里?"

我没有回答。老头子等了一会儿,随后说道:"我看出来了,我必须触动一下你的记忆。"我目光呆滞地看着,什么也没想。旁边站着的一个人打断了他。"嗯?"老头子说。

"也许有语义方面的困难。"那个人说,"不同的天文学概念。"

"怎么可能?"老头子反问道,"鼻涕虫一直在使用借来的语言。他知道他的寄主所知道的一切,我们已经证明了这一点。"但他还是转过身,换了一种提问的方式,"看——你知道太阳系,你们的星球是在太阳系,还是在太阳系以外?"

我犹豫了一下,然后回答说,"所有的行星都是我们的。"

他绷紧了嘴唇。"唔，"他若有所思地说，"不知你这样说是什么意思？"他接着说，"没关系，你可以说整个宇宙都是你们的，而我想知道的是你们的老巢在哪里？你们的本部基地在哪里？你们的飞船是从哪里来的？"

我不可能告诉他，也没有告诉他。我一言不发地坐在那里。

突然间，他把杆子捅到我的背上，我感到一阵突如其来的剧痛，接着就消失了。"你这混蛋，说！是哪个星球？火星？金星？木星？土星？天王星？海王星？冥王星？"他一个一个数出来的时候，我看到了这些星星——而我去过的离地球最远的地方是太空站。当他说到那一颗星星、正确的那颗时，我知道——这想法立刻就消失了。

"说！"他追问道，"不然就挨鞭子。"

我听到自己说："哪个都不是。我们的家在遥远的远方。你们永远找不到。"

他的目光掠过我的肩膀，接着，他盯着我的眼睛。"我认为你在撒谎。我想需要给你加点料，让你变得诚实点。"

"不，不！"

"试试也没有什么坏处，"他慢慢把杆子戳过来，戳到了我的背后。突然间，我又知道了答案，而且准备回答，但我的喉咙被什么东西扼住了。然后，疼痛开始了。

疼痛没有消失。我被撕成了碎片，我要讲出一切，说出一切来阻止我的疼痛——但那只手仍然卡着我的脖子，我什么都说不出来。

剧痛中，我看到了老头子的面孔，闪闪发光，漂浮不定。"够了吗？"他问，"要说吗？"我开始回答，但我感到嗓子被堵住了，说不出话来。我看到他又一次伸手去拿那根杆子。

我突然裂成了碎片,死了。

他们弯腰看着我。有人说,"他醒过来了。当心,他可能会狂性大发。"

老头子的脸伸到我面前,露出担心的表情。"你没事吧,孩子?"他迫不及待地问。我的脸转到一边。

"请让开,"另一个声音说道,"我给他打一针。"

"他的心脏受得了吗?"

"当然——否则我是不会给他打的。"说话人跪在我旁边,拉过我的胳膊,给我打了一针。他站起来,看看自己的双手,然后在短裤上擦了擦,短裤上留下了血渍。

我感到力量在我体内涌动。"旋转。"我茫然地想,或是类似的东西。管它是什么,反正这东西让我感到恢复了力量。一会儿工夫,我坐了起来,没有让别人扶我。

我还在放笼子的房间,就在那张可恶的椅子前。我毫无兴趣地注意到笼子已经关上了。我开始站起来,老头子走上前来,伸手扶我。我甩开他。"别碰我!"

"对不起,"他说,然后厉声说道,"琼斯!你和伊托——带上担架。把他送回医院。医生,你也一起去。"

"好的。"给我打针的人走过来拉住我的胳膊。我的胳膊缩了回来。

"把你的手拿开!"

他愣住了。"走开——你们都走开。让我一个人待一会。"医生看着老头子,老头子耸耸肩,然后示意他们让开。我一个人走到门前,穿过门,继续走出外面的门,来到过道里。

我在那里停下来,看着我的手腕和脚踝,决定我最好还是回医院去。多丽丝会照顾我的，我肯定，也许我能睡上一会儿。我觉得自己像一个打满十五回合，而且每个回合都输了的拳手。

"萨姆,萨姆!"

我抬起头来，我熟悉那个声音。玛丽快步走向前来，站在我身边。她看着我，目光里充满极度的悲伤。"我一直在等。"她说，"哦,萨姆! 他们都对你做了什么啊?"她的声音哽咽着，我几乎听不清她在说什么。

"你难道不知道?"我回答说，发现我还有足够的力量抽她一巴掌。

"婊子。"我加了一句。

我原先住过的病房仍然空着，但我没有看到多丽丝。我清楚一直有人跟着我，大概是医生，但此时此刻我不需要他，不需要任何人。我关上门，趴在床上，想停止思考，不想有任何感觉。

突然，我听到一声喘息，我睁开眼睛，多丽丝来了。"到底怎么回事啊?"她一边喊着，一边走到我跟前。我感到她温柔的手放在我身上。"哦,你这可怜的孩子!"然后她说，"等在这儿别动。我去叫医生。"

"不!"

"你必须让医生看看。"

"不。我不见他。你来帮我。"

她没有答话。我听见她走出去了。不一会儿，她回来了——我想是不止一会儿——开始冲洗我的伤口。医生没有和她一起来。

她的块头还没有我一半大，但需要的时候，她能把我拉起来翻个身，似乎我真是她的孩子(她就是那样叫我的)。我一点也不惊讶,我知道她能照顾我。

她碰我的背的时候,我想尖叫,但她很快就包扎好了。"翻过身来,放松一下。"她说。

"我要趴在这儿。"

"不用,"她说,"我想让你喝点东西。真是个好孩子。"

我翻过身来,其实主要是她帮我翻过来的,喝了她给我的东西。过了一会儿,我就睡着了。

我似乎记得后来被弄醒了,看见了老头子。我把他骂走了。医生也在——也许这只是一场梦。

布里格斯小姐叫醒了我,多丽丝给我端来了早餐,好像我的名字一直留在病号的名单上,从来没动过。多丽丝想喂我,但我可以自己吃。其实我的状况不是特别糟。我浑身僵硬、疼痛不已,好像被放进一只桶里从尼亚加拉大瀑布上冲了下来似的。我的两只胳膊和两条腿上都打着绷带,我在夹具上弄伤了自己,好在骨头没有断。真正的病因在我的灵魂深处。

不要误解我。老头子可以把我派到危险的地方——已经这样做了,而且不止一次——我并不会因此对他不满。这些是我的工作,我签过合同。可他对我做的这件事,我没有签下任何合同。他知道什么对我起作用,而且故意利用这一点来强迫我做我永远也不会同意的事,就算被骗进陷阱里也不会同意。一旦他把我置入他希望的境地,他就毫不怜悯地利用我。

哦,我也曾经用刑讯的办法逼别人招供。有时候你不得不这样做。但这一次不同。相信我。

我生气的对象是老头子。至于玛丽,她算什么?不过是另一个漂亮女人而已。老头子说服了她,让她充当诱饵,对此,我从灵魂深处感到厌恶。作为一名特工,利用女性自身的特点倒没有什么。部门必须有女性特工,她们可以做男人做不了的事情。女间谍从来都有,她们使用的手段从古到今没什么变化。

可她不该同意利用这种手段来对付另一个特工,而且是自己同一个部门的——至少不应该用这种手段来对付我。

不太合逻辑,是吗?对我来说是符合逻辑的。玛丽不应该那样做。

我受够了,不干了。他们可以在没有我参加的情况下继续寄生虫行动,我已经参加过了。我在阿迪朗达克斯有一座小房子,我在那儿冷冻了食物,足够我吃好几年——不管怎么说,一年没问题。我有许多"时光飞逝"片,还能弄到更多。我要到那里去,用那些东西打发时间——没有我,世界也可以拯救自己,下地狱也行。

如果任何人走进我一百码的范围,我一定要先看看他赤裸裸的后背,否则就一枪撂倒他。

11

这件事我没办法憋在心里，必须跟谁谈谈才行。这个人就是多丽丝。这件事当然也是机密情报，但我这么做也不算真正的泄密。多丽丝本来就知道寄生虫行动的所有情况，没有理由把这当中的任何一部分视为秘密，不告诉她。

多丽丝义愤填膺——该死的，她气得像一只怒火冲天的猫头鹰。他们给我留下的伤口是她包扎的。当然，作为一名护士，她包扎过比这严重得多的伤口，但我的伤是我们的自己人造成的。我不假思考地说出了我认为玛丽在里面扮演的角色。"你知道吗，屠宰场有个老把戏，"我说，"他们训练一只动物，把别的动物领进屠场。那就是他们让玛丽对我做的事。"

她以前没听说过那个把戏，但她明白我的意思。"而你曾经想娶这个姑娘？"

"对。很愚蠢，不是吗？"

"只要是女人的事，男人都是大傻瓜——但这不是关键。她想不想和你结婚不要紧，最可恨的是，她知道你想和她结婚。就因为这个，她的所作所为才这么可恨，比其他情况下可恨八千

倍。她知道她能对你做什么。这不公平。"她停止了按摩,双眼闪
亮,"我没见过你那个红头发姑娘,现在还没有——但是如果我见
了她,我非抓破她的脸不可。"

我对着她笑了,"你是一个好孩子,多丽丝。换了你的话,一
定会公道地对待男人。"

"哦,我可不是天使,我正当年的时候也捉弄过不少男人。但
我做的事要是有她做的一半坏,我就会砸碎我所有的镜子。转过
来,我要按摩另一条腿。"

玛丽露面了。我知道她来了,因为我听到多丽丝愤怒地说:
"你不能进来。"

玛丽的声音回答说:"我要进去,想拦我的话就试试看。"

多丽丝尖叫,"站那儿别动——否则我就把你的红头发连根
拔掉。"

一阵短暂的宁静,只有脚步声,接着听见"啪"的一声,很响
亮。有人脸上挨了一巴掌。我大声喊道:"喂!怎么回事?"

她们俩同时出现在过道里。多丽丝气喘吁吁,头发乱成一
团。玛丽一副庄重冷静的样子,但左脸那一片鲜红正是多丽丝手
掌的大小和形状。她看着我,对护士不理不睬。

多丽丝喘匀了气,"从这儿滚出去。他不想见你。"

玛丽说:"除非他自己这么说。"

我看着她们俩,然后说道:"哦,见鬼——多丽丝,她竟然来
了,我跟她谈谈。不管怎么说,有些事情我得告诉她。谢谢你。"

多丽丝等了一会,道:"你是一个傻瓜!"她甩门而去。

玛丽来到床前。"萨姆,"她说,"萨姆。"

"我的名字不是'萨姆'。"

"我一直不知道你的真实姓名。"

我犹豫了。这不是向她解释我父母傻得把"伊莱休"这个名字硬安在我身上的时候。我回答说:"有什么事?叫'萨姆'就行。"

"萨姆,"她重复道,"哦,萨姆,亲爱的。"

"我不是你'亲爱的'。"

她低下头。"对,这我知道。我也不知道为什么。萨姆,我到这里来就是想弄明白你为什么恨我。也许我不能改变你对我的恨,但我必须知道这是为什么。"

我轻蔑地哼了一声。"你做了那一切之后,还不知道为什么吗?玛丽,你也许是个冷酷的家伙,但你并不愚蠢。这我知道,我们一起工作过。"

她摇摇头,"正相反,萨姆。我并不冷酷,却常常很愚蠢。看着我,请看着我——我知道他们对你做了什么。我也知道你这样做是为了让我免遭磨难。这我知道,而且我非常感激。可我不知道你为什么恨我。你不必那样做,我也没有让你那样做,也不想让你那样做。"

我没有回答。过了一会,她又说道:"你不相信我?"

我用一只胳膊肘撑起身子。"我相信你。我相信你已经说服了自己,让自己相信这就是事实真相。现在,让我来给你说说到底是怎么一回事。"

"请吧。"

"你坐在那把骗人的椅子里,知道我绝对不会让你去忍受这一切。无论你那狡猾的女性头脑承认不承认,这一点你是知道的。老头子不能强迫我坐进那把椅子,他不能用枪,也不能用药物迫使我坐进去。你能。能迫使我承受那一切的是你,而我宁死也不愿意碰……一个让我感到肮脏、感到被糟蹋了的东西。可你做到了。"

我说这一切的时候,她的脸色变得越来越白,她的脸色在头发的映衬下几乎成了绿色。她气喘吁吁地说:"你相信这些吗,萨姆?"

"还能是什么?"

"萨姆,事情不是这样的。我根本不知道你会在那里。我感到非常震惊。但是我无能为力,只能忍受这一切,我保证过的。"

"保证过,"我重复道,"一个女中学生的保证就成了这一切的借口。"

"这不是女中学生的保证。"

"没关系。无论你知道不知道我在那里,无论你说的是不是事实,都没有关系——这当然不是事实,但没关系。问题是:你在那里,我也在那里——如果你做了你确实做了的事,会发生什么情况,难道你猜不出来?"

"哦,"她等了一会儿,这才继续说道,"原来你是这么看的,事实摆在那儿,我怎么争辩都没用。"

"是的。"

她静静地在那里站了很久,我没有理她。最后她说道:"萨姆——有一次你说要和我结婚。"

"我记得说过类似的话。那是以前的事了。"

"我并没有指望你重新提出来。但还有另一件事情,算是推论吧。萨姆,无论你对我有什么看法,我想告诉你,我对你为我所做的一切非常感激。啊,巴吉斯小姐愿意,萨姆——你明白我的话吗?"

这一次,我对她咧开嘴,笑了。"真是不折不扣的女性! 老实说吧,你们女性大脑的思维方式真让我叹为观止。你们总是觉得,只要打出那张王牌,无论做了什么都可以一笔勾销,从头再来。"她的脸涨得通红,我继续对她笑道,"没用。这次不行。我不会接受你真诚的提议,免得让你不方便。"

她的脸依然通红,但声音依旧平静镇定,"我自己愿意的。还有,我是真心的。这个——或者其他任何事,我都可以为你做。"

我的胳膊肘麻木了,我侧身躺下,"你确实可以为我做点事。"

她的脸上露出喜色,"做什么?"

"离开这里,别再烦我了。我累了。"

我把脸转到一旁。我没有听到她离开的声音,但我听到多丽丝回来了。她怒气冲冲,像一只猎狐犬。一定是在过道里跟玛丽擦身而过。她面对着我,双手卡在腰间,看上去既娇小可爱,又义愤填膺。"她把你说服了,是吗?"

"我看没有。"

"别跟我撒谎。你心软了。我知道——男人都这样。白痴!像她那样的女人,只要对着男人扭扭屁股,他就跟一只小狗一样听话:打滚,装死,干什么都行。"

"我没有。我给了她应得的待遇。"

"真的?"

"是的——我让她立刻卷铺盖了。"

多丽丝满脸疑惑。"但愿你真这样做了。也许你这样做了——她出去的时候没有刚进来时那股优雅劲头。"她不再提这件事了,"你感觉怎么样?"

"相当好。"——这是谎话,纯粹的谎话。

"想按摩吗?"

"不用了,过来坐在床边和我说说话就行。想抽烟吗?"

"好吧——只要不被医生逮住就行。"她坐在床上,我用火柴为我们俩点上了烟,把她那一支放进她的嘴巴。她深深地吸了一口,鼓起胸部,她那傲慢的乳房几乎撑破了她的三角背心。我又一次想到,她真是一道美餐。为了忘却玛丽,她正是我所需要的。

我们聊了一会,多丽丝谈了她对女人的看法——看样子她对她们总的来说并不赞赏,尽管她对自己也是个女人一点也没有感到愧疚——正相反!"就拿女病号来说吧,"她说,"我做这项工作的原因之一,就是因为我们很少有女病号。男病号感谢你为他所做的一切。女病号却认为这是你应该做的,还会不断嚷嚷,提出更多要求。"

"你会成为那样的病号吗?"我问,只是为了逗逗她。

"我希望不会。我很健康,感谢主。"她掐灭了香烟,从床上跳了下来,床反弹了几下,"得走了。需要什么,叫一嗓子就成。"

"多丽丝——"

"怎么?"

"你最近可以休息吗?"

"我最近计划休假两周。怎么?"

"我在想。我也要休假了——至少是休假。我在阿迪朗达克斯有一座小屋。怎么样? 我们可以在那里愉快地过上一阵子,忘记这个疯人院。"

她笑起来,"你知道吗,你真是太好了,甜心。"她走过来,对着我的嘴唇给了我一个热吻,这是她第一次这么做,"我要不是一个结了婚的老婆子,还有一对双胞胎的话,说不定真会接受你的提议。"

"哦。"

"对不起。但谢谢你的好意。你真让我高兴。"

她朝门口走去。我喊道："多丽丝，等一下。"她停下来，我说，"我不知道你结婚了。你看，那小屋，我是说——带你的老头子和孩子们去那儿，让他们好好享受一下。我会给你密码锁和询问机的密码。"

"你当真？"

"当然。"

"好吧——我随后告诉你。谢谢。"她又回来吻了我一次。我真希望她没有结婚，至少别说得那么清楚。接着她离开了。

过了一会儿，医生来了。他漫不经心地做着那种医生们常做的无关紧要的小检查时，我问："那个护士，马斯登小姐——她结婚了吗？"

"这和你有什么关系？"

"我就是想知道。"

"你的手离我的护士远点——不然的话，我非把你的手塞进拳击手套里不可。现在把舌头伸出来。"

那天下午晚些时候，老头子的脑袋探了进来。我的本能反应是高兴，这是长期形成的习惯。接着我想起来了，态度冷淡下来。

"我想和你谈谈。"他开口道。

"我不想和你谈。出去。"

他不顾我的反对，拖着那条残疾腿走了进来。"我坐下你不介意吧？"

"你不是已经坐下了吗。"

我这样说,他却忍了下来。他皱巴巴的脸阴沉着,"你知道,孩子,你是我最好的手下之一,可有时候,你有点过分急躁了。"

"别为我的毛病操心了,"我回答说,"只要医生让我离开这里,我就不干。"到目前为止,我还没有最后打定主意。不过这句话自然而然脱口而出,就和吃荞麦饼的时候喝果汁一样顺理成章。我不再信任老头子,下面的结论就不言而喻了。

任何不愿意听的事,老头子统统听不见。"你太性急了,总是急急忙忙就得出结论。就拿玛丽这姑娘来说——"

"哪个玛丽?"

"你知道我说的是哪个,你知道她的这个名字,'玛丽·卡瓦诺'。"

"她是你设的饵。"

"你不了解情况,就把她斥责得一无是处。你让她难过极了。事实上,你几乎毁了我的一个优秀特工。"

"哼!我的眼泪都快下来了。"

"听着,你这蛮横无理的毛孩子,你没有任何理由粗暴地对待她。你不了解实情。"

我没有答话。他不应该向我解释,这是最笨拙的防御手段。

"噢,我知道你自以为什么都明白。"他接着说道,"你以为她心甘情愿被当作诱饵,诱惑你加入我们所做的那项工作。要是这样的话,你的理解有一点点偏差。她确实被当作了诱饵,不过是我利用了她。这种方案是我设计的。"

"我知道是你干的。"

"那为什么还谴责她呢?"

"因为,虽然是你设计的,但是如果没有她积极主动参与其中,你的方案不可能实施。你确实有本事,你这个残酷无情的混蛋——可单凭你一个人,你是办不成的。"

他对我的咒骂充耳不闻,接着说道:"你什么都知道,可就是不明白关键的一点,那就是——这姑娘根本不知道。"

"见鬼,她就在那儿。"

"她确实在那儿。孩子,我什么时候向你撒过谎?"

"没有,"我承认,"但你要对我撒起谎来,眼皮都不会眨一下。"

他看上去很委屈,但还是接着说:"或许我活该被看成这种人。如果出于国家安全的需要,我确实会向自己人撒谎。但到目前为止,我还没有发现有撒谎的必要,因为我向来严格选拔部下。但这一次,国家利益与此无关,我没有撒谎。你可以亲自去调查,随便什么办法都可以用,看看我是不是撒谎了。那姑娘不知道。她不知道你要进入那个房间。她不知道你为什么会到那里。她不知道还有谁要坐进那张椅子。她一点也没有怀疑我并不是要她来承受这一切,或者说我已经认定你是唯一适合的人。即使我必须把你捆上,强迫你——我会做的,如果我没有几条妙计来哄着你自愿去做的话。让你自己见鬼去吧,孩子,她甚至不知道你已经从医院出来了。"

我愿意相信,因此我才拼命地不相信。如果这是谎言的话,这正是老头子会说的那种谎言。关键是看他愿不愿意费神去撒谎——哦,让两个最主要的特工处于最佳状态,也许他会认为这种事涉及国家安全。老头子的想法是很复杂的。

"看着我!"他说。我从沉思中猛地惊醒,抬起头,"还有一件事我想让你知道,哪怕牛不喝水强按头,我也要你知道。首先我要说的是,大家——包括我——都很感谢你的所作所为,无论你的动机是什么。我把这件事写进了档案里，毫无疑问，适当的时候会发勋章的。我保证做到，无论你是否继续留在部门里。你如果要走的话，我会帮你调进任何地方，或是你想去的地方。"

他停下来，喘了口气，又接着说："但你别想趾高气扬地扮出一副英雄模样——"

"我不会。"

"——因为勋章发错了人。真正应该得到这枚勋章的人是玛丽。

"你别作声，我还没有说完呢。你虽然坐进去了，但却是我强迫你做的，无论我采取的是什么方法。我承认，你受了不少罪。但玛丽才是真正的、纯粹的志愿者。她坐在那张椅子里的时候，根本不知道我的打算。她并没有指望最后一刻得到解救，她有充分的理由相信：哪怕她能活着站起来，她也会丧失理智，这比死更可怕。可她做到了——因为她是英雄，在这一点上，你可是输了几分。"

他不等我回答就继续说道："听着，孩子——大部分女人都是愚蠢的傻瓜，头脑幼稚，但她们的心胸比我们宽广得多。因此，她们当中的勇敢者更勇敢，她们当中的好人更好——而卑鄙的则更卑鄙。我要告诉你的是：这个人比你更男人，你冤枉了她。"

我的内心极不平静，难以判断他是在叙述事实，还是又在操纵我。我说："也许是这样。也许我冤枉了好人。不过，如果你说的是真的——"

"是真的。"

"——这也不能使你的所作所为变得体面起来，而是更糟糕。"

他没有回避,接受了我的看法。"孩子,如果我失去了你的尊重,我感到很遗憾。但是,如果出现类似情况,我还会这样做。对于这种情况,我别无选择,就像战场上的指挥员一样无法选择。我比战场指挥员的选择余地更小,因为我在战斗中使用的武器不一样。我向来狠得下心肠。这也许是好事,也许是坏事——但这是工作需要。如果你处在我的位置,你也会这样做。"

"我不可能处在你的位置。"

"去休个假吧。好好休息休息,思考一下这些问题。"

"我不是要休假——我要的是一去不回头。"

"可以,请便。"

他起身离开。我说:"等一下——"

"怎么?"

"你曾经向我保证过,我还记着呢。是关于那个寄生虫的——你说过我可以杀了它,亲自下手。你用完了吗?"

"是的,我用完了,不过——"

我开始下床。"没有'不过'。把你的枪给我,我现在就要去杀了它。"

"你做不到,因为它已经死了。"

"什么? 你答应过我的。"

"我知道我答应过你。可是在我们强迫你——强迫它——说话的时候,它死了。"

我坐下来,开始浑身颤抖着哈哈大笑。狂笑一开始就停不下来。我不喜欢这样,但我就是控制不住。

老头子双手抓住我的肩膀摇晃着。"振作起来! 你会生病的。我很遗憾,但是这没有什么可笑的。这是没有办法的事情。"

"啊,太可笑了。"我说,我仍然在抽噎,在笑个不停,"这是我一生中遇到的最滑稽的事。你让你自己蒙羞,毁了我和玛丽——结果却是一场空。"

"啊?你怎么会有这种想法?"

"因为我知道——我知道当时发生的一切。你甚至没有战胜它——战胜我们,我应该说。以前不知道的,你们现在仍然不知道。"

"我们不知道才见鬼!"

"你知道才见鬼。"

"这是一次比你想象的大得多的成功,孩子。寄生虫死之前,我们确实没有直接从它身上榨出什么——但我们从你身上获得了有价值的东西。"

"从我身上?"

"昨天晚上。我们昨天晚上做的。你被麻醉了,进行了心理分析,测了脑电波,进行了其他方面的分析,把你知道的一切都榨出来了。寄生虫向你泄露了秘密,你摆脱它之后,这些秘密仍然保存在你的脑子里,等着进行催眠分析。"

"什么?"

"它们住在哪儿。我们知道了它们从哪里来,就能反击了——泰坦星,土星的第六颗卫星。"

他说这些的时候,我的嗓子里感到一阵突如其来的窒息——我知道他说得对。

"我们把它从你身上弄下来之前,你挣扎得很厉害。"他回忆说,"我们不得不按住你,免得你弄伤自己——伤得更重。"

他没有离开,而是把瘸腿挪到床上,坐在床沿,点上一支香烟。看样子,这种亲近姿态让他很不自在。我也不想再和他作对了,我感到头晕,有些情况我也要弄清楚。泰坦星——距离很远。火星是人类到过的最远的行星。只有一次向木星的卫星发射过探测器,"海坟远征"号,但它一去不复返,再也没有回来。

但我们可以到达那里,只要有去那里的充足理由。我们要捣毁它们的老巢!

最后,他站起来要走。他一瘸一拐地走到门口,我又一次叫他:"爸爸——"

我已经多年没有这样叫过他了。他转过身来,脸上露出了惊讶的神色。"怎么,孩子?"

"你和妈妈为什么叫我'伊莱休'?"

"哦?为什么,因为当时觉得这个名字合适呗。这是你外公的名字。"

"哦,我得说,这个理由不充分。"

"或许不充分。"他又一次转身要走,我又一次叫他。

"爸爸——我妈妈是个什么样的人?"

"你妈妈?我真不知道该怎么对你说。嗯——她非常像玛丽。对,非常像玛丽。"他没有再给我任何说话的机会,转过身去,拖着笨重的脚步出去了。

我转过脸面对墙壁。过了一会儿,我平静下来了。

12

这是我从个人角度出发,对众所周知的事件进行的个人描述。我不是在书写历史。理由之一是我的视野不够宽广。

也许我该为世界的命运担心,而事实上我为自己的事情坐立不安。也许不应该这样,但我从没听说哪一个送回老家医治的伤员会过分关心战争的结局。

不过也没什么可担心的。总统被救,还有被救的情形,肯定会使每个人都睁开眼睛,连政治家都不例外。在我看来,对真相懵然不觉才是真正的障碍。鼻涕虫——那些泰坦星人——依赖于隐蔽,一旦暴露在外,它们是无法和强大的美国对抗的。它们并没有力量,只能从寄生的奴隶身上获得力量,这一点我比谁都清楚。

现在我们可以清除它们在这里的滩头阵地,然后直捣黄龙,追到它们的老巢。但计划星际远征不是我的工作。我对这项工作就像对埃及艺术一样,一窍不通。

医生一放我出来,我就去找玛丽了。我还是不知道内情,我知道的只有老头子的话,但我当时确实表现得非常粗鲁,这是没有疑问的。我不指望她乐意见我,但我总得向她道个歉什么的。

你以为找一个苗条、漂亮的红发女郎就像在堪萨斯找一块平地那么容易吗?她要是内勤人员就好了,可她是个外勤特工。外勤特工来也匆匆,去也匆匆;而内勤人员则要求别管闲事。多丽丝再也没有见过她——她是这么说的——而且对我大发脾气,因为我竟然还想找到玛丽。

我在人事处碰了个软钉子。我没有正式提出要求,我不知道那个特工的名字。我以为我是谁啊?他们指点我去找行动部,意思是找老头子。这不合适。

于是我挨门查找,但运气不佳,引起了更多的怀疑。我开始觉得在自己的部门也像个间谍。

我到了生物实验室,找不到主任,就和一个助手谈起来。他对那个跟讯问项目有关的姑娘一无所知,项目涉及的对象是一个男人——他知道,他看过录像。我让他仔细看看我。他仔细看了之后说道:"啊,你就是那家伙?伙计,你一定吃了不少苦。"说完,他接着搔他的痒痒,在他的报告上写写画画。

我连声谢谢也没说就离开了那儿,直奔老头子的办公室。别无选择。

海因丝小姐的办公桌前坐着个生面孔。自从那晚被捉走之后,我就再没见过海因丝小姐,也没有问过她怎么样了,我不想知道。这位新来的秘书输入我的身份号码,说来奇怪,老头子居然在办公室,而且愿意见我。

"你想干什么?"他生气地问道。

我答道:"觉得你这儿也许有什么事儿要我做。"其实这根本不是我要说的。

"事实上,我刚刚决定要派人去找你呢。你游荡够了吧。"他对着桌子上的通话器怒冲冲地说了些什么,然后站起来对我说:"来吧!"

我突然觉得踏实了,跟着他往外走。我问道:"要化装吗?"

"你自己那张丑脸就行。我们去华盛顿。"然而我们还是去了化妆室,只是换上了出门的衣服。我取了支枪,又让他们检查了我的通话器。

门卫先让我们露出后背,这才让我们靠近,验证放行。我们把衬衣的下摆掖进裤腰,继续往上走。出来以后,我发现这里是新费城下区,我这才知道了我们部门新基地的位置。"这个城市是干净的吧。"我对老头子说。

"你要是这样想的话,脑袋瓜一定生锈了。"他答道,"睁大眼睛瞧瞧。"

没有机会问更多的问题。眼前这么多穿戴整齐的人使我感到忐忑不安。我发现自己躲着人群,搜索长着圆肩膀的人。乘坐拥挤的电梯到发射台去,这种做法真是胆大妄为、不顾后果。我们上了车,设定好控制系统后,我说出了我的担心。"这儿的当局到底想干什么呀?我发誓,我们一路遇上的警察中,至少有一个是圆肩膀。"

"有可能,而且很有可能。"

"看在老天分儿上,为什么?这是怎么回事?我还以为你已经把这件事儿办妥了,我们正在全线反击呢。"

"我们正要这样做。你有什么建议?"

"啊,再明白不过了——哪怕天寒地冻,我们也不该在任何地方看到穿着上衣的人,除非我们确定它们已经全部死光了。"

"说得对。"

"哎,还有——这个,总统了解真相,是吗?我认为——"

"他知道真相。"

"那他还等什么？等到全国都被占领吗？他应该发布戒严令，采取行动。你告诉他，早该这样了。"

"我告诉他了。"老头子凝视着下面的乡村原野。"孩子，你觉得整个国家完全由总统说了算吗？"

"当然不是。但他是唯一可以采取行动的人啊。"

"嗯——他们有时候把茨威特科夫①总理叫作'克里姆林宫的囚徒'。不管真假，总统是国会的囚徒。"

"你是说国会还没有采取行动？"

"自从我们阻止了寄生虫谋害总统的企图，这些天里，我一直在帮助总统说服国会。和国会的专门委员会打过交道吗，孩子？"

我在思考。我们坐在这里，蠢得就像渡渡鸟，沿着一条小路走啊走啊，笔直地走向寄生虫——是啊，如果我们不行动起来，人类也一定会像渡渡鸟一样灭绝的。

过了一会儿，老头子说："你也该了解了解现实生活中的政治了。国会面对比现在明显得多的危险时，都拒绝采取行动。对他们来说，这一次还不算明显。只有当你把寄生虫放在他们面前，就像放在我们面前一样，那时他们才能看见。证据不够充分，很难令人信服。"

"那财政部部长助理呢？他们不能忽视这一点吧。"

"不能？我们把部长助理背上那个抓下来了，就在东侧楼。还打死了他的两个秘情局保镖。现在那位尊敬的先生就在沃尔特里德精神病院，精神崩溃了，对发生过的事情回忆不起来了。财政部对外说挫败了一起暗杀总统的阴谋——这倒是真的，但跟

---

①作者杜撰的苏联总理的名字。

他们的说法大不一样。"

"总统对此保持沉默吗?"

"他的顾问们建议他等待国会方面的支持。最乐观的看法是,他未必能得到多数支持——参、众两院都有一些死硬派政客,恨不得砍下他的脑袋放在盘子里。党派政治可不是温文尔雅的游戏。"

"天哪,在这种情况下,还有党派偏见!"

老头子斜了我一眼,"跟你想象的不一样,对吗?"

我终于找到机会,向他提出我到他办公室去想问的问题:玛丽在哪儿?

"这问题你提出来有点怪。"他不满地咕噜道。我听之任之。他接着说,"在她该在的地方——保卫总统。"

我们先到了专门联合委员会正在审查证据的房间。这是一次保密会议,但老头子有各种各样的通行证。我们进去时,他们正在播放录像。我们悄悄找到座位,坐下来观看。

影片上是我的那位类人猿朋友,拿破仑—— 一只猿,片子上的它背上是泰坦星人,接着是泰坦星人的特写镜头。看到它我就恶心。寄生虫的样子长得都差不多,但我知道这是哪一个,它死了,我由衷地感到高兴。

猿消失了,只剩下我自己。我看到自己被固定在椅子上。我厌恶自己那副模样,真实的恐惧确实不好看。屏幕上的配音讲述着正在发生的一切。

我看到他们把猿身上的泰坦星人取下来放到我赤裸裸的背上。然后我在画面中昏了过去——我差点又昏过去。我不愿意叙述这些。讲述这件事,我心有余悸。我看到电击我背上的泰坦星人时,自己在痛苦地挣扎着——我又开始挣扎起来。有一刻我的右手从夹具中挣脱出来,我一直不知道是怎么回事,但现在我明白了我的手腕为什么一直没有愈合。

我看见那东西死了。能看到这个部分,坐在这儿看完其余部分也值了。

影片放完了,主席说道,"怎么样,先生们?"

"主席先生!"

"请印第安纳的议员先生发言。"

"我对这个问题毫无偏见,但我得说,好莱坞的特技比这个强多了。"他们都吃吃地笑了起来,有人喊道:"好啊! 好啊!"我知道我们输了。

我们的生物实验室主任作证,接着,我听到让我到证人席上。我说出了姓名、住址和职业,随后,他们随便问了我一些问题,有关我在泰坦星人控制下的经历。问题都是从一张纸上读出来的,显然,主席对这些问题也不熟悉。

我的感觉是他们并不想听我回答。有两个人在看报纸。

议员席上只提出了两个问题。一位参议员问道:"尼文斯先生——你姓尼文斯?"

我回答说是。"尼文斯先生,"他接着说道,"你说你是个侦探?"

"对。"

"联邦调查局的,不会错吧?"

"错了,我的上司直接向总统汇报。"

参议员笑了,"和我想象的一样。尼文斯先生,你说你是个侦探——但实际上你是个演员,不是吗?"他好像一边问,一边查考自己的笔记。

我说了实话,但我说得太多了。我说我确实曾经在一轮夏季演出中当过一季的演员,但我确实是一个真正的、活生生的、货真价实的侦探。我没有机会。"这就够了,尼文斯先生。谢谢你。"

另一个问题是一位年迈的参议员提出来的,我知道这位大人物的名字。他想知道我对用纳税人的钱去武装其他国家的看法——他利用这个问题大发议论,阐述自己的观点。我对这个问题的看法很模糊,但这没关系,因为我不必表述自己的观点。接下来书记员就说:"退下,尼文斯先生。"

我笔直地坐着,"听着,"我说道,"你们都听着。很明显你们不相信我,觉得这都是编出来的。好吧,看在上帝分儿上,把测谎仪拿来吧!催眠测试也行。这个听证会简直是个笑话。"

主席敲着手里的木槌。"退下,尼文斯先生。"

我站在那里。

老头子告诉过我,听证会的目的是把宣布全国处于紧急状态的联合决议交回国会讨论表决,并授权总统宣战。主席问他们是否考虑好了。其中一个在看报纸的议员抬起头,半天才说:"主席先生,我要求先请外人退场。"

我们只好退了出来。我对老头子说:"看来事情要坏在这家伙手里。"

"算了。"他说,"总统听到这个委员会的名字时就知道这一局已经输了。"

"那我们怎么办?等到鼻涕虫把国会也占领了吗?"

"总统带着给国会的咨文和全部授权的请求直接去国会了。"

"他能得到授权吗?"

老头子皱起眉头,"坦白地说,我觉得没什么希望。"

参众两院联席会议当然是秘密进行的,可我们出席了——大概是总统的直接命令。老头子和我坐在议长讲台后面类似包厢的座位里。他们开始时有一套烦琐的程序,然后,按照仪式,从两院各任命两名议员代表去通知总统。

我想总统就在门外,因为他立刻就进来了,由两院派出的代表陪同。他的保镖们和他一起进来了——都是我们的人。

玛丽也和总统在一起。有人给她搬了把折叠椅,她就坐在总统身旁。她翻动笔记本,把文件递给总统,装作他的秘书。但伪装到此为止。她将自己的女性魅力发挥到极致,看上去就像炽烈夏夜里的克娄巴特拉①——就像教堂里摆了张床那样不合时宜。我能感觉到会场的骚动,她和总统同样引人瞩目。

甚至连总统也注意到了这一点。人们可以看出他后悔把她带到这里来,但已经来不及了,如果现在让她回去,更令人尴尬。

不用说,我当然很注意她。我盯着她的眼睛——她久久地对我温柔、甜美地笑着。我像个傻小子似的高兴地咧着嘴笑个不停,老头子捅了捅我的肋巴骨,我才止住笑。我重新坐好,认真听总统讲话,可我真高兴。

总统对形势做了理智的解释,说明我们为什么知道是这种情况,以及我们必须采取的措施。总统的报告就像工程报告一样直截了当,合情合理。当然,打动人心方面也跟工程报告差不多。他只是陈述事实。最后,他撇开讲稿。"这是一个奇特的、可怕的紧急情况,史无前例,因此,我必须请求授予我足够的权力来应对当前的局势。有些地区必须实行戒严。暂时对公民的某些权利的严重侵犯是必要的,自由行动的权利必须取消。不受

①公元前69年到公元前30年的埃及女王。

搜查和不受逮捕的权利必须服从公共安全的原则。因为任何公民，无论他多么受人尊敬，或者对国家多么忠诚，都有可能被迫成为这些秘密敌人的仆从。在战胜瘟疫之前，所有公民必须牺牲部分权利和个人尊严。

"我极不情愿地请求你们授予我这些必要的权力。"说完，他坐下了。

人群的思想你是可以体会出来的。他们感到了不安，但总统并没有说服他们。参议院议长拿起木槌，看着参议院多数派领袖，按照程序，应该由他提出紧急状态动议。

出了纰漏。我不知道那位多数派领袖是不是摇了头，或者给了其他什么信号，反正他没有提出动议。延迟使情况变得很棘手，会场乱哄哄的。到处都有"总统先生"和"秩序"的喊叫。

参议院议长故意疏忽了其他几个人，把发言权给了本党派的一个议员。我认出那个人了——戈特利布参议员，只要是本党提出的议案，就是对他本人处私刑的议案，他都会投赞同票。他以连篇套话开场：在对宪法、权利法案（可能还拉扯上了科罗拉多大峡谷）的尊重方面，他不亚于任何人。他谦逊地提请大家注意他忠心耿耿为国效力的长期历史，然后又唠叨起了美国的历史。

我还以为他是在拖延时间，好让他的手下就相关问题拿出一套方案——但我突然意识到，他的连篇套话加在一起，居然渐渐有了意义：他在提请终止这次联席会议，启动弹劾并审判美国总统的程序！

我想，其他人也大致是在同一时间悟出了他的含意，这位参议员的提议包裹在重重陈腐老套的夸夸其谈之下，人们竟然能意识到他的真实意图，这可真是个奇迹。我看着老头子。

老头子在看着玛丽。

玛丽带着一种特别急迫的神情回应老头子的目光。

老头子从口袋里掏出一个笔记本,草草地写了些什么,撕下来揉成一团,扔给玛丽。她抓住纸团,打开看完——递给了总统。

总统仍然坐着,轻松自得——似乎他交往最久的朋友此时此刻并没有把他的名誉撕成碎片,同时威胁合众国的安全。他戴上他的老式花镜,看了字条,然后不慌不忙地扭过头看了老头子一眼,给老头子使了个眼色。老头子点点头。

总统用肘轻轻顶了顶参议院议长,他感觉到总统在招呼他,俯向总统。总统和他小声交换了意见。

戈特利布参议员还在那儿喋喋不休地诉说他那深深的歉意,但是友情再深也不能取代更崇高的责任,因此——参议院议长"乓"的一声敲响木槌。"参议员,请听我说!"

戈特利布露出吃惊的神色,说道:"我的发言还没有结束,我不同意交出发言权。"

"参议员没有被要求交出发言权。根据美国总统的请求,鉴于你的讲话的重要性,请参议员到台上发言。"

戈特利布看上去迷惑不解,但也别无选择。他缓慢地向会场前面走去。

玛丽的椅子挡住了通向讲台的狭窄台阶。玛丽没有乖乖地让开路,而是转过身,搬起椅子,这样不仅没有腾开路,反而挡得更严了。戈特利布停下脚步,她和他撞上了。他抓住她的一只胳膊,两人这才站稳。玛丽对他说了什么,他也对玛丽说了些什么,但其他人谁也没有听见他们说了什么。最后他们转过身来,互换位置,他继续朝讲台走去。

老头子浑身颤抖着,像一条发现了猎物的狗。玛丽抬头看着他,点点头。老头子命令道:"抓住他!"

我一下子跃过栏杆,像一支离弦的箭。我猛地扑在他的肩上。

我听见老头子在喊,"手套,孩子! 戴上手套!"我没有停下来戴手套,赤手撕开了参议员的上衣,看到了鼻涕虫在他衬衣下搏动。我把他的衬衣拉下来,让所有人都能看到。

六台立体摄像机也无法完全记录下接下来的几秒钟里所发生的事情。我猛击他的耳后,制止他的反抗。玛丽按住他的腿。总统站在我旁边,指着鼻涕虫,大声喊道:"看啊! 看啊! 现在你们都看见了吧。"参议院议长站在一旁,呆若木鸡,拿着木槌的手不停地颤抖。

国会乱作一团,男人叫喊,女人尖叫。老头子站在那里嚷嚷着向总统的保镖们下达命令,好像站在发号施令的舰桥上。

我们控制了局势,门都锁上了,在场的除了老头子的部下,没有其他武装执法人员。确实有带枪的警官——可他们能干什么? 有一个年迈的国会议员从衣服里拔出一把本应该放进博物馆的左轮手枪,但这只是一个小小的意外。

在保镖的枪口下和木槌的敲打声中,会场终于逐渐恢复了秩序。总统开始讲话。他告诉大家,这场令人惊愕的意外给了大家一个看清敌人真正本质的机会,他建议大家排队走过来,亲眼看见来自土星最大的卫星的泰坦星人。不等他们同意,他就指着前排的人,让他们过去。

他们过去了。

我让开路,坐回原来的地方,思考这究竟是偶然还是精心安排的结果。和老头子在一起,你永远也搞不清。难道他早已知道国会被感染了吗? 我揉着摔肿的腿,迷惑不解。

　　玛丽站在台子上。旁边差不多有二十来个人,还有一个女议员突然歇斯底里大发作。我看见玛丽又向老头子发出信号。这一次,我比他的命令抢先一步。

　　若不是旁边就有两个我们的人,我可能又有一场恶斗。这家伙是个年轻壮汉,退役的海军陆战队员。我们把他放倒在戈特利布身边,又是老头子、总统和参议院议长的大喊大叫才恢复了秩序。

　　接下来是"检查和搜查",无论他们愿意不愿意。妇女们到跟前时,我就拍拍她们的背。我抓住了一个鼻涕虫。后来以为又抓住了一个,可这是一个令人尴尬的错误:这位妇女的肩膀胖得圆乎乎的,我猜错了。

　　玛丽又找出来两个。随后,议员们排成了一长排,有三百多个。很快便发现,有人故意向后缩。

　　不要相信别人说的国会议员都很愚蠢。要想当选得花脑筋,要想继续当下去,那得是个有见识的心理学家。八个带枪的人还不够——应该说有十一个,包括老头子,玛丽和我。如果没有国会组织秘书的帮助,大部分鼻涕虫都会逃走。

　　在他们的帮助下,我们抓住了十三个,其中十个是活的。只有一个寄主受了重伤。

　　自从杰斐逊·戴维斯之后,美国国会从来没有成为杀戮的场所,直到今天。

13

总统得到了他需要的授权，老头子成了他实际上的幕僚长，我们终于可以快速有效地采取行动了。快才见鬼呢。你试过通过官僚机构去尽快完成一项计划吗？

"决定"是要"实施"的，"各部门"间是需要"协调"的——而这一切都要经过那些繁文缛节的程序。

老头子设想的战役非常简单。当寄生虫仅限于得梅因地区时，他建议的那种直截了当的检疫方法现在已经行不通了。我们反击之前，必须先确定它们的位置。然而，政府部门是不可能检查两亿人的，只能靠人们自己去做。

裸背计划只是寄生虫行动的第一阶段——我这么说话活像个官僚，请别介意——这个想法是，在所有泰坦星人都被标出并消灭之前，每个人，每个人都得把衣服脱到腰间。哦，女人可以戴胸罩，乳罩的背带下是藏不住寄生虫的。

我们匆忙安排了一批节目，以配合总统即将对全国发表的立体电视讲话。国会大厅里的抓捕行动十分迅速，我们得以保留了七个活体，它们现在寄生在动物身上。我们可以播放它们的画面，我们可以给观众看拍摄我的不太恐怖的那一部分。总统本人也将只穿短裤在电视中露面,模特们还要向观众展示在这个季节里不穿上衣的市民如何穿着才大方得体,其中包括金属制成的保护头部和背部的盔甲。穿上这种盔甲,即使在睡觉时也能保护人们不受侵害。

我们喝了一晚上咖啡,总算把节目准备好了。总统的写作班子也为总统写好了讲稿。结束画面非同寻常:向观众播放国会开会讨论紧急状态的情景,每一个男人、女人,包括那些跑腿的,都是光背对着镜头。

离播出时间只剩下二十分钟的时候,总统接到了一个从街上打来的电话。我当时在场,老头子也一整夜都在总统身边,并不时地指使我做些杂事。玛丽当然也在,总统是她要特别关照的人。我们都穿着短裤,裸背计划已经开始在白宫实行了。只有少数几个人能在这种情况下保持自己的尊严:玛丽,她可以穿任何服装;黑人门童,他把自己打扮得像个祖鲁国王;还有总统本人,他那与生俱来的尊严不容冒犯。

电话打进来的时候,总统并没有打开隔音装置,因此我们可以听到。他说:"请讲。"马上又说,"你觉得有把握?很好,约翰,你有什么建议……我明白了。不,我想那样不行……还是我去吧。让他们做好准备。"他放下电话,脸色平静地转向他的一个助手,"让他们暂停播出。"然后转向老头子说,"快,安德鲁,我们必须到国会大厦去。"

他一边招呼他的贴身侍从,一边走进和他的办公室相连的衣帽间。他出来时,身着出席正式场合的服装。他未作任何解释,老头子皱了皱眉头没吭声,我也没敢说什么。我们这些人仍旧穿着我们的鸡皮疙瘩制服,一起去了国会。

这是一次两院联席会议,不到二十四小时里的第二次。我们依次而入——我产生了那种梦见自己身在教堂却没穿衣服的感觉,因为所有众议员和参议员都像往常一样穿戴整齐。只有当我看到那些听差都只穿短裤没穿衬衫时,才感到不是那么别扭了。

我还是不明白。好像有些人宁死也不愿意放下面子,这些人中,参议员名列榜首。还有那些众议员——众议员都是想成为参议员的人。他们授予总统想要的一切权力,裸背计划已讨论批准——但是他们并不觉得这个法令同样适用于他们。毕竟他们都被检查过而且做了清理。国会是已知的唯一未受泰坦星人袭扰的地方。

也许有人觉得这么做有些不妥,但是没有人愿意第一个在公众面前表演脱衣舞。面子和尊严对于官员来说是不能马虎的。他们坐得笔挺,衣冠楚楚。

总统走上讲坛,他看着那些议员,直到下面变得一片沉静。然后,他开始慢慢地、平静地脱掉衣服。

脱光上衣后,他才停下来。有那么一会儿,他着实让我担心;我想其他人也在为他担心。然后他慢慢转了一圈,同时抬起双臂。最后,他终于开口了。

"我这样做,"他说道,"是为了让你们亲眼看到你们的总统不是敌人的囚徒。"他停了一下。

"但是你们呢?"最后这个词狠狠地甩向议员们。

总统把手指指向年轻的组织秘书。"马克·卡明斯,你怎么样?你是忠诚的公民还是泰坦星人的间谍?站起来!把你的衬衣脱掉!"

"总统先生——"说话的是缅因州议员夏洛特·伊文思,她看上去像个漂亮的学校老师。身着整齐的晚礼服,长裙一直拖到地板上,但上身却裁得低得不能再低了。她像个职业时装模特似的转过身来,后背一直露到脊椎的尾骨处,饱满的前胸罩着两个贝壳。"这样你满意吗,总统先生?"

"非常满意,夫人。"

卡明斯站了起来,笨手笨脚地脱下夹克衫,他的脸涨成了酱色。大厅中间有人站了起来。

那是戈特利布参议员。他看上去好像应该卧床休息——凹陷的双颊发灰,嘴唇紫青。但是他以令人难以置信的尊严,硬撑着让自己站得笔直,效法总统。他那老式的内衣是套头式的,他扭动着身体脱掉袖子,内衣吊在裤子的背带上。然后,他也把身体转了一圈,在他的背上,苍白的肌肤上有一块紫红,那是寄生虫的标志。

他说:"昨天晚上我站在这里,说出我宁愿被活活剥皮也不愿意说的话。但昨天晚上我不是我自己的主人,而今天我是。难道你们看不见吗?罗马在燃烧!"突然间,他拔出了枪,"站起来,你们这些政客,你们这些在政府里混饭吃的家伙!两分钟内脱掉你们的破衣服,露出你们的脊梁——否则我就开枪!"

他旁边的人弹簧似的跳了起来,试图抓住他的胳膊,但他像挥舞苍蝇拍似的挥舞着手中的枪,猛地砸到一个人脸上。我拔出手枪,准备帮他,但没有必要了。他们看得出来,他像头危险的老公牛。他们被吓退了。

双方对峙,过了一会儿,他们开始像天体派教徒一样脱掉自己的衣服。有个人向门外窜去,但被拦住了。还好,他身上没有寄生虫。

但我们确实抓住了三个。这以后,直播开始了,晚了十分钟。国会开始了第一次"裸背"会议。

14

"锁好门!"

"关好壁炉上的风门!"

"绝不进入黑暗的地方!"

"远离人群!"

"穿衣服的就是敌人——射击!"

我们本应该在一周内把全国各地的泰坦星人找出来杀掉。我不知道我们还能做什么。除了连续不断地宣传,还从空中把全国划分成四部分,搜寻着陆的飞碟。我们的雷达对不明脉冲高度戒备。军事部门,从空降兵到导弹基地都做好了准备,随时可以摧毁着陆的任何不明物体。

但什么也没有发生。部队也就无所作为。整个事件就像点着了一个受潮的爆竹,"咝咝"作响,就是不爆。

在那些未受感染的地区,人们情愿或不情愿地脱下衣服,检查身体,没有发现寄生虫。他们关注新闻,忧虑地等待政府宣布危机结束,但什么也没有发生。因此,无论是老百姓还是地方官员,都开始怀疑还有没有必要身着日光浴服装在街上四处走动。我们一直在喊"狼来了"，可狼却没有来。

疫区？来自疫区的报告与其他地区的报告没有实质性的区别。

我们的立体电视和其他媒体没有覆盖那些地区。在过去的收音机时代是不会发生这种事情的。华盛顿台的信号可以覆盖全国，但立体电视波长太短，必须建立中继差转台，地方频道必须由当地的电视台发射信号。这就是我们开设各种频道和提供高分辨率图像的代价。

在疫区，鼻涕虫控制了地方台，人们一直没有听到警告。

在华盛顿，我们有种种理由相信人们已经听到了警告。但发回来的报告——比如来自艾奥瓦的报告和来自加利福尼亚的报告——它们几乎完全一样。艾奥瓦州的州长是第一批向总统发回信息的，保证全力配合。他报告说，艾奥瓦州的警察已经在公路上巡逻了，他们拦住所有行人，要求他们脱去上衣。并已按总统要求，在危机期间，禁止在艾奥瓦州上空飞行。

从中转过来的立体电视节目上可以看到，州长反复对选民们讲话，要求他们脱去上衣。州长面对摄像机，而我却想让他转过来。可他们马上就切换到了另一部摄像机，我们只看到背部的特写镜头，与此同时，州长的声音高昂起来，鼓励所有公民们配合警察的工作。

如果说合众国有一个鼻涕虫之家的话，那就是艾奥瓦州。难道它们撤离了艾奥瓦州，聚集到人口密集的中心城市了？

我们集中在总统办公室旁边的会议室。总统一直让老头子陪在他身边，我也一直紧跟在一旁，玛丽仍在密切关注周围动静。安全部长马丁内斯和参谋联席会议主席雷克斯顿空军上将也在。另外还有总统内阁里的其他一些人，但他们并不是重要人物。

总统看着艾奥瓦州的电视资料，转向老头子，"你觉得如何，安德鲁？我想我们应该把艾奥瓦州隔离起来。"

老头子哼了一声。

雷克斯顿将军说："我的想法是，它们已经转入了地下。不过，我没有多少时间来估计目前的形势，所以无法做出准确判断。我们可能不得不把可疑地区的每一寸土地都梳理一遍。"

老头子又哼了一声，"把艾奥瓦州梳一遍，一堆堆玉米秆挨着搜？我觉得行不通。"

"除此之外，还有什么别的办法，先生？"

"分析分析你的敌人。它不可能转入地下，没有寄主它没法活。"

"好吧——假设真是这样，那你说艾奥瓦州有多少寄生虫？"

"见鬼，我怎么知道？它们可没有把我当作知心人。"

"设想一下，我们做个最高估计。如果——"

老头子打断了他，"你没有可以做出估计的依据。难道你们这些家伙看不出泰坦星人又赢了一局吗？"

"是吗？"

"你只听到州长说什么，他们让我们看了他的背——或者是其他人的背。你注意到他没有在摄像机前转身吗？"

"可他转了呀。"有人说，"我看见他转了。"

"我确实也有印象，看见他转身了。"总统慢条斯理地说，"你的意思是说帕克州长本人也被控制了？"

"对。你们只看到了别人想让你们看的东西。他还没有完全转过来的时候，镜头就切换了，几乎没有人注意到这些，大家对此早已习以为常了。我确信无疑，总统先生，艾奥瓦州的消息都是假的。"

总统若有所思。马丁内斯部长断然摇头说:"不可能。就算州长的消息都是假的—— 一个高明的替身演员就能做到这一点。还记得在1996年危机时的就职演说吗?当时当选总统正因肺炎卧床不起。就算这样一段录像是假的,艾奥瓦州的录像我们手头还有很多。你怎么解释得梅因大街上的情景?别跟我说你可以伪造出数百人光着脊梁冲向街头的录像资料。难道你那些寄生虫能对公众实施催眠术?"

"我知道它们不能。"老头子承认说,"如果它们有这个本事,我们只好认输,并承认人类已经被它们取代。但你为什么相信那些录像是艾奥瓦的呢?"

"嗯?见鬼,先生,录像是艾奥瓦州电视台的频道播放的。"

"又能证明什么?你看到街上的标牌了吗?那些镜头看上去跟任何市中心商业区的任何一条典型街道毫无区别。别管播音员告诉你这是哪座城市,你自己想想那是哪儿?"

部长惊得嘴巴都合不拢了。我算是具备侦探应该具备的过目不忘的本领。我把画面在心里过了一遍——但我不仅说不出是哪座城市,连是我国的哪一部分都不知道。可能是孟菲斯,西雅图,或者是波士顿——或者哪个都不是。除了像新奥尔良的运河大街,或者丹佛市中心的特殊情况外,美国各城市的商业区就像理发店的标志一样千篇一律。

"别费心了。"老头子接着说道,"我也说不出是哪儿,我正在找地标。答案很简单。得梅因电视台是在其他未被感染的城市拍摄了人们裸背的图像,换上它们的解说词重播出来。它们把所有可能穿帮的地方都减掉了……而且我们相信了。先生们,敌人了解我们,非常了解。这一切都是精心策划的,它们可以在我们所能采取的任何行动中智取我们。"

"你不是过分紧张了吧，安德鲁？"总统说道，"确实存在另一种可能性，泰坦星人已经转移到其他地方去了。"

"它们还在艾奥瓦，"老头子声音低沉地说，"但是你不能用那玩意儿去证明。"他指着立体电视车。

马丁内斯部长显得局促不安。"这太荒唐了！"他嚷了起来，"你是说我们从艾奥瓦州得不到正确的报告，好像那儿成了敌占区似的。"

"事实如此。"

"可我从阿拉斯加回来时，还在得梅因停了一下，就在两天前。那儿一切正常。听着，我相信你所说的寄生虫是存在的，虽然我没有见过。可咱们得找出它们在哪儿，然后彻底铲除，而不是在这儿虚构出些幻想中的东西。"

老头子看上去很疲劳，我也累了。我心里想，如果上层都觉得太过分的话，有多少普通人会认真对待呢。

老头子终于回答说："控制了一个国家的通讯，你就控制了整个国家。这是基本常识。你最好立刻采取行动，部长先生，否则你就没有任何可用的通信设施了。"

"可我只是——"

"你要彻底铲除它们！"老头子粗暴地说道，"我已经告诉你了，它们就在艾奥瓦——还有新奥尔良和其他许多地方。该我做的我都做了。你是安全部长，你来把它们彻底铲除。"他站起来对总统说，"总统先生，对我这个年龄的人来说，我熬的时间够长了。我睡不好觉时，就会发脾气。允许我退下吗？"

"当然，安德鲁。"老头子没有发脾气，这一点我想总统也知道。他没发脾气，他让别人发脾气。

老头子还没来得及说晚安,马丁内斯部长插话道:"等一下!你做了这些武断的论述。咱们来验证一下。"他转向参谋长联席会议主席,"雷克斯顿!"

"有何吩咐?"

"得梅因附近的那个新阵地,以一个人的名字命名的,叫什么要塞来着?"

"巴顿要塞。"

"对,对。好啦,别再耽搁了。接通指挥线路——"

"带视频。"老头子插话说。

"带视频,当然。我们来看一下——我是说我们看看艾奥瓦的真实情况。"

将军请示地看了看总统,然后走向立体电视,接通安全总指挥部。他呼叫艾奥瓦州巴顿要塞的值班军官。

不一会儿,立体电视显示出军事通讯中心的内部情况。画面上出现了一名年轻军官。从他的帽子上可以看出他的军衔和部队番号,他前胸赤裸。马丁内斯得意地转向老头子,"你看见了吗?"

"我看见了。"

"来确认一下,中尉。"

"是,长官!"那个年轻军官一副毕恭毕敬的样子,不断把目光从一张著名人物的脸上转向另一张。

"站起来,转过身去。"马丁内斯继续命令道。

"嗯?啊,是的,长官。"他看上去很迷惑,但还是执行了命令——他几乎移出了视野。我们看到了他赤裸的背,最上只到肋骨处——不会再高了。

"该死的!"马丁内斯喊道,"坐下,转身。"

"是,长官。"年轻军官的脸好像红了。他靠在桌子上又说:"等一下,我把视角调宽一些,长官。"

画面突然消失了,整个屏幕上都是五颜六色的杂波。但在声音频道里仍能听见那个年轻军官的声音,"行了——清楚些了吗,长官?"

"见鬼,我们什么也看不见!"

"看不见? 请等一下,长官。"

我们能听见他沉重的呼吸。屏幕突然恢复正常了。我还以为巴顿要塞重新接通了。可这一次出现在荧屏上的是一名少校,地方看上去也大了一些。"最高指挥部,"画面中的人说,"我是通讯值班军官多诺万少校。"

"少校,"马丁内斯压住火气说,"我在与巴顿要塞通话。出什么事了?"

"是这样的,长官。我刚才一直在监控。那个频道出现了一个小小的技术故障。我们马上重新给你接通。"

"那好,快点!"

"是,长官。"屏幕上出现了波纹,然后一片空白。

老头子又一次站起来。"等你们把那个'小小的技术故障'排除了再叫我。现在,我要去睡觉了。"

15

如果我让人们误以为马丁内斯部长很蠢，我很抱歉。一开始，任何人都不相信鼻涕虫会怎么样。你一定得亲眼看见一个——那时就心服口服了。

空军上将雷克斯顿也不是傻瓜。他俩肯定干了一整夜，向已知的危险地区打了更多的电话，每次都出现了罕见的"技术故障"。他们这才相信了。他们大约在凌晨四点叫醒了老头子，老头子又用专用电话叫醒了我——真不该把植入式装置当成闹钟使，用这种方法叫醒人实在太粗暴了。

他们在同一间会议室里，马丁内斯，雷克斯顿和他的两名高级军官，还有老头子。我刚到，总统就穿着睡袍进来了，后边跟着玛丽。马丁内斯正要开口说话，老头子却抢先一步，"让我们看看你的背，汤姆！"

总统看上去很惊讶，玛丽向老头子示意没有问题，但老头子没有理睬她。"我是当真的。"他坚持说。

总统平静地说："一点不错，安德鲁。"睡袍从他肩上滑落下来，他的背没有感染。"我要是不做出表率，怎么能指望别人的合作?"

老头子想帮他穿上睡袍,但总统没理他,把睡袍搭在椅背上。"我不得不养成新的习惯,很难,毕竟已经到了这把年纪。怎么样,先生们?"

我私下在想,大家一身赤裸,这种事还真得花点儿时间才能适应。比如我们这群人,模样便十分奇特:马丁内斯精瘦黝黑,身上像红木一样光滑。我想他有印第安人血统。雷克斯顿有一张被阳光晒黑的脸,但领口以下的皮肤却像总统一样白皙,胸前一大片黑色的体毛,从左腋窝到右腋窝,从下巴到腹部。而总统和老头子的胸前和后背则像覆盖了一层花白色的皮毛,老头子身上的毛厚得能让老鼠在里面做窝。

玛丽看上去像一幅号召大家适应新形势的宣传海报——精心摆出姿势,从下往上仰拍,以突出修长苗条的双腿——就是那种海报。而我自己呢,呃,我是个注重内在心灵的人。

马丁内斯和雷克斯顿一直在往一张地图上插标志,红色的表示感染区,绿色表示未感染区,还有几处是琥珀色的。报告源源不断,雷克斯顿的助手们不停地增加新标志。

艾奥瓦州像一片麻疹,新奥尔良和得克萨斯地区也好不到哪儿去,堪萨斯城也一样。密苏里-密西西比河流域的上游,从明尼阿波利斯和圣保罗直到圣路易斯,都是明显的敌占区。从那儿到新奥尔良还有几处红色标志——但没有绿色的。

在埃尔帕索周围还有一处热点,东海岸有两处。

总统平静地看了一遍地图。"我们需要加拿大和墨西哥的帮助。"他说,"有新报告吗?"

"没有什么特别重要的,阁下。"

"加拿大和墨西哥只是个开始。"老头子严肃地说,"在这件事上你需要全世界与你合作。"

总统的手指划过地图,"把信息传到太平洋沿岸有困难吗?"

"好像没有,阁下。"雷克斯顿告诉他,"它们似乎还干扰不了直线转播的通讯,但我还是把所有的军事通讯都转移了,经太空站转发。"他扫了一眼手表,"现在是通过伽马太空站。"

"嗯——"总统说,"安德鲁,这些东西会攻击太空站吗?"

"我怎么会知道?"老头子不耐烦地答道,"我不知道它们的飞船有没有这种能力,但它们很可能会通过向太空站运送物资的飞船渗透到太空站。"

我们讨论了太空站是否有可能已经被占领了。裸背计划并未在各太空站实施。尽管太空站是由我们出钱、由我们建造的,但从理论上讲,这是联合国的领土,总统必须等到联合国对整个事件做出反应。

"不用担心。"雷克斯顿突然说道。

"为什么?"总统问他。

"我很可能是这儿唯一一个在太空站工作过的人。先生们,我们在这儿穿的服装就是在太空站穿的。在太空站,穿着整齐的人就像在海滩穿着长大衣一样打眼。但我们会弄清楚的。"他给一个助手下了命令。

总统继续研究地图。"就我们所知,"他指着艾奥瓦州的格林内尔说道,"这一切都是源于这个唯一的着陆点,这儿。"

老头子答道:"对,就目前我们所了解的情况,是这样。"

我说:"哎呀,不是!"

他们都看着我,我感到很尴尬。"说下去。"总统对我说。

"至少还有另外三个着陆点——我知道有——在我被救出

来之前。"

老头子目瞪口呆,"你肯定吗,孩子? 我们原以为已经把你榨干了。"

"我当然敢肯定。"

"那你为什么不早说?"

"我过去从来没想到。"我极力想解释清楚那种被控制的感觉,你知道发生的一切,可都像在梦中,一切都同样重要,也同样不重要。我感到特别不安。我不是那种神经过敏的人,但是被主人控制的经历会让一个人发生某种变化。

老头子把手放在我身上说:"镇静些,孩子。"总统也说了一些宽慰我的话,脸上露出鼓励我的笑容。立体电视向公众展示过总统的性格,那是真正的性格,不是搞电视的人硬加上去的。

雷克斯顿说:"重要的是,它们是在哪儿着陆的? 我们仍有可能捕获一艘飞船。"

"我很怀疑。"老头子答道,"它们只用了几个小时,就抹掉了第一个着陆点留下的痕迹——如果那真的是第一个着陆点的话。"他一边思考,一边补充道。

我走到地图前,努力回忆。我指着新奥尔良,浑身是汗。"我非常肯定,有一个就在这一片。"我凝视着地图,"我不知道其他的在哪儿着陆,但我知道它们着陆了。"

"这儿呢?"雷克斯顿指着东海岸问道。

"我不知道。我真的不知道。"

老头子指着东海岸另一处危险地带。"我们知道这是一处间接感染区。"老头子挺不错,没有说那是由我造成的。

"其他事情你都想不起来了?"马丁内斯生气地说,"好好想想，伙计！"

"我真的不知道。我们从来都不知道它们要干什么，真的。"我想得头盖骨发疼。然后，我指着堪萨斯城说："我在这儿发过几次信息。但我不知道那是不是送货订单。"

雷克斯顿看着地图，堪萨斯城周围和艾奥瓦州几乎插满标志。"我们先假定堪萨斯城附近也有一个着陆点。技术人员也许能解决这个问题。然后用逻辑推理的手段，或许还能推导出另一个着陆点。"

"或许是几个着陆点。"老头子补充道。

"什么？'或许是几个着陆点。'哦，当然。但是我们还需要等待进一步报告。"他又转向地图，若有所思地凝视着它。

16

事后聪明是毫无意义的。第一个飞碟刚着陆时，一个意志坚强的人和一颗炸弹就能彻底消除威胁。"卡瓦诺家族"——玛丽、老头子和我——在格林内尔周围和得梅因搜索时，要是我们不心慈手软的话，更重要的是，要是我们知道它们在哪儿的话，我们三个就能把所有的鼻涕虫全干掉。

如果在第一个飞碟着陆后的两周内就执行裸背计划的话，仅此一招，我们就能挫败它们的伎俩。可惜实施得太晚了。到第二天，已经可以清楚地看出，裸背计划作为一项进攻性的措施是失败的。作为防御措施，裸背计划是有用的，在未感染地区应该继续下去，这样鼻涕虫就不可能隐藏起来。这项计划甚至在进攻中取得了些许成功，已被感染但尚未被鼻涕虫完全控制的地区立刻被肃清了，比如华盛顿和新费城，还有新布鲁克林——处理这个地区，我有能力提出许多针对性很强的意见。整个东海岸已经转危为安。

地图中部以下地区插满了标志，一片红色，而且一直如此。后来，墙上布满按钉的地图换成了巨大的电子军用地图，感染地区在红灯映衬下格外显眼。这是一幅一百六十万分之一的军用地图,占满了会议室的一面墙,这幅地图与新五角大楼地下的另一幅随时保持同步。

整个国家一分为二,好像一个巨人用红色染料冲下中央大峡谷。两条琥珀色的之字形通道之间是被鼻涕虫控制的巨大的带状区域;这些地区相互交错,是仅有的真正活跃的地区,也是敌方太空站和仍由自由人控制的太空站能看到的地方。其中一个区域从明尼阿波利斯附近开始,经由芝加哥西部和圣路易斯东部,蜿蜒穿过田纳西州和亚拉巴马州到达海湾。另一个区域穿过大平原,切开一条宽阔的地带,直到科珀斯克里斯蒂附近。埃尔帕索则是另一个目前未与主体连接的红色区域的中心。

我一边看着地图,一边想,这些边缘地带会出现什么情况。房间里只有我一个人,内阁正在举行会议,总统带着老头子一起去了。雷克斯顿和他的那些高级军官已经提前离开了。我没有得到去哪里的指示,又觉得在白宫四处闲逛不大好,这才留在这儿,只觉得烦躁不安,眼看着那些琥珀色的灯变成了红色,红灯却很少变成琥珀色或绿色。

我想,一个没什么地位的过夜客怎么才能在这儿吃上早餐。我早上四点就起来了,到现在唯一下肚的就是总统侍卫给我的一杯咖啡。更令人焦急不安的是我急着上厕所。我知道总统的洗手间在哪儿,可我不敢用。我隐隐约约地觉得,使用总统的洗手间是件大逆不道的事。

看不见一个卫兵。但可能在某个地方会有个装置正监视着这个房间。我认为白宫的每个房间都暗藏着"眼睛和耳朵",但是你一个也看不见。

我终于绝望了,不顾一切地试着打开每一扇门。前两扇都是锁着的,第三扇正是我要找的。没有标明"总统专用",也没有陷阱的迹象,所以我就用了。

我又回到会议室,玛丽在那里。

我傻乎乎地看了她一会儿,说:"我还以为你和总统在一起呢。"

她笑了笑,"刚才是,但我被赶出来了。老头子接替了我。"

我说:"听着,玛丽,我一直想和你谈谈,可到现在才有机会。我想我——啊,总之,我不该,我是说,根据老头子的意思——"我停了下来,精心准备的演讲就这样给毁掉了。"总之,我不该说那些话。"我的话就这样可悲地结束了。

她把手放在我的胳膊上,"萨姆,萨姆,最亲爱的。别再苦恼了。就你知道的情况,你当时做的、说的一点儿错也没有。对我来说,重要的是你为我所做的这一切,其他的都无所谓——还有,知道你并没有鄙视我,我就高兴了。"

"哎,可——见鬼,别那么高尚! 我受不了。"

她对我妩媚、活泼地一笑,一点儿也不像她刚才见到我时的那种文雅样子。"萨姆,我想你喜欢自己的女人多少风骚一点儿,我可警告你啊,我也会。"她继续说道,"我觉得你还为那一记耳光而烦恼,好吧,我还你一耳光。"她抬起手,在我脸上轻轻拍了一下,就一下。"好了,还给你,你可以忘掉那一耳光了。"

她脸上的表情突然变了,挥手狠狠地打了我一耳光——我觉得天灵盖都被打掉了。"这一下,"她紧张而嘶哑地小声说,"把你女朋友打我的那一下还给你!"

我耳朵嗡嗡作响,眼冒金星。要不是我亲眼看见她那空空的手掌,我发誓她用的至少是一块两英寸宽,四英寸长的木板。

她以警惕和挑战的神情看着我,没有丝毫歉意——要是那呼扇的鼻孔意味着什么,那一定是气愤。

我抬起一只手,她紧张起来——可我只是想揉一揉我那火辣辣的脸颊。脸疼得厉害。"她不是我女朋友。"我心虚地说。

我们看着对方,同时大笑起来。她抱住我的双臂,头靠在我的右肩上笑个不停。"萨姆,"她终于止住笑说,"真对不起,我不该打你,不该这样对你,萨姆。至少不该打得这么狠。"

"让你的对不起见鬼去!"我咆哮着说,"你差点儿没把我的脸皮给揭掉。"

"可怜的萨姆!"她抬起手,抚摸着我的脸,脸疼得厉害。"她真不是你的女朋友?"

"不是,真倒霉。可我并不是没有尽力。"

"肯定不是因为你没尽力。可谁是你女朋友呢,萨姆?"

这些话听起来很是卖弄风情,可她说起来可不这样。

"你是,你这个泼妇!"

"对,"她快活地说,"我是——如果你愿意要我的话。我以前就告诉过你。我说话算数。你付出了,当然应该得到回报。"

她等着我吻她,我把她推开了。"该死的,娘儿们,我不要你的'得到'、'付出'。"

这些话一点儿也没有让她难堪。"我没有说清楚。付出了——但并没有得到。亲亲我好吗?"

我敢说,到目前为止,她还没有激起我的欲望,没有真正地激发起来。看出我同意后,她吻了我,感觉就像夏日的阳光破云而出。这么形容其实并不太恰当,但也差不多了。

她曾吻过我一次,但这一次她才真正地吻了我。我感觉自己掉进了暖洋洋的金色云雾中,我真的不想再清醒过来。

最后,我不得不气喘吁吁地停下来。"我想我得坐下来歇一会儿。"

她说:"谢谢你,萨姆。"我坐了下来。

"玛丽,"停了一会儿,我说道,"玛丽,亲爱的,我得求你为我做件事。"

"什么事?"她热切地问道。

"看在老天分儿上,告诉我,怎么才能在这个地方找到吃的? 我饿坏了。我到现在还没吃早饭呢。"

她惊诧不已,我想她期待的不是这些,但她答应道:"好,当然可以。"

我不知道她去了哪里,也不知道她是怎么弄到的。她大概穿墙破壁进入了白宫的冷餐厨房,自己动手做的。几分钟后,她端着一盘三明治和两瓶啤酒回来了。腌牛肉和黑面包使我脸上又有了血色。快吃完第三个三明治时,我问道:"玛丽,你觉得会议还要开多久?"

"我想想,"她答道,"包括老头子共有十四个人,我想至少还要两个小时。有事吗?"

"要是这样的话,"我边说,边咽下最后一口三明治,"我们还有时间出去找个婚姻登记处去结婚,在老头子想念我们之前就能回来。"

她没有回答,也不看我,而是盯着她啤酒杯里的泡沫。"怎么样?"我坚持要求道。

她抬起眼皮,"如果你这样说,我会嫁给你的。我并不是要反悔,但我不想以向你撒谎来开始。我宁肯我们不结婚。"

"你不想嫁给我?"

"萨姆,我想你并没有做好结婚的准备。"

"你是在说你自己吧！"

"别生气，亲爱的。我不是不答应你——真的。有没有婚约，你都可以要我，无论何时，无论何地，无论什么方式。但你还不了解我，多了解了解我，你也许会改变主意的。"

"我没有改变主意的习惯。"

她抬起头来瞥了我一眼，没出声，然后伤心地扭过头去。我觉得脸发烫。"当时是非常特殊的情况。"我辩解道，"一百年内再也不会发生那种事了。说话的并不是我，而是——"

她不让我再说下去。"我知道，萨姆。你是想向我证明那件事不是你的本意，或者说，至少你现在知道这是你自己的想法。但你什么也不必证明。我不会离开你的，也不会不信任你。找个周末把我带出去，最好你搬到我的公寓来。怎么都行，就是别结婚。"

我看上去一定很沮丧，我感觉是这样的。她把一只手放在我的手上，认真地对我说："看看地图吧，萨姆。"

我扭过头去，看到地图上的红色区域还是一如既往，或者说更多了——在我看来，埃尔帕索周围的危险区域已经增加了。她接着说："我们先把这一摊子事处理完，亲爱的。如果你还想的话，再告诉我。同时，你有不承担责任的权利。"

还能有什么比这更公平的事吗？我感到唯一不满意的是，这不是我解决问题的方式。为什么一个像躲避瘟疫一样躲避婚姻的人，会突然决定没有比结婚更适合他的事了？这种事情我见多了，怎么也弄不明白，可现在我自己也在这样做。

会议一结束，玛丽就必须回去值班。老头子硬拉着我出去散步。是啊，散步，虽然只走到了巴鲁克①纪念碑前的长椅。在

①巴鲁克(1870～1965)，威尔逊总统和罗斯福总统的经济顾问。

那儿,他坐了下来,摆弄着烟斗,两眼凝视天空。这种闷热的天气只有华盛顿才有,可公园里几乎没有游人。人们还不习惯裸背计划。

他说道:"反冲击计划午夜开始。"

我没有吱声,问他也没用。

一会儿,他又说道:"我们要向'红色区域'里的中继站、广播电台、报社和西联公司总部发动突然袭击。"

"听起来不错啊。"我答道,"需要多少人?"

他没有理睬我,而是说:"我不喜欢这个计划。我一点儿也不喜欢这个计划。"

"嗯?"

"我说呀,小伙子——总统到电视台发表讲话,要求人人脱掉上衣。我们发现这一信息没有传到感染区。下一步符合逻辑的发展应该是什么?"

我耸了耸肩,"反冲击计划,我想。"

"还没有开始呢。想想——已经超过了二十四小时了:应该发生什么事可还没有发生呢?"

"我该知道吗?"

"如果你想亲自得出点什么结论的话,就应该知道。给你——"他给了我密码锁的号码,"快到堪萨斯城去,做一番调查。避开通讯站,避开警察,还有——呸,你比我更了解它们要攻击的地方。避开它们。其他情况也顺便查一下。可别让它们抓住啊。"他看了看自己的指表,又补充道,"午夜前半小时或再早一点赶回来。快去吧。"

"让我查遍全城? 你给我的时间可真不少啊。"我抱怨道,"开车到堪萨斯城就差不多得花上三小时。"

"不止三小时。"他答道,"路上不要违章,以免引起注意。"

"我是个谨慎的司机,这你非常了解。"

"行动。"

于是我开始行动,在白宫停下去拿我的用具包。我足足花了十分钟才让白宫新来的警卫相信我一晚上都待在白宫,而且我真的有属于我的东西要拿出来。

密码是我来时乘坐的那辆车的,我在罗克克里克公园站台找到了车,交通并不拥挤,我递交密码时对调度员说:"车不多啊。"

"货车和营运车辆都停在地面上,"他答道,"紧急任务——你有军用许可证吗?"

我知道只要给老头子打个电话就能弄到,但用这种小事来麻烦他,是不会让他喜欢我的。我说:"你查一下号码。"

他耸了耸肩,把密码划过机器。我的预感是对的,他的眉毛向上一挑,把密码还给了我,"你真牛!"他评论道,"你一定是总统宠爱的小子。"

他没问我的目的地,我也没有告诉他。

车子一发动,我就把控制器设置到法定最高时速,一边向堪萨斯城进发,一边思考问题。每当我从一个管制区驶入另一个管制区,雷达波束碰到车时,车上的应答器都"嘟嘟"作响,但无人出现在屏幕上。老头子的密码在这条线路上显然很管用。

我开始想,我进入红区时会出现什么情况——接着我就悟出了他说"下一步符合逻辑的发展"的意思了。交通管制网络会把我送进我们掌握得清清楚楚的受感染地区吗?

一说起通讯交流,人们就会想到通讯频道之类的东西,仅此而已。其实,"通讯交流"包括各种各样的交往,甚至连亲爱的老大姊玛米带着满脑子闲言碎语前往加利福尼亚也是交流。鼻涕虫已经控制了电视频道,总统的讲话不能转播(这只是我们的推测)——但新闻不是那么容易被封锁的,这种措施只能减缓传播速度。因此,如果鼻涕虫想对它们所在的地区实施严密控制,控制传播频道只是它们的第一步。

有理由推断,它们的数量还不足以控制所有的交流方式,但它们会做什么呢?

我只能得出一个没有用处的结论:它们肯定会做些什么。根据定义,现在的我也是"通讯交流"的一部分,如果我想保留我漂亮的嫩皮肤的话,最好还是做好准备,随时躲闪。

与此同时,密西西比河与红区每一分钟都更加接近。我在想,如果我的识别信号被主人控制的电台首先接收到,会发生什么事。我试图站在泰坦星人的角度去思考——但我发现自己做不到。尽管我曾做过一个主人的奴隶,但要从它们的角度思考问题,这种做法仿佛具有排斥性,与我的大脑不相容。

那么,如果一艘不友好的飞行器飞入一个封闭的独裁国家,负责安全的官员会做出什么反应?毫无疑问,将其击落。不,不会。只要没着陆,我很可能都是安全的。

最好还是不让它们发现我着陆。这是最基本的常识。

"最基本的常识"所面对的是被自豪地宣称为连鸟都溜不过去的交通管制网。他们吹嘘说,哪怕一只蝴蝶在美国任何一个地方强行着陆,都会被搜索和救援系统发现。这话虽然并不是百分之百真实——但我比蝴蝶大得多。

我想落在没有感染的地区,然后从地面进入。步行倒是可以穿越各种安全防护屏障,机械的、电子的、人工的,或混合的。可如果我步行进去的话,老头子要到下个米伽勒节①才能看到情

_____

①每年9月29日纪念天使长米伽勒的节日。

报,而他要求午夜之前。

一次,在少有的心情愉快的时候,他告诉过我,说他不会费心去给手下的特工下达面面俱到的命令——给他布置任务,生死全凭他自己。我暗示说他这样做一定断送过不少特工的性命。

"有一些,"他承认,"但比其他方法要少。要相信个人的能力,我总是挑选那些有能力设法活下来的人。"

我问他:"可你怎么知道你选的是'有能力设法活下来的人'呢?"

他一脸奸笑:"有能力设法活下来的人就是那些回来的人。这样我就知道了。"

接下来的几分钟里,我做出了决定。伊莱休,我心里想,你很快就要知道你是哪种人了——老头子的铁石心肠真混账!

我沿着设定好的航线朝圣路易斯方向前进,在圣路易斯附近绕过该城的弯道,然后到堪萨斯城。圣路易斯是红区。军事形势图上显示芝加哥仍然是绿区。我记得琥珀色的分界线沿之字形向西,到了密苏里州汉尼拔以北的某地——我非常想在绿区渡过密西西比河。一辆车在穿过一英里宽的河流时,会产生像流星一样显眼的雷达脉冲。

我向区域控制台发出信号,要求降低到当地规定的高度,然后毫不迟疑,恢复手控,降低了速度,向北驶去。

在离斯普林菲尔德弯道不远的地方,我又向西驶去,保持低空飞行。到达河边时,我关掉应答器,紧贴河面,缓缓穿了过去。当然,在空中是不能关掉雷达识别信号的,在标准配置中不能——但部门的车辆是非标准的。老头子对这种不法伎俩很在行。

　　我原希望过河的时候,如果当地交通被监控的话,我的脉冲会使他们误以为这是一条船。我并不十分清楚河对岸的下一个管制区控制站在红区还是绿区,但如果我没有记错的话,应该是绿区。

　　我准备重新打开应答器,觉得这样做会更安全一些,至少不会那么令人怀疑。我正要回到交通系统,突然注意到在我前方展开了一道河岸线。地图上并没有显示那里有支流,我判断那是个水湾,可能是春季洪水冲出来的,尚未在地图上标出新河道。我几乎坠到了水面高度,差点儿一头栽进去。溪流很窄,蜿蜒曲折,几乎被树林遮住。我不想把空中车辆开进去,就像蜜蜂不想飞进长号,但这样做会彻底屏蔽我的雷达影像,他们就找不到我了。

　　几分钟后,我却找不到路了。现在,不仅监控的技术人员找不到我,连我自己也不知道我在什么地方。我已经脱离了地图上标示的区域。导航信号消失,出现,又重新消失,我手忙脚乱地控制着车辆,以避坠毁,根本顾不上导航信号的事。我真希望这是一辆水、陆、空三栖车,那样我就可以落在水面上了。

　　左岸的树林突然断开,我看到了一大片平地。于是我开过去,让车子的尾部着地,急剧的减速差点儿没让安全带把我给勒成两半。但我终于落下来了,再也不用像条鲇鱼那样在浑浊的河水里四处瞎撞。

　　我在想,该怎么办。周围好像没有人,我判断我是在谁家的农场后面。毫无疑问,附近有公路,我最好找到公路,在地面行驶。

　　虽然这样想,但我知道这是愚蠢的。从华盛顿飞到堪萨斯城要用三个小时——我几乎走完了这段路,现在我离堪萨斯城还有多远？在陆上行驶，大约还需要三个小时。而且我还得把车停在堪萨斯城外十到十二英里的地方，然后步行——又需要三个小时。

我的感觉就像原木一端的一只青蛙，第一跳跳到原木的一半，第二跳跳到剩下距离的一半，一半又一半跳下去，老也跳不到头。我必须回到空中。

但我不敢这样做，因为我不知道这里的交通是控制在自由人手里，还是鼻涕虫手里。

我突然想起，自从离开华盛顿，我还没有打开过立体电视。我对立体电视没有多大兴趣，不过新闻节目也许有用。

我找不到新闻节目。我找到了(1)由利用普通荷尔蒙公司赞助，默特尔·杜莱特利博士主持的讲座，《丈夫们为什么会感到厌倦》——我肯定她在这方面大概有着丰富的经验；(2)三个时髦女子演唱的三重唱《要是你就是我理解的那样，我们还等什么?》;(3)《柳克丽霞学会生活》中的一集。

那位可爱的默特尔·杜莱特利博士穿戴整齐，她身上可以隐藏半打泰坦星人。三重唱的女孩子们的穿戴则是你可以想象的，但她们的背部没有对着摄像机。柳克丽霞的衣服不是被别人撕破，就是自愿脱下来，但每一次我还没来得及看清她是不是光背(我的意思是，有没有鼻涕虫)，镜头不是切换到了别处，就是正好灯灭了。

没有一个能说明问题。这些节目可能是在总统宣布裸背计划的数周或数月前录制的。我仍在不停地转换频道，想找到新闻节目——或任何实况转播——突然发现我眼前出现了播音员那职业性的、殷勤的微笑。他穿戴得整整齐齐。

很快我就意识到，这也是那些露出马脚的表演之一。他在说："——此时此刻，坐在电视机前的某个幸运的小妇人就要收到绝对免费的赠品——一个普通原子能六合一全自动男管家。会是谁呢？你？你？还是幸运的你？"他从摄像机前转过身，我能看到他的双肩。他的双肩被衬衣和外罩遮盖着，显然圆滚滚的，几乎像凸起的肉丘。我在红区。

我关掉电视时，发现有人注视着我——一个大约九岁的顽童。他只穿了短裤，但从他晒得黝黑的肩膀可以看出他是出于习惯。我放下挡风玻璃，"嘿，小家伙，公路在哪儿？"

他又看了我一会儿才答道："去梅肯的公路就在那边儿。听着，先生，这是一辆卡迪拉克飞行车，对不对？"

"没错。公路在哪边？"

"捎我一段，好吗？"

"没时间了。公路在哪儿？"

他先打量了我一番才答道："带上我，我就告诉你。"

我只好答应他。他爬上车四处张望，我打开工具箱，拿出衬衣、裤子和外套，然后穿在身上。我引出话题："也许我不该穿衬衣。这儿的人穿衬衣吗？"

他不满地说："我有衬衣！"

"我不是说你没有；我只是问这里的人穿不穿。"

"当然穿了。你以为你在哪儿啊，先生，阿肯色州吗？"

我不再坚持，又问他公路在哪儿。他说："起飞时可以让我按按钮吗？"

我解释说我们要在地面行驶，他不加掩饰地流露出不满，但也无可奈何地指了一个方向。对于没有铺路面的乡村公路来说，这辆车太重，我开得小心翼翼。一会儿，他让我转弯。过了好大一会儿,我停下车说:"你是想告诉我路到底在哪儿,还是想让我狠狠揍你一顿?"

他打开车门,溜下车去。"嘿!"我大声喊道。

他扭过头。"路在那边。"他承认骗了我。我掉转车头,并没有真正指望能找到公路,但却找到了,离这儿只有五十码。小兔崽子害得我绕了大半圈。

这也叫公路——铺路时连一点橡胶也没用。但这确实是条路,我沿路向西驶去。总之,浪费了我一个多小时。

密苏里州的梅肯看上去一切正常——正常得让人不敢相信,因为这儿的人显然没有听说过裸背计划。确实有很多人光着脊梁,但那是天气炎热的缘故。更多的人都穿着衣服,任何人身上都可能隐藏着鼻涕虫。我很想干脆检查梅肯,而不是冒更大的风险检查堪萨斯城。最后,我总算抢在打退堂鼓之前又回到来时的路上。深入已经知道被主人控制的区域,我感到自己就像男子交际晚会上的牧师一样紧张。我想逃跑。

但老头子说过"堪萨斯城",如果我不去堪萨斯城,他是不会答应的。最后我绕着梅肯行进,进入远处的着陆平台,排队等候发射,然后混杂在乱糟糟的农民的直升机和各种当地交通工具中朝堪萨斯城飞去。在穿越该州的过程中,我不得不遵守当地的速度限制,这样做要比使用违禁方式安全得多,因为每一个管制区域控制站都能通过应答机识别我的车子。

场站没有工作人员,是全自动的,就连加油线上也没有工作人员。看来我在进入密苏里交通系统时没有引起怀疑。当然,伊利诺斯州有一个管制区域控制站可能弄不明白我到底上哪儿去了,但没关系。

17

堪萨斯城是个老式的城市,几乎没有重建过。从东南方,你几乎可以开到市中心,一直到斯沃普公园,既不用停车,也不用交纳进城费。

你可以飞进去,也可以选择另一种方式:降落在密苏里河北边的着陆平台上,穿过隧道进城,也可以降落在纪念山南面市中心的着陆平台上。

我决定两种方式都不用,我想让车留在身旁,这样就不必通过检查系统来取车了。如果遇到紧急情况,我用不着一边向停车场的工作人员出示密码,一边向外冲。遇到紧急情况,我不喜欢走隧道——也不喜欢使用起飞平台的电梯。那样很容易被困在里面。

坦率地说,我一点儿也不想进城。

我把车子驶入40号公路,开向迈耶布勒瓦德收费站。大批车辆排成长龙,等待付费,以获得在城里的大街上有争议的行驶权。我身后刚开来另一辆车,我立即觉得自己被包围了。我强烈地感到要是当时决定进入停车场,以公共乘客的方式进城就好了。但收费员根本没看我就收了费。我瞥了他一眼,一切正常,但看不出他是否被控制了。

我松了口气,驶过收费站的大门——不料却在收费站的另一侧被拦住了。一根横杆挡在我前面,我停下车。一个警察从我打开的一侧把头伸了进来。"安全检查。"他说,"出来吧!"

我抗议说我的车刚被检查过。"这我不怀疑。"他同意地说,"本城正在开展安全驾驶活动。给你车卡。到路障那边取车。现在下车,进那个门。"他指着路边不远处的一座低矮建筑物说。

"为什么?"

"检查视力和反应能力。"他解释道,"快点儿,你挡住路了。"

在我脑海中,我又看到了那幅疫情地图,堪萨斯城一片红光闪烁。我肯定,该城已被彻底"占领"了。因此,这个态度温和的警察几乎可以断定已被附身。我用不着看他的肩膀。

不能开枪打死他,再从现场紧急起飞,我只好听从他的安排。如果是个一般的警察,我可以直接贿赂他,在他给我车卡的时候把钱塞给他。可泰坦星人不用钱。

或许他们也要钱? 谁说得清。

我下了车,不满地嘟囔着,慢慢向那座建筑物走去。我眼前的门上标着"入口",远处的一扇门上标着"出口"。我往前走时,一个人出来了。我很想问问他里面的情况。

这是临时建筑,老式的门不是自动的。我用脚尖顶开门,往两侧和上面看了看才进去。看来没有什么危险。里面是一间空荡荡的接待室,还有一扇门开着。

有人在里面喊道:"进来。"我走了进去,保持着最大的警惕性。

里面有两个人,都穿着白大褂,一个头上戴着医生用的窥镜。他抬头看了我一眼,轻快地说:"要不了一分钟,过来。"他关上我进来的那扇门,我听见门闩"啪"的一声。

这比我们在宪法俱乐部所做的还要轻松自如得多。要是有时间的话,我准会欣赏这种方法。一张长桌上摆放着运送主人的盒子,已经打开,并在预热。第二个人手里已经拿着一个——准备给我的,我知道——他把手藏在身体的一侧,不让我看见他手里的鼻涕虫。运送主人的盒子不会引起受害人的警觉,医务人员手边总有些外人看来怪怪的东西。

剩下的,就是让我把眼睛贴在一个很普通的视力敏锐度测试仪的目镜上。那个"医生"会让我别动,捂着眼睛,装模作样地给我读测试数据,而他的"助手"给我安上一个主人。没有暴力,没有闪失,没有反抗。

甚至没有必要露出受害人的后背(在我自己的"效力"过程中,主人就是这样教我的),只要把主人往露出来的脖子上一放就得。离开之前,让新招募的人整理好衣服,把他的主人盖住。

"就是这儿。"那个"医生"重复道,"把双眼贴在目镜上。"

我走到装着视力测试仪的长凳前,开始照他说的做。我突然转过身来。

助手已经靠近了,双手拿着准备好的盒子。我转身时,他赶紧把手翻过去,不让我看。"大夫,"我说道,"我戴着隐形眼镜呢。我摘掉好吗?"

"不用,不用。"他急促地说,"别浪费时间了。"

"可是,大夫,"我抗议道,"我想让你看看我的隐形眼镜合适不合适。左眼的镜片现在有点儿问题——"我抬起双手,翻开左眼的上下眼皮,"看见了吗?"

他生气地说:"这儿不是诊所。好了,请你——"他们俩都到

了伸手可以够到的地方。我双臂向下一放，猛然用力抓住他俩
——有力的手指牢牢抓住他俩的肩胛骨。我的双手同时碰到了
他们衣服下面软绵绵、烂糊糊的东西。一碰到那东西，我就感到
浑身颤抖，天旋地转。

我曾经见过一只被车撞上的猫，那可怜的东西一下子跳了
有四英尺高，身子弓错了方向，四条腿都在舞动。这两个倒霉蛋
和那只可怜的猫差不多。他们浑身的肌肉剧烈地抽搐着，好像
所有运动细胞同时受到了强烈的刺激。

或许他们所有的运动细胞确实在同一瞬间受到了强烈刺
激，就在我把他们的主人牢牢抓住并挤碎的一瞬间。

我夹不住他们了。他们俩在我胳膊下猝然一动，倒在地
上。其实也没有必要再夹住他们，第一阵剧烈抽搐之后，他们就
垮了，失去了知觉，也许已经死了。

有人敲门。我喊道："等一下。医生正忙着呢。"敲门声停
了。我先确认门是锁着的，又回过头来，俯下身，撩起"医生"的
衣服，看看我把他的主人弄成了什么样。

那东西成了一堆乱七八糟、黏糊糊的东西，已经开始散发出
臭味。另一个身上的也一样——看到这些，我由衷地感到高
兴。如果鼻涕虫还没有死，我肯定会开枪，可我并没有把握打死
鼻涕虫而不把那两个人也打死。我把那两人扔在那儿，是死，是
活——还是再被泰坦星人抓住，只好由他们去了。我帮不了他
们。

在盒子里等待的主人是另一回事。只花了几秒钟，我就用
最大负荷的扇形光束把它们全消灭了。墙上靠着两个大木条箱
子。我不知道里面有没有主人，但我也没有理由相信里面没有，
我一遍又一遍开枪，直到把木箱烧成了木炭才住手。

　　敲门声又响了。我仓促地扫了一眼屋里,想找个地方把那两个人藏起来,可根本无处可藏,我决定还是实施最典型的军事机动:撤退。我正要出门,觉得少了点儿什么。我犹豫了一下,把屋里又看了一遍。

　　屋子几乎是空的,似乎没有我可用的东西。我可以利用"医生"和他助手的衣服,可我连碰都不想碰他们的东西。这时,我注意到长凳上放着视力测试仪的防尘罩。我解开衬衣,一把抓过防尘罩,把它揉成一团,塞在衬衣和肩胛骨之间。我把衬衣领子的扣子系紧,把夹克衫的拉锁拉得严严实实,使鼓起部位大小正合适。

　　然后,我出了门——人生地不熟,心惊胆战地走进一个从未到过的地方。

　　但事实上,我很有点趾高气扬的感觉。

　　另一个警察看了我的车检单。他警惕地看了我一眼,然后示意我上车。我上了车,他说:"到警察总部去,市政厅下边儿。"

　　"警察局,市政厅。"我一边重复,一边踩下油门。我顺着那个方向,转向尼科尔斯公路。我来到一片空地,车辆稀少了,于是我按下电钮,换了车牌,但愿没人看见。我在收费站大门前暴露的车牌号很可能已经公布出去,大肆搜查了。真希望我能改变车的颜色和车身的装饰线条。

　　到马吉公路前,我拐向一条斜坡弯道,此后紧贴着居民区的边道行驶。现在是六区时间十八点,离我返回华盛顿汇报还有四个半小时。

18

这城市看上去不对劲。我努力摆脱紧张情绪,以便弄清那儿的实情——当然,我既没指望看到什么表面上的异常现象,老头子也没指望我能看见。但这里就是不对劲。表面看来一切正常,实际上却不对劲,像是一出蹩脚导演的戏,什么都没问题,但就是少点滋味。我极力琢磨是哪儿不对劲,可怎么也琢磨不出头绪。

堪萨斯城居民众多,许多住户已在这里居住达百年之久。时光仿佛从他们身边绕过,没有触动他们。孩子们在草坪上打滚玩耍,住户们坐在夏夜清凉的前庭纳凉。那些古怪、庞大、年代悠久的房屋,由早已不在人世的古代行会工匠一块砖一块砖砌成,透着朴实无华的魅力。看到这些居民区,人们不禁纳闷,堪萨斯城有伤风化的名声是怎么得来的。古老的聚居地固若金汤,不可触及。

我避开狗、皮球和互相追逐的孩童,在居民区中巡行穿梭,一心想熟悉这里的情况。此时正值一天中的休闲时分,人们到这会儿才得空喝点东西,浇浇草坪或是和邻居聊聊天。

　　情况仿佛就是这样。我看见前面花坛里有个女人，正在俯身侍弄花草。她穿一件太阳装，后背跟我一样干干净净。不，比我更干净，毕竟我还在夹克里塞了一团布。她和旁边的两个孩子身上显然都没有主人。问题到底出在哪儿？

　　大热的天，甚至比华盛顿还热。我开始寻找光着背的人，穿着太阳装的女人和穿着凉鞋短裤的男人。尽管名声不好，堪萨斯城地处"《圣经》地带"，颇受清教影响，那儿的人不会像拉古纳比奇或是科勒尔盖布尔斯的人那样，随着天气的变化而兴奋地集体脱衣。因此，即使最热的天气，成年人衣冠整齐也不足为怪。

　　我发现两种着装的人都有——但比例显然不对。很多孩子因为天热穿得少，可我驱车走了几英里，只看到五个成年女人和三个成年男人光着背。

　　按说我至少应该看到五百个光背的人，因为正是大热天。

　　我顿然明白了，有些穿外套的人身上显然没有主人，但通过比例简单推算一下就能明白，足有百分之九十的人被主人控制了。

　　这座城市被"搞定"了，但不是以我们在新布鲁克林那样的方式"搞定"的。这座城市已经饱和了。主人不仅控制了城里的要员，而且占领了整座城市。

　　我只觉得一阵恐慌，恨不得立即发动汽车，直接从大街上起飞，全速驶离红区。他们已察觉我从收费站入口处的陷阱脱身了，一定在找我。或许我是唯一的自由人，驾车行驶在这座城市——周围到处都是他们的人！

　　我努力镇静下来，作为特工，神经紧张对自己或是老板都没什么好处，也无益于摆脱困境。可我还没有从被鼻涕虫附身的噩梦中完全惊醒,恢复平静的确很难。

我数了十下,定定神,好理出头绪。看来我错了,它们不可能有足够的主人渗透一个拥有百万人口的城市。我想起不足两周前的亲身经历,回忆起我们是如何招募人员,让每一个寄主都发挥作用的。当然,我们也知道有第二批货,堪萨斯城几乎可以肯定是第二批货运点之一,它附近肯定有飞碟着陆点。

但还是做不到呀。要将堪萨斯城这样的城市渗透到饱和的程度,它们肯定需要不止一艘飞船,至少得有十几艘。但是如果有那么多飞船,我们的空间站一定早就通过雷达跟踪着陆轨迹发现它们了。

或许它们没有我们可以跟踪的轨道?不是像火箭一样依一定轨迹着陆,而是凭空冒出来?也许它们用了人们津津乐道的古老的"虫洞"什么的?我不清楚什么是虫洞,也怀疑是否有人清楚,可这种方法确实是一种避开雷达探测的着陆方式。我们不知道主人在工程技术方面有多大能耐,凭人类自身的标准来猜度外星主人的弱点,这样做显然不稳妥。

但根据我所掌握的资料,推出的是一个有悖于常理的结论,因此,在向总部汇报前我必须理清头绪。有一点似乎可以肯定:如果鼻涕虫实际上几乎控制了整座城市的这一假设成立,那么显然它们尚未撕下伪装的面具,而是暂时让这座城市看上去仍然是自由之城。我也并不像我所担心的那样惹人注目。

我一边想一边漫无边际地慢驶了一英里,不觉驶入广场周围的零售区。那里人群密集,又有警察,我赶紧掉头,擦着边驶过零售区,这时恰好经过一座公共游泳池。我观察着它,分析着它。

一句话,分析的结果让我陷入了矛盾之中。

大门紧闭,上面挂有牌子——"本季停业"。

　　一座游泳池在酷热的夏季关门停业？这意味着什么？显然游泳池已经歇业，而且也不会再开张了。然而在最赚钱的季节关闭游泳池，这决不符合经济规律，除非迫不得已，否则就亏大了。

　　但是游泳池这种地方不太容易伪装。从人类的角度来看，比起游泳池停业，大热天没有人光顾泳池更引人注目。而傀儡主人向来十分注意人类的思维方式，并且利用这种方式来设计骗局。我知道得再清楚不过了，我有亲身体会！

　　线索一：该市收费站入口处有陷阱；线索二：穿裸背太阳装的人太少；线索三：游泳池关闭。

　　由此得出的结论是：鼻涕虫的数量已经超出了任何人的想象——就连我这个被"它们"附身过的人也估量不到。

　　故可推断："反冲击方案"建立在对敌人错误估计的基础上，因而实施这一方案无异于用弹弓捕犀牛，自不量力。

　　反驳意见：我自以为看见的情况是不可能存在的。我似乎能听到马丁内斯将我的报告撕得粉碎，克制地嘲讽我。说我关于堪萨斯城的种种猜想是胡编乱造、毫无根据，并感谢我对此所持有的浓厚兴趣，但我现在需要彻底休息，别那么神经紧张，现在，先生们——

　　呸！

　　我必须获得有力的证据，让老头子说服总统，否决官方顾问们的意见，做出理性的决断，而且我一定得马上取证。即使不考虑交通法规的因素，我也无法将返回华盛顿的时间缩短到两个半小时以内。

　　怎样才能挖掘出有力的证据？是否应该深入市中心，和人们交往，然后再告诉马丁内斯，我敢肯定几乎每一个我所见到的人都被主人控制了。怎样证明这一点？我自己又怎么会对此坚信不疑？我没有玛丽的超人天分。只要泰坦星人继续上演"一切运转正常"的剧目，我手里掌握的就只有少得可怜的情况：满城都是圆肩膀的人，而裸露后背的人则少得可怜。

没错，收费站入口处设了一个陷阱。我开始明白它们是如何彻底渗透这座城市的了，前提是有足够多的鼻涕虫。

我预感到在出口处、发射台或是市区其他出入口，也会遭遇类似的圈套。

每一个离开此地的人都将成为主人新的代理人；同样，每一位来访者皆会成为新的奴仆。

我对这一判断深信不疑，甚至不用到发射台去验证它。我曾在"宪法俱乐部"设了一个这样的圈套，结果进来的人无一逃脱。刚才拐弯的时候我注意到一个出售《堪萨斯城星报》的报摊。我转过一个街区又折回来，停车走下来。往投币口塞了一角钱，等着报纸印出来。等待的时间异常漫长，可这是我自己神经紧张所致，感觉每一个路人都在盯着我看。《星报》的套路一贯是呆板无趣，既没什么兴奋事，也未谈及紧急事件，更没提到裸背计划。头条新闻标题为《太阳黑子风暴干扰电话通信》，副标题为《太阳静电将堪城半隔离》。配有一幅图片，三色半立体的太阳表面被宇宙黑子损毁，这幅照片注明发自帕洛马天文台。

照片很可能是捏造出来的，要么是从报社图书馆调出的一张真照片，上面还加上一条令人信服却不怎么有趣的说明，解释了为什么玛米·舒尔茨（本人未遭鼻涕虫附身）无法和在匹兹堡的奶奶打通电话。

报纸上的其他内容看起来一切正常。我把报纸夹在腋下准备有空再细看，然后转身向车子走去……就在这时，一辆警车悄然驶来,挡住了车头,一个警察下了车。

警车仿佛有凭空变出一大群人的本领,刚才街头还是空无一人,否则我决不会停车,而顷刻间周围到处是人,警察正向我走来。我暗暗将手向枪移去,我无法确定周围的绝大部分人是否同样危险,否则我早就把他撂倒了。他在我面前停下来,和气地说道:"让我看看您的执照。"

"当然可以,警官先生。"我应声答道,"执照夹在工具箱里。"

我从他身旁走过,好让他跟在身后。我感觉他犹豫了一下,继而就上了钩。我引他绕到离两车较远的地方,这样我便知道他的车里有没有同伙。结果再好不过。更重要的是,车子把我和无辜的路人隔开了。

"那里就是,"我指着后备厢说,"执照在里面夹着。"他又犹豫了一下,朝里看了看,趁着这当口,我使出一招最新才在实践中学会的新功夫。左掌一击,向他劈去,抓住他的肩膀,拼尽全力狠命一挤。

结果又是"被车撞了的猫",只见他的身体猛地颤了一下,开始抽搐。没等他倒地,我已经上了车,一脚踩下油门。旋即,正像在巴恩斯的外间办公室一样,假面具忽然揭下,人群向我逼近。有个年轻女人用指甲死死抓住光滑的车体,被车子拖了五十多英尺才摔了下来。此时我已加速行驶,穿梭在迎面驶来的车流中,随时准备起飞,但苦于没有空间。

这时左边出现十字路口,我开了进去,却发现这一步走错了。林荫大道上空枝叶交错,让我无法起飞。下一个路口则更糟,我诅咒城市规划员把堪萨斯城建得像个公园似的。

不得已,我只好放慢速度。眼下我正以市区限速行驶,一边寻找一条足够宽阔的主干道好违规起飞。大脑在飞转，可我明白找不到这样的路。这时候，对主人的熟悉帮了忙。除了"直接会谈"外，泰坦星人骑在傀儡身上发号施令，他用寄主的眼睛看，并采用各种方式利用寄主的任何器官接收、传递信息。

我很了解这一点，于是我知道：除了附着在警察身上的那条鼻涕虫之外，其他隐藏在角落的鼻涕虫不会找我这辆车，这样一来，问题就解决了！

当然，在场的别的主人也会寻找我，可它们只有寄主的身体条件和素质。我决定不必再理会他们，放过他们，到另一个街区去。

还有将近三十分钟，我决定用寄主作为人证。因为被附过身，他能讲出城市里发生的事情，我一定得解救出一个寄主。

我必须捕获一个被鼻涕虫附体的男人，除掉或者杀了主人而不伤害寄主，然后把他绑架回华盛顿。眼下已经来不及作仔细规划，再去挑选这样一个人，我必须马上行动。正想着，眼前就有个男人在街区走着。他手里拿着公文包，看样子是要回家吃晚饭。我在他身旁停下，向他打招呼："嘿！"

他停住脚步，"怎么了？"

我答道："我刚从市政大厅来，没时间作解释了。上车我们再好好谈一谈。"

他又问："市政大厅？你在说什么？"

我说："计划有变，别浪费时间了，上来！"

他向后退着，我跳下车，向他隆起的肩膀抓去。可什么也没有，我的手抓到的只是骨头突出的血肉之躯。他开始尖叫救命。

我跳上车，飞速离开那里。过了几个街区才放慢速度，重新考虑这件事。难道我弄错了？是我神经过分紧张才会无中生有，草木皆兵吗？

绝不会！我秉承了老头子不屈不挠的意志力，面对事实，实事求是。收费站、太阳装、游泳池以及售报机旁的警察……这些事实都摆在面前——最后这一事件只能说明是偶然的巧合，不管概率多么低，我却挑中了一个尚未被主人征用的人。于是我又开足马力寻找下一个受害者。

一个中年男人正在浇草坪，样子既土气又过时，我有几分想放过他，可眼下没时间了，而且他穿着厚重的汗衫，可疑地隆起。要是我看见走廊上他的妻子，我就会放过他了，因为她穿着胸罩和裙子，不可能被主人附体。

我停下车，他诧异地抬起头。我重复老话说："我刚从市政大厅来，我们需要马上好好谈谈，上车！"

他平静地答道："进来到屋里谈，车子太显眼了。"

我想拒绝，可他已经转身向房子走去。当我跟上去走过他身旁时，他悄声说道："小心，那女人不是我们的人。"

"你妻子吗？"

"对。"

我们在门廊停下，他说道："亲爱的，这位是奥基夫先生，我们要到书房谈点正事。"

她微微一笑，答道："当然好喽，亲爱的。晚上好，奥基夫先生。天真热，不是吗？"

我应声附和，她又继续织毛衣。我们进了屋，他把我领进书房。在这女人面前，我们俩都维持着伪装，所以我只好以客人的身份先进屋。但我实在不喜欢背朝着他。

所以，他击打我脖子根的时候我早有几分提防。我打了个滚倒下去，没受什么伤。接着又滚了一下，停下来躺在地上。

在训练学校，教练用沙袋狠打倒下去试图起身的学员。我想起拳击教练以低沉的比利时口音说的话："勇敢的人再次站起来，结果只能是丧命。要做懦夫——躺在地上反击。"

于是我躺着，用脚后跟威慑他，一有机会就反击。他向后退着，我够不着他。他没枪而我却有，但屋里有壁炉，里面拨火棒、铁锹、火钳一应俱全。他围着壁炉绕了一圈。

我刚好能够着一张小桌子。于是我翻滚过去，抄着桌子腿向他扔过去，趁他还没抓住拨火棒，桌子正砸在脸上，接着我就骑到他身上。

他的主人快要被我掐死了，主人垂死挣扎的同时，他本人也在抽搐。这时我才听到令人精神分裂的尖叫。他的妻子站在门口。我跳起来又给了她一拳，正中她的双下巴，她应声倒下，我又回到她丈夫身旁。

抬起一个浑身瘫软的人异常困难。和让他安静点相比，我花了更长的时间才把他扶起来背到肩上。他真是不轻！还好我手脚利落，身体壮实。我设法将这个笨重的家伙快步拖向车子。不知道刚才打斗的声音有没有惊扰到四邻，可是他妻子的尖叫一定把那一片半个街区的人都给吵醒了。街西边有人开门探出脑袋。但到目前为止，附近没什么人。看到车门开着，我很高兴，赶忙走过去。

接下来就让人遗憾了。一个讨厌鬼，模样酷似先前给我找麻烦的那个乳臭小儿，正在车里胡乱摆弄着操纵仪。我一边诅咒，一边把俘虏塞到后座，然后向这小家伙抓去。他向后一缩挣扎着，可我一把将他提起来扔了出去，正撞到第一个冲出来追我的人怀里。

这下我得救了，趁他甩开小鬼的工夫，我猛地跳进驾驶席，来不及关门、系上安全带,疾驰而去。拐第一个弯时好歹把门关上了,我自己也差点从座位上飞出去。接着开上一条笔直大道,好让我抽空系好安全带。我急拐一个弯,差点撞上一辆汽车,又继续行驶。

终于驶入一条宽阔大道,我猛地按下起飞键。也许车身有几处损毁,可我来不及考虑那么多。等不及升到预定高度,我就费力地向东飞去,同时继续爬升。我手动操纵空中轿车飞越密苏里,所有推进火箭全用上了,好让车全速飞行。这回不顾一切的违规起飞让我幸免一死。在哥伦比亚上空,刚发射完最后一枚火箭,我就感到车身剧烈地震动。有人发射了一枚拦截飞弹,我想大概是超高速飞弹——讨厌的东西就在我刚才的位置炸开。

幸好再也没有飞弹射来,否则我就成了活靶子,却无力还击。这时右舷推进器开始迅速发热,也许是因为车身几乎中弹,或许是出于机器超负荷,我只能听任它发热,祈祷机器再撑十分钟而不要散架。接着我驶过密西西比河,指针一摆,显示"危险",我关掉右舷推进器,让空中轿车勉强用左舷推进器飞行。三百英里是最快速度,而我已驶出红区,回到自由人类的身旁。

直到那时我才有空看几眼我的乘客。他还在老地方,仰卧在地板垫上,不知道是昏过去了,还是死了。既然已经回到了自己人当中,我就无权超速行驶了,也没理由不使用自动驾驶。我叭地打开异频雷达收发器,发出请求行驶空域的信号,未等回音我就将操纵盘切换到自动驾驶挡。空管兴许在诅咒我,把我的信号记录在案,不过他们还是会接纳我进入系统。我放慢速度,又察看了一下我的证人。

他有气儿,不过还昏迷不醒。我用桌子砸他,让他脸上挂彩了,幸好骨头没断。我拍拍他的脸,又用指甲掐他的耳垂,但怎么也弄不醒他。

那条死鼻涕虫开始发臭,可我没法处置它,只好听任他继续昏迷,回到驾驶席。

计时器显示此时是华盛顿时间二十一点三十七分,还有六百多英里的路程。我全速启动一台发动机,径直向白宫老头子那儿赶去,午夜一过就会到达华盛顿。此次任务没能完成,所以老头子必定饶不了我,肯定会让我留校罚站,不放我回家。

我想碰碰运气,试着启动右舷推动器。结果不行,可能是机器受不了了,需要彻底检修。看来任何仪器转得太快都会非常危险,我打消了这个念头,试图和老头子接通电话。

但是电话打不通,或许是当天执行任务的过程中颠簸太多,把它震坏了,这可是前所未有的事。印刷电路板、晶体管等全套装备都嵌在塑料里,差不多和感应引信一样抗冲击。我只好把电话装回口袋,觉得今天已经够我受的了,不值得再为这件事大惊小怪。我转向车上的通话装置,按下紧急键,"控制台!"我呼叫道,"控制台! 有紧急情况!"

屏幕亮了起来,我看到一个年轻人。令人宽慰的是,他裸着身体出现在屏幕上。"控制台回复——福克斯十一区。你在空中做什么? 自从你进入辖区,我一直在联系你。"

"别问了! 来不及解释了。"我厉声说,"给我接通最近的军线,有紧急任务!"

他看上去有些疑惑,不过屏幕闪烁着变成空白。另一幅画面逐渐清晰,显示出一座军事情报中心。我满心欢喜地看到,每个人都裸露到腰部。最前面是位年轻的警卫员,我真想亲他一下。不过我说道:"紧急军情——给我接通五角大楼和白宫。"

"你是谁?"

"没时间解释了,没时间了!我是政府特工,你就是看了身份证也认不出我的身份。赶快!"

要不是一个年长些的男人把他推开,我本可以说服他的。从帽徽上可以看出这人是飞行联队指挥官。他只说了一句:"马上着陆!"

"你瞧,长官,"我说,"我有紧急军务,你一定要帮我接通线路,我……"

"我这里才是紧急军务,"他打断我说,"所有民用机都已在三小时前着陆了。马上着陆!"

"可我得……"

"着陆!不然就把你击落。我们一直在追踪你,我马上会出动一架拦截机冲到前方半英里处阻拦你。要么着陆,要么就一意孤行,等着领教拦截机的厉害。"

"听我说,我会着陆的,可我得……"他挂断了,我张口结舌。

第一架拦截机突然出现在我前面半英里的地方,我只好着陆。

我的着陆动作乱七八糟,幸而我和我的乘客都没受伤。他们向我发射照明弹,猝然下降向我扑来,我还以为要被炸得粉身碎骨呢。接着我被带进去和飞行联队指挥官本人碰面。他甚至帮我接通了电话,当然这是在心理分析小组先对我施行催眠测试、再把我弄醒之后的事了。这时已是五区时间一点十三分,而"进攻方案"已经实行了十三分钟。

老头子听着汇报,低声咒骂着,叫我闭上嘴,早上再来见他。

19

　　如果当初我和老头子去的是国家动物园，而不是坐在公园长椅上，我说不定就不必去堪萨斯城了。我们将国会两院联席会议上捕获的十名泰坦星人连同第二天的两个，一并委托给动物园的管理员。它们被安置到不幸的类人猿肩上，包括黑猩猩和巨猿，但没有大猩猩。

　　管理员把这些猴子锁在动物园的兽医院里。一对名叫阿贝拉尔和埃洛伊兹的黑猩猩被关在一起，它们一直是情侣，没理由把它们分开。也许这一点就说明了我们在心理上难以适应泰坦星人，即使那些将鼻涕虫移植到猿身上的人，他们仍旧把它们当猿看待，而不是泰坦星人。

　　关这对黑猩猩的笼子旁边是一家子患上肺结核的长臂猿。由于有病，它们没有被用作寄主，笼子和笼子之间也不相通，由密封性良好的滑板相隔，每个笼子都有空调。我记得，我待过的一家医院的条件还不如这里呢。

　　第二天清晨，隔板却打开了，长臂猿和黑猩猩混在一起。阿贝拉尔，也可能是埃洛伊兹，已经会撬锁了。这种锁原本是防止猴子打开的,却防不住猿猴兼泰坦星人,倒也不能怪设计锁的人。

这里原本只有一对黑猩猩、一对泰坦星人加上五只长臂猿——第二天早上却发现,七只猿猴全部被附体了,泰坦星人的数量变成了七个。

这一情况是在我离开堪萨斯城前两个小时发现的,可是老头子却没得到通知。要是他了解这一情况的话,他立即会明白:堪萨斯城的泰坦星人已经达到了饱和状态。就算换了我,也能从猿猴身上的泰坦星人数量增加中推导出这个结论。如果老头子知道了长臂猿的情况,反冲击计划绝不会实施。

反冲击计划是军事史上最失败的哑炮。整个部署安排得井井有条,空降部队同时于五区时间午夜抵达九千六百个通信机构——报社、街区控制台、转播电台等等。这批空降兵是我们空降部队的精华,大部分是久经沙场的士官,技师将和他们一起使每个通信机构恢复运行。

届时,每个地方台都会播放总统的讲话和图像,裸背计划也会在所有遭到侵袭的领土上生效,这场战争便将结束,只会留下微不足道的扫尾工作。

见过鸟撞在玻璃窗上受伤的情景吗?鸟并不笨,它只是搞不清状况而已。

到午夜十二点二十五分时,不断传来已攻占某个机构的报告。稍后又从其他机构传来增援呼叫。到子夜一点时,所有后备部队都已部署完毕。军事行动显然进行得出奇地顺利,就连部队指挥官也着陆了,并从地面发回报告。

没想到这却成了他们最后的声音,此后便杳无音信。

红区吞没了这次行动的军事力量。全军覆没。一万一千架军用飞机,十六万战士和技师以及七十一名战斗群指挥官。用不着说下去了。这是美国有史以来所遭受到的最严重的军事挫败。

需要澄清的是,我不是在指责马丁内斯、雷克斯顿、参谋长联席会议或是促成这次空中突击行动的可怜家伙。整个行动部署周密,以看似真实的情报为基础,而形势也需要我们集中优势兵力迅速行动。假若雷克斯顿当初派出的不是他最棒的精兵强将的话,他肯定会受到军事法庭的审判。合众国处于危难关头,他也意识到了这一点。

但他并不知道那七只猿猴的情况。

没等天亮,我已经明白了,我们所收到的大捷消息实际上全是假的,我们的人已经被附了身、着了道,然后伪装成一切正常的样子。但马丁内斯和雷克斯顿怎么都不肯相信。等我汇报完,已经晚了一个多小时,来不及中止这次空袭。老头子也尽力阻止他们增派部队,然而他们正因胜利兴奋不已,急于扫平敌军。

老头子请求总统务必亲眼验证所发生的实情,但这次行动的指挥控制全都通过阿尔法空间站中转,而空间站没有足够的频道同时播放声音和图像。雷克斯顿说过:"别担心,部队知道他们对抗的是什么敌人。只要我们重新控制当地电台,我们的小伙子们就会重新接通地面中转网,那时你就能得到所有你想要的直观证据了。"

老头子指出,到那时,恐怕已经为时太晚了。这时雷克斯顿大喊:"该死!老兄,我可没法让正在战斗的士兵停下来,让他们去拍光背照片。难道你想让上千的小伙子仅仅为了平息你内心的恐慌而丢掉性命吗?"

结果总统采纳了他的意见。

一直等到第二天一早,他们才拿到了直观证据。疫区中心的立体声电视台反复播放的全是老一套节目,诸如"和太阳同时起床开始美好的一天"以及"和布朗一家共进早餐"之类。没有一家电视台播放总统的讲话,也没有电视台承认已经发生了的事情。军方电报越来越少,四点左右电报停发,任凭雷克斯顿怎样发狂呼叫也无人应答。部队不复存在了,消失得无影无踪。

这些情况并非从老头子那里得知,是玛丽告诉我的。作为总统的贴身保镖,整日随总统出入,她处于最有利的观察位置。直到第二天早上将近十一点钟,我才去见老头子。他听我汇报完,未加任何评论,也没有责骂我,这就更糟糕了。

他正要打发我走,我忙插话:"我抓来的人怎样了?难道他没有证实我的结论吗?"

"呃,你说他吗?最新报告说他还在昏迷中。也不指望他能活过来。心理分析师从他那儿什么也搞不到。"

"我想见他。"

"干你懂行的事去吧。"

"什么,难道你还有事情要我去做吗?"

"目前没有。我想你最好——不,还是这样:去国家动物园转转,在那儿你会发现点事,说不定能得到点启发,对解决堪萨斯城的问题有帮助。"

"啊?"

"去拜访一下霍勒斯博士,动物园副主任,告诉他是我派你去的。"

于是我去了动物园。我本想和玛丽同去,可是她有事脱不开身。

霍勒斯人很好,个子小小的,和他养的狒狒有几分相像。他把我介绍给一个叫瓦尔加斯的博士,他是外星生物专家,曾经参加过第二次金星考察。他给我讲了所发生的事情,我一边看着这几只长臂猿,一边纠正我的误解。

"我看了总统的电视广播,"他随和地说道,"你是不是那位,我是说,你不是那位——"

"对,我就是'那位'。"我简短应答。

"那么你能告诉我们许多有关此类现象的情况。你的这种遭遇是独一无二的。"

"也许我应该有能力做到,"我慢吞吞地承认,"可是我做不到。"

"你是说你——呃,我是说你成为它们的囚徒的时候并没有发生分裂生殖,对吗?"

"没错。"我考虑了一下,又说,"至少我认为是这样。"

"难道你不知道吗?据我所知,呃,受害者都完全记得他们曾遭遇过的经历。"

"哦,他们记得,又不记得。"我试图想说清楚这种做主人奴仆的奇怪而又超然的精神状态。

"我觉得,裂变有可能会趁你睡着时发生。"

"也许吧。除此之外,记不清有几次,开联合会的时候也会发生。"

"开会?"

我解释了一番。他眼神发亮,"哦,你是指'联合成对'。"

"不,我说的是'联合会议'。"

"我们说的是一回事儿。难道你不明白吗?结合成对和分裂生殖——无论何时,也不管寄主的数量够不够,它们都可以随心所欲地繁殖。很可能每接触一次就产生一次裂变,一旦有机会,就会裂变。也许不到数小时的工夫就会有两个完全成熟的雌性子寄生虫。"

我仔细想了想。看着这几只长臂猿,我无法置疑。如果这是真的话,那"我们"何必还要依赖宪法俱乐部去运载鼻涕虫呢? 也许没这回事儿? 其实我也不知道,我只是依照主人的意图办事,看到的只是眼前发生的事情。可是"我们"为什么不像渗透堪萨斯城那样去攻占新布鲁克林呢? 时间来不及吗?

渗透攻取堪萨斯城的过程已经一目了然。手头有了足量的"货",一艘飞船载着从泰坦星人身上提取的可移动细胞,以这种细胞体为基础迅速繁殖,使数量达到能与人类匹配的程度。

我不是什么生物学家,也并非外星生物专家,可我会做简单的运算。假定一艘飞船带来一千只鼻涕虫,降落在堪萨斯城附近。如果它们有条件每隔二十四小时繁殖一代,那么——

第一天:一千只鼻涕虫;

第二天:两千只鼻涕虫;

第三天:四千只鼻涕虫;

一周后:十二万八千只鼻涕虫;

两周后:一千六百万只以上鼻涕虫。

而且我们并不知道它们是否一天只能繁育一代,从长臂猿身上就能证实,它们的繁殖速度更快。

我们也不清楚一艘飞碟是否只能装载一千只细胞体,也许能运载一万只鼻涕虫。如果我们假定一万只鼻涕虫母体每隔十二小时繁殖一代,那么,两周后就是——两万五千亿只以上!

这个数字太庞大了,大得失去了实际意义,因为地球上没有那么多人口,即使把猿猴算在内也不够。

不久我们将深陷于鼻涕虫的世界里，比起堪萨斯城，这种设想更令我不安。

瓦尔加斯把我介绍给史密森学会的麦基尔文博士。麦基尔文是位比较心理学家，瓦尔加斯告诉我他是《火星、金星和地球：激发动机的研究》一书的作者。瓦尔加斯似乎希望我对此书有印象，可我没看过。没等我们人类从树上爬下来，火星人已经灭绝了。在这种情况下，怎么谈得上研究他们的动机？

他们俩开始交流意见，说着外人听不懂的行话。我则继续观察长臂猿。这时麦基尔文问我："尼文斯先生，联合会议开多长时间？"

"联合成对。"瓦尔加斯更正他。

"联合会议。"麦基尔文又说了一遍，"把注意力放在更重要的方面。"

"可是，博士，"瓦尔加斯坚持己见，"类地生命中有类似的情况。在原始的繁殖中，结合成对是基因交换的媒介，借以使全身发生突变——"

"你是在用人类经验来解释宇宙万物，博士。你连这种外星生物是不是以基因为基础都不知道。"

瓦尔加斯脸涨得通红，他顽固地说："能否请你暂时接受基因，以此为先决条件？"

"我为什么要接受它？我再说一遍，老兄，你在通过类比来推理，但是没有理由认定存在那种类推，所有的生物形式有而且只有一个共同特点，那就是生存的推动力。"

"还有繁殖力。"瓦尔加斯坚持道。

"假如生物体永世不死，不需要繁殖呢？"

"可是——"瓦尔加斯耸耸肩，"你的问题不恰当，我们很清楚，它们会繁殖。"他指着那几只猿猴说道。

"我是在说，"麦基尔文回到刚才的话题，"这不是繁殖，而是一种单个的生物机体的扩张，以控制更多的空间。相当于一个人给他的房子接上一间侧厅。不，博士，我不想冒犯你，可是，人有可能太受限于受精卵配子的框框，忘记还可能存在其他模式。"

瓦尔加斯发话了："可整个体系自始至终——"

麦基尔文打断他："以人类为中心，以地球为中心，以太阳系为中心，这些都是狭隘的思路。这些生物或许来自太阳系以外的地方。"

我说："呃，不！"我脑中突然闪现出一幅泰坦星的画面，感到一阵令人窒息的激动。

他们俩没人注意我。麦基尔文接着说："如果你一定要类比，就拿'阿米巴'变形虫来比较。这是一种早期的、较原始的，却比我们更加成功的一种生物形式。'阿米巴'变形虫的动机心理学——"

我已经心不在焉了，我认为言论自由让人有权利谈论"阿米巴"变形虫的"心理"，可我不必聆听。他们也没有再回过头来问问我一次联合会议开多长时间，不然，我就会告诉他们：这种联合会议是没有时间限制的。

他们倒是做了一些直接试验，这令我对他们的印象有一些好转。瓦尔加斯命人带来一只骑有鼻涕虫的狒狒，把它和长臂猿、黑猩猩关进同一个笼子。在那之前，长臂猿一直跟正常的臂猿一样，互相梳理着毛。区别只在于，它们显得过分平静。还有，锐利的目光一直注视着我们的一举一动。可一旦放进去新成员，它们马上围成一个圆圈，脸朝外，进入鼻涕虫对鼻涕虫的直接会议。麦基尔文兴奋地指着它们："看见了吗？看见了吗？开会不是为了繁殖，而是要交换记忆。这种生物体暂时分开了，而现在重新确认了身份。"

我完全可以不用他们这种晦涩的含糊之词，照样能把同一件事讲明白：和同类失去联系的主人，重新找到同类之后总是立即进入直接会议。

"假说！"瓦尔加斯轻蔑地说，"纯粹是假说。它们现在只不过是没有机会繁殖。乔治！"他喊来负责人，让他再带来一只猿猴。

"把小阿贝带进来吗？"负责人问道。

"不，我想要一只没感染寄生虫的猴子。我看，就要那只老红毛长臂猿吧。"

负责人瞥了一眼那几只长臂猿，迅速将目光移开，说道："啊呀，博士，我想你还是别选老红毛长臂猿吧。"

"又不会伤着它。"

"为什么不把萨坦带进来呢？它可是个不听话的讨厌鬼。"

"好吧，好吧！不过快点，你让麦基尔文博士等急了。"

于是他们把萨坦这只黑得像炭团的黑猩猩带进来。在别处它也许很放肆，可在这儿就不同了。他们把它塞进笼子里，它四处望了望，背靠着门缩成一团，开始哀叫。我不忍心看下去了，这就像目击一场死刑，却又没办法不看。我控制住情绪，男人应该能适应任何环境，为了生存，又脏又累的活也得干。可是，猴子的歇斯底里具有很强的感染力，我真想逃走。

起初，这些鼻涕虫附体的猿猴什么也没做，它们只是像陪审团一样盯着它看了好一会儿。萨坦的哀叫变成了低声呜咽，它用手遮住脸。就在这时，瓦尔加斯说："博士！快看！"

"哪儿?"

"露西——那只老母猴,那儿。"他指着说。

她是这一家感染肺痨的长臂猿中的女家长。她正好背对着我们,我看到她背上的鼻涕虫努力弓起,身体中央出现了一条彩虹色的线。

鼻涕虫开始像卵一样一分为二。不一会儿,裂变完成了。一只新的鼻涕虫居于她的脊柱中央;另一只从她的后背滑下来。她蹲着,臀部几乎挨着地。这只鼻涕虫从她身上滑下,啪嗒一声轻轻落在水泥地上。

它缓缓地向萨坦爬过去。这只猴子一定从手指缝偷看到了,它哑着喉咙尖叫着,爬到笼子顶部。

老天哪,它们派了一班打手去抓它。这是四只体形最大的猴子,其中有两只长臂猿,一只黑猩猩和一只狒狒。它们差点把它扯得散了架,将它硬拽下来,脸朝下按到地板上。

鼻涕虫向它滑得更近了。

离它足有两英尺远时,鼻涕虫先是缓缓生出一只伪足,像一根沾满黏液的肉茎,眼镜蛇一般四处摇晃着。然后它急速甩了出去,击中了萨坦的脚。其他猿猴立即放开它,然而萨坦反倒不逃了。

泰坦星人似乎是通过萨坦脚上的附着点将全身拉过去,先是附到它的脚上,接着向上爬,当爬到脊椎底部时,猴子苏醒了。它刚在背上安下身,萨坦就坐了起来。它抖抖身体,加入到其他猿猴当中,还停下来打量打量我们。

瓦尔加斯和麦基尔文兴奋地大谈起来,情绪显然没受丝毫影响。我真想砸碎什么东西,为我,为萨坦,为整个猿族好好出一口气。

　　瓦尔加斯坚持认为这证明不了什么，而麦基尔文却认定我们所目睹的正是能改变我们已有观念的新事物。这是一种按照一定方式形成的具有高智慧的生物，在个体或群体特性方面具有永久性和延续性。两人越争辩越糊涂。不管怎样，麦基尔文的理论是这种生物会持续记忆它的所有经历，不仅从它裂殖的那一刻起，而且还能追溯到这一物种起源的时候。他将鼻涕虫形容为单一的生物组织和四维时空结合的综合体，谈话这时变得晦涩难懂，让人晕头转向。

　　至于我，对这些既不了解也不关心。诚然，所有这一切都非常有趣，可我只在乎怎样消灭鼻涕虫。我想尽可能快、尽可能多地消灭它们。

　　关于连续不断的"物种记忆"这一理论，我只能说，能够准确地回忆你在一百万年前的三月的第二个星期三都干了些什么事情，这样过日子未免太麻烦了些。

20

我回去时,出乎意料地发现老头子已经闲下来了,正等着和我谈话。总统动身去联合国的一个秘密会议致辞,老头子被排除在这次活动之外。我怀疑他是否已经在政治上失了宠,但我没说出来。

他本人没去过动物园,所以让我把所见所闻一五一十地讲给他听,又仔细地追问了我半天。我又说了自己对瓦尔加斯和麦基尔文的看法,抱怨道:"简直是两个童子军比赛他们的集邮收藏。他们根本意识不到事态的严重性。"

老头子顿了顿才回答我:"可别太小看了这帮家伙,孩子。"他劝我说,"他们比你我更有可能想出办法来。"

"哼!"我愤然说,"更有可能让那些鼻涕虫逃脱还差不多。还记得格雷夫斯吗?"

"当然记得。但你不明白,科学必须有一种超然态度。"

"但愿我永远不明白!"

"你不会明白的。科学是世界运转的动力,没了它,我们就完了。不过话说回来,他们还真的放跑了一只鼻涕虫。"

"啊?"

"他们没告诉你大象的事?"

"什么大象?他们他妈的几乎什么也没跟我说,他俩只对对方感兴趣,把我抛在一边。"

"你生气的原因不会是这个吧?关于大象嘛,事情是这样的:一只骑有鼻涕虫的猿猴不知怎的跑了出去,有人在象房里发现了它的尸体,被踩死了,而象房里则少了一头大象。"

"你是说有一头象逃掉了,身上还附着一只鼻涕虫?"我眼前出现了一幅可怕的景象——坦克般的庞然大物,加上一个起控制作用的大脑。

"不完全是这样。"老头子更正我,"他们在马里兰州找到了它,它当时正安安静静地拔卷心菜,没有发现鼻涕虫。"

"那这只鼻涕虫到哪儿去了?"我不由自主地四处张望。老头子见状,轻声笑了。

"别担心,我这儿没有。不过附近村子里一辆双栖车失窃了。要我说,这只鼻涕虫这会儿已经到了密西西比以西的什么地方。"

"有人失踪吗?"

他又耸了耸肩,"这是个自由国家,这个问题怎么说得清楚?不过在除了红区以外的任何地方,泰坦星人是无法在人身上藏身的。"

这倒是真的,"裸背计划"看来已经得到百分之百的贯彻执行。这令我想起了另外一件事,某件我在动物园看到的事,当时没有好好想想,现在却怎么想想不起那件事是什么。老头子继续说道:"不过,我们还是采取了相当猛烈的措施,这才把裸背令贯彻下去了。总统收到了潮水般的反对意见,大都是以有伤风化为理由,还有来自全国男子服饰用品商协会的抗议。"

"啊?"

"照他们的反应,你会以为我们想把他们的女儿卖到里约热内卢去呢。还来了一个代表团,自称'共和国母亲'什么的。"

"总统的时间就这样浪费了? 在这种时候?"

"麦克多诺负责应付他们。可他把我也拉进了这个烂摊子,真他妈的!"老头子一脸痛苦,"我们告诉他们,要见总统的话,不仅要光着脊梁,还必须脱光,一丝不挂。这一招把他们挡住了。"

一直困扰我的那件事突然浮出脑海。"哎呀,头儿,你或许真得这么做。"

"真得怎么做?"

"让大家脱光。"

他咬着嘴唇,一脸忧虑,"你什么意思?"

"我们是不是确切无疑地知道,鼻涕虫要控制人体,只能附在后脑?"

"你应该比我更清楚。"

"我以前以为我清楚,可现在不那么肯定了。当我……呃,当我和鼻涕虫在一起时,我们总是这么做的。"我再次更详细地描述了瓦尔加斯把可怜的老萨坦送给一只鼻涕虫的情景,"那玩意儿一碰到猴子尾骨下的脊柱末端,猴子就醒了。也许它们更喜欢向上爬到大脑附近——我肯定它们喜欢。但也许它们不必这么做,或许它们可以附在人的裤子里,只要能接触脊椎末端,就能控制人体。"

"嗯……孩子,你记得吗? 第一次的时候,为了找到那只鼻涕虫,我让一群人脱得一丝不挂。我是有意这么做的:我想有百分之百的把握。"

"我觉得你这样做很对。你瞧,它们或许有这种能力,在人体的任何部位都能附身,比如内裤里。当然,有些内裤里什么都别想藏住。"我想起了玛丽的紧身内衣,"但其他的——比如你那身松松垮垮的大内裤吧,鼻涕虫完全可能藏在里面,屁股看上去只会稍稍有点胖——呃,我是说,比你现在更胖一点。"

"想让我脱下来?"

"我有更好的法子,给你来一招堪萨斯城鹰爪功。"说的虽是玩笑话,可我是当真的,我朝他裤子隆起的部位抓去,以确信他是清白的。如若不然,一旦我抓到了鼻涕虫,他就会扭曲成一团失去知觉。他欣然接受了我的做法,然后以同样的方式回敬了我。

他坐下时发起了牢骚,"可我们不能到处乱拍女人的屁股,这么做不行。"

"恐怕只好这么做,"我指出,"要么就让大家一丝不挂。"

"我们会做个实验看看。"

"怎么做?"我问。

"你知道头脊护甲的事吗? 其实根本不值那么多钱,除了让不怕麻烦穿上它的人有种安全感之外毫无用处。我会让霍勒斯博士挑选一只猴子,给它穿上一副护甲,好让鼻涕虫只能触及它的腿,对——看看会出现什么情况。也可以用别的法子,只要能限制鼻涕虫的袭击部位就行。还可以变换不同部位。我们会弄明白的。"

"呃,好吧。不过还是别让博士用猴子吧,头儿。"

"为什么不?"

"这个,它们太像人了。"

"该死,小家伙,做事不能缩头缩脑,不打破鸡蛋——"

"哪能做煎蛋卷呢?"他还没说完我就接了上去,"好吧,好吧,可我真不喜欢这样。行啊,搞清楚问题就行。"

我看得出来,他也不喜欢他的这个主意。"真希望结果证明是你错了。先生,我真的希望你错了。让大家脱掉衬衣已经十分不容易了。"他看上去忧心忡忡,说道:"真不敢想脱内裤会出现什么。"

"兴许我们不必这么做。"

"希望不会这样。"

"顺便告诉你,我们正在往我们过去的老窝搬。"

"新费城的据点怎么办?"我问。

"继续使用,两个地方都留着。这场仗也许会持续很长时间。"

"说到这儿,眼下你打算做什么?"

"现在吗,我已经说了,这是一场持久战。你干吗不休息一段时间呢?期限不确定——我需要你时会召你回来的。"

"用不着你说,你向来都是这么干的。"我说,"玛丽也要休假吗?"

"跟你有什么关系?"

"我直截了当地问,请你也直截了当地回答,头儿。"

"玛丽在总统那儿当班。"

"为什么?她已经完成了任务,完成得很好。我了解你,你不会再依靠她来发现鼻涕虫!也不需要她当保镖,一位出色的特工做那样的工作实在是大材小用。"

"哎,哎,你什么时候变得这么能干了,居然可以告诉我怎么用其他的特工了?你倒是说说看。"

"算了,算了。"我说,我的脾气已经快管不住了,"如果玛丽不休假,我也不想休息——至于为什么,不干你的事。"

"她是个好姑娘。"

"我说了她不是吗？别管我的事了。还有,分给我任务干吧。"

"我说了,你需要休假。"

"用这种办法,确保玛丽有空时我却忙得很？这是什么机构？基督教女青年会?"

"你已经精疲力竭了,所以必须休假。"

"哼!"

"你状态良好的时候是个不错的特工。可眼下你不行,你已经完全透支了。不,别打断我,听我说:我只是派你去完成一项简单的任务。进入一个被攻占的城市查看一番,把在那儿看到的一切情况在规定期限报告给我。你是怎么做的呢？你神经过敏,不敢进城查看,却在郊区一带无所事事闲逛。你没有保持警惕,所以三次险些被抓。到后来掉转回头时,却又神经紧张,烧坏了汽车,没能及时赶回复命。你的神经和判断力出了问题。休息吧——准确地说是请病假。"

我站在那儿,耳根发热。他并没有为"反冲击计划"失利而直接责备我,却达到了实际效果。我觉得这不公平,可我知道他说的有一定道理。我的神经过去如岩石般坚定,可如今,就连点根烟,双手都抖个不停。

不管怎样,他还是给了我一个任务。这是第一次,也是唯一的一次,我在和他的争论中占了上风。

糟糕透顶的任务。接下来的几天里,我一直在向大人物们做报告,回答关于泰坦星人午饭吃什么这种愚蠢的问题,向他们解释如何对付被鼻涕虫附体的人。介绍我的时候,我被吹嘘成

"专家"，可多半情况下，我的学生好像蛮有把握，觉得他们比我更了解鼻涕虫。

为什么人们总是死抱着自己的先入之见不放？谁能为我解释清楚？

21

一段时间以来，"寄生虫计划"看样子已经偃旗息鼓了。虽说泰坦星人仍然控制着红区，可它们一出红区就会被察觉。而我们虽然知道每只鼻涕虫都控制了我们的一个人，像把他当成了人质一样，但已经不拿这个当成硬闯蛮干的理由了。眼下的情形可能会持续很长时间。

联合国一点忙也帮不上。总统希望的仅仅是一项简单的合作，也就是在全球范围内实施裸背计划。可他们互相推诿，把这件事推给委员会进行调查。真正的原因很简单：他们不信任我们。只有被烧伤的人才知道火的厉害——这种事总是对敌人极其有利。

有些国家由于自身的社会习俗而免遭鼻涕虫的侵袭，芬兰人习惯于成群结队，脱个精光，急切地钻进蒸汽浴池，天天如此，不这么做的人就会引人注意。日本人同样喜欢共浴。赤道附近的海洋相对而言也很安全，非洲大部分地区也一样。法国人早已成为狂热的裸体主义者——至少周末如此，鼻涕虫想在法国藏身恐怕没那么容易。

然而,在那些有禁忌需要遮蔽身体的国家就大不一样了,鼻涕虫大可以安全潜藏,直到它的寄主身上变味。比如英联邦国家,加拿大、英国等,尤其是英国,他们会说:"老兄,难道你就找不到别的乐子了吗?想脱掉我的内衣?现在?去你的!"

他们将三只鼻涕虫附体的猴子空运到伦敦,我知道,英国国王颇想效仿美国总统,给大家做出榜样,但是英国首相在坎特伯雷大主教的怂恿下,坚决不让国王这么做。大主教甚至不屑于看我们的猴子一眼。对他来说,道德规范比凡夫俗子的生死更重要。在邻居的冷眼下,英国皮肉是暴露不得的。

除了老头子挑选我一块儿做事的场合,我接触不到核心机密。我看这场同泰坦星人的战争,就和一般人看飓风一样,只看到很小一部分。我一般不直接见老头子,只从他的副手奥德菲尔德那儿接到任务,因此我不知道玛丽已经卸下了护卫总统的重任。我在部门的休息室与玛丽不期而遇,我高声喊道:"玛丽!"跌跌撞撞地跑向她。

她对我甜美的一笑,朝一边挪了挪,给我腾出地方。"你好,亲爱的!"她呢喃道。她没问我最近在忙什么,也没责备我不和她联系,甚至没提我们多久没联系了。玛丽总是这样,让大坝后面的水自个儿管好自个儿。

我可不行,我叽里呱啦说个不停:"真是太棒了!我还以为你仍在给总统掖被子服侍他睡觉呢。你来这儿多久了?用不用马上回去?嘿,我来给你拨号点饮料吧——噢,你已经有了。"我开始拨号选一种经典鸡尾酒,可又发现玛丽已经替我点了。饮料冒了出来,正送到我手里,"啊?怎么会有饮料?"

"你一进门我就点好了。"

"你点的？玛丽，我有没有告诉过你你很了不起？"

"没有。"

"很好，那么我要说了：你真了不起！"

"谢谢。"

我又说："我们需要好好庆祝一下。你什么时候闲下来的？嘿，难道你没有可能休假吗？他们不能指望你周复一周地一天二十四小时值班，一刻也不得闲。听我说，我要马上到老头子那儿，告诉他——"

"我在休假，萨姆。"

"告诉他这么做不行——啊？"

"我现在就在休假。"

"真的？休息多久？"

"随时待命，听候召唤。眼下所有假期都是这样安排的。"

"可是，你休息多久了？"

"从昨天起。我一直坐在这儿等着你出现。"

"昨天！"我昨天一直在给那些不感兴趣的高官要员做小儿科报告，"呃，求求你，"我站了起来，"待在这儿别动，我马上回来。"

我冲到作战指挥部办公室，要求见老头子的第一副手，再三申明我有要事找他。进门时奥德菲尔德抬眼看着我，粗暴地问："你想干什么？"

"头儿，你瞧，安排我讲的催眠故事最好还是取消了吧！"

"怎么了？"

"我是病人，按规定我早就该休病假了。从现在起我得请假了。"

"要我说，你是脑子有病。"

"对，我就是脑子有病。有时我有幻听，总觉得有人跟着我，还老做梦和泰坦星人在一起。"令人遗憾的是,最后一点我说的是实话。

"发神经的事儿,在本部门里算不上请假理由。"他向后一靠,准备就这一点同我展开讨论。

"喂,准我休假,还是不准?"

他在桌子上的文件堆里乱翻了一阵,找到一份文件把它撕得粉碎。"好吧,随时接听电话,听候调遣。出去吧。"

我退了出去。再次进休息厅时,玛丽抬起头,满含温情地望着我,我对她说:"拿上东西,我们走。"

她没问上哪儿,听话地站了起来。我抓起饮料大口喝下一半,泼掉了剩余的一半。我们起身走了出去,默默地漫步在城市的人行道上。过了一会儿,我问:"嗳,你想在哪儿结婚?"

"萨姆,我们以前讨论过这个问题。"

"当然,眼下我们就要把这事儿办了。在哪儿结婚?"

"萨姆,萨姆我亲爱的,我会答应你的,可是我不得不告诉你,我现在还是反对这么做。"

"为什么?"

"萨姆,我们直接去我的公寓吧。我想给你做饭。"

"行,你可以做饭,不过不是在你的公寓。而且,我们还是得先结婚。"

"求你了,萨姆!"

我听到有人说:"再加把劲儿,小子,她快顶不住了。"我四处环顾,发现我们正在一大群粗坯面前当众表演哩。

我挥舞着胳膊,差点儿把刚才给我出主意的那个年轻人打翻。我恼怒地喊道:"难道你们这帮人就没别的事可干了吗?去喝一杯吧!"

又有人说道："要我说，他应该赶紧接受她开出的好处。过一阵子，恐怕就没这种好事了。"

我抓起玛丽的手臂，带她匆匆忙忙地离开这里。路上我一语不发，直到把她让进一辆出租车，关上驾驶舱和乘客席的门后，我哑着嗓子低声说："为什么不和我结婚？说说你的理由。"

"为什么要结婚，萨姆？我是你的，你不需要一纸婚约。"

"你说为什么？因为我爱你！这就是结婚的理由，该死！"

她好一阵子没作声。我还以为是我冲撞了她。等她开口时，我几乎听不到她的话，"你以前没说过呀，萨姆。"

"没有吗？呃，我一定说过的，我敢肯定。"

"不，我非常确信你没说过。你为什么不说呢？"

"嗯，不知道，我想我疏忽了。我对'爱'这个词的含义不太有把握。"

"我也没把握，"她柔声说道，"不过我喜欢听你说，再说一遍吧。"

"啊？好啊。我爱你，我爱你，玛丽。"

"萨姆！"

她紧紧地依偎在我的肩上，幸福地浑身战栗。我轻轻摇了摇她，问道："你呢？"

"我？我爱你，萨姆。我真的爱你。我爱上你是从——"

我原以为她会说第一眼看到我时就爱上了我，谁知道她却说："从你扇了我一耳光时起，我就爱上了你。"

这合乎常理吗？

我告诉司机随便开，他沿着康涅狄格海岸徐徐前行。等他把我们载到韦斯特波特时，我叫他停车。我们径直来到市政大厅。

我走到证照审批局的柜台前，问那儿的职员："这儿办理结婚登记吗?"

"这得看你了,"他答道,"左边办理狩猎执照,右边办理养狗许可证,这里嘛,专管幸福婚姻。"他斜着眼瞥着我。

我讨厌油嘴滑舌的家伙,这种插科打诨早已过时了。"很好。"我说,"劳你驾帮我们颁发结婚证行吗?"

"当然。每个人至少都应该结一次婚,我总这么跟我老婆说。"他拿出一张很大的印制表格说:"告诉我你俩的编号。"

我们给了他号码。他将表格卡进打字机,记录了下来。"那么——你俩有没有结过婚?"我们都答没有,他又说:"你们肯定吗?如果你们不跟我说实话,我会附上一条追加条款,说明如果存在其他婚约,这份婚约便告作废。"

我们再次申明没有任何婚史。他耸耸肩,又说:"期限多久,填有期限的还是终身契约?如果超过十年的话,费用和终身的一样,如果不到六个月,不必交费。你去那边墙上的自动贩卖机上取一张简表。"

我看了看玛丽,她轻声说:"终身婚约。"

职员非常吃惊。"女士,你肯定知道自己在干什么吗?可续订式的婚约带有自动选择条款,和永久婚约完全一样。而且,如果你改主意,也不必去履行法庭的种种手续。"

我说:"你听到这位女士的话了!写下来吧。"

"好吧,好吧,双方当事人是选择互相协商还是要求双方必须遵守婚约?"

"必须遵守。"我答道,玛丽也点头同意。

"必须遵守。"他应和着轻敲打字机,"现在我们进入问题的实质阶段了:谁支付生活费,付多少?薪水还是基金?"

我答:"薪水。"我没有足够的钱凑成一笔基金。

与此同时，玛丽坚决地说："两样都不是。"

"啊?"职员道。

"哪种形式都不是，"玛丽又说了一遍，"这张婚约不附带经济条款。"

职员停了下来，看了看我，又看了看玛丽。"你瞧，女士，"他通情达理地说，"别犯傻，你不是听见这位先生说了他愿意养家吗。"

"不。"

"你来办手续前没和你的律师详细谈谈?外面大厅有公用通讯中心。"

"不用!"

"嗨! 那我就不明白了，这张结婚证能给你带来什么好处?"

"没有。"玛丽告诉他。

"你是说你不想办?"

"我想办! 按我说的填:'无薪'。"

职员一脸无助地又伏在打字机上，他最后说道:"我想需要填的就这些了，你们这份婚约倒是真简单。下面我来念给你们听，'你们二人是否愿意庄严地宣誓:上述事实就你们所知均属事实，你们是否认为所签婚约未受药物或其他非法引诱影响，是否相信不存在其他婚约或缔结本婚约的法定障碍?'"

我俩齐声一一回答完后，他从打字机中取出表格。说道:"按下手印……好，交十美元，含联邦税。"我付了钱，他将表格推进复印机，打开开关。又说道，"复印件会按照编码地址寄给每个人。嗯——你们希望举行什么样的仪式? 兴许我能帮上忙。"

玛丽告诉他:"我们不需要宗教仪式。"我也表示同意。

他点了点头。"正好我手边就有你们需要的人，老查姆雷博士。他是无教派人士，本城最棒的立体声伴奏师，包场专奏，全套管弦乐队。无论什么作品,他都能为你们演奏,还可以举行丰富多彩的仪式,一应俱全,典雅庄重。最后还会以慈父般的坦率忠告将婚礼推向高潮,让人倍感婚礼的隆重。"

这一次我说了"不"。

"呃,别忙,你瞧!"职员对我说,"想想这位可爱的女士。如果她遵守刚才许诺的誓言——我可不是说她不会遵守,她将不会再有机会结婚。每个女孩都有资格举行正规像样的婚礼。老实说——我没在中间拿回扣。"

我说:"听着,你能给我们办结婚手续,不是吗?继续办理吧,快点办完!"

他一脸惊奇,说道:"难道你不知道吗?眼下都是自己给自己办手续,从你俩在许可证上按下手印起,你们已经结婚了。"

我说:"哦,明白了。"玛丽什么也没说,我俩走了。

我在城北的降落平台租了一辆双门汽车,这辆破车有十年的历史了,散发出一股味儿,不过好在它有全自动装置。我驾车绕着城兜圈,穿过新曼哈顿后,将车设定到自动挡上。我俩没怎么说话,这会儿好像不怎么需要说话。我满心幸福但却非常紧张。玛丽搂着我,不久我就不再紧张了,感到一生从来没有像现在这么幸福过。时间虽然过了很久,感觉却只是短短一瞬,我听到从我的山间小木屋那里的信标处传来短促而尖利的信号声,我这才放开玛丽,将车切换到手动挡,停下车来。玛丽迷迷糊糊地问:"我们在哪儿?"

"到我的山间小木屋了。"我告诉她。

"没想到你还有一座山间小木屋。我还以为你朝我的公寓方向开呢。"

"冒险摆弄那边的熊陷阱？对了，这不是我的小屋，而是我们的。"

她又吻了我一下，结果降落时我搞得一团糟。趁我还在关操纵盘的工夫，她麻利地下了车。等我跟着下车后，发现她正出神地盯着小木屋，"亲爱的，真是太美了！"

"是啊，找遍阿迪朗达克斯山也没有比这儿更美的了。"我应声说。一抹薄雾，映衬着夕阳，好一幅奇丽的景象，"就是为了这儿的风景，我才挑了这座房子。"

她望着，说道："是啊，你的，不，我们的小屋真美。我们赶快进去吧。"

"说得对。"我同意道，"但是，这座屋子很简陋。"的确如此，连室内游泳池都没有。我有意这样安排的，我来到这里可不是想把城市也一块儿搬过来。屋子的外壳是传统的玻璃钢结构，不过我在它外面镶上原木板皮，除非用刀子划，否则与真的原木没有区别。房子内部很简单：一间宽敞的起居室，里面有一座真正烧木柴的壁炉，地上铺着一块深色的纯色地毯，摆着许多低矮的椅子。屋内的所有设施都是特制的，除冷冻箱和厨房电器外，其他电器设备如空调、电源组、清洁装置、音响、管道、辐射警报器以及伺服系统等都埋在地基里，这样一来就眼不见，心不烦了。就连立体显示器也都盖了起来，不用的时候根本注意不到。既想要天然木屋，又离不开现代设备的人，最多只能做到这样了。

玛丽认真地说："这房子太可爱了，我还担心是个豪华铺张的地方呢。"

"你我都不喜欢那种调调儿。"我打开暗码锁，前门开了，玛丽走进屋里，"嗨！回来！"我大声喊道。

她回到原地，"怎么了，萨姆？我做错什么了？"

"当然错了。"我把她拉到我身边,搂在怀里摇了摇,然后抱着她迈过门槛。我吻了吻她才把她放下,"好啦!现在你已经到自己家了。这么做才妥当。"

灯在我们进屋时亮了。她四处环顾,转身搂住我的脖子。"哦,亲爱的,亲爱的!我看不见,眼里全是泪。"

我也一样,我们替对方拭干眼泪,她这才开始四处转转,东摸摸西看看。"萨姆,要是让我来设计的话,我也会设计成这种风格。"

我抱歉地说:"可惜只有一个浴室。我们只好凑合一下了。"

"没关系,其实我很高兴,因为我知道你没带任何女人来这儿。"

"什么女人?"

"你知道什么女人。如果你想把这儿当作爱巢的话,你肯定会建一间女浴室。"

"你真太了解我了。"

她没有回答,是溜达进了厨房。我听见她惊叫了一声。"出什么事了?"我忙跟了进去。

"我从没想到能在单身汉的住处见到这么地道的厨房。"

"我的厨艺可不一般。我想要厨房,所以就购置一套厨具。"

"我太开心了!现在,我真得为你做饭了。"

"这就是你的厨房,随你怎么高兴好了。可你不想洗洗吗?愿意的话,先冲个澡。明天我们找一份商品目录,你可以挑选自己的浴室,然后空运过来。"

她回答道:"不用着急,你先洗吧,我想做饭。"

我先去洗澡,心里想着她使用厨房的操作按钮和菜单系统时会不会遇到什么问题。我一边吹着口哨,一边让热水泡透皮肤。大约十五分钟后,浴室门外一记轻敲。透过方格子门的毛玻璃,我看到玛丽的侧影。

她喊道:"我可以进来吗?"

"当然,当然了!地方足够。"我打开门看着她。她真迷人。好一会儿,她就站在那儿让我看,露出一丝我从未见过的甜美和娇羞。

我装出一副相当惊奇的表情,说道:"宝贝,你怎么了?不舒服吗?"

她很吃惊,一脸茫然,问道:"我吗?你什么意思?"

"你身上没带枪,哪儿都没有。"

她咯咯直笑,朝我扑来。"你这个白痴!"她尖叫着胳肢我。我抓住她左胳膊,她却使出日本柔道中最厉害的一招来反击。幸好我知道怎么应对,结果我俩都摔倒在浴室地板上,她叫道:"让我起来!你把我的头发都弄湿了。"

"不要紧吧!"我问,却没有动弹,我喜欢这样。

"我想没关系。"她温柔地回答,吻着我。接着我扶她起身,我俩一边揉着对方的瘀伤,一边咯咯笑着。这是我洗过的最惬意的澡。

我和玛丽过起了小日子,仿佛我俩已经结婚二十年了。哦,我并不是说我们的蜜月单调乏味,也不是说我俩已经不需要了解对方了。我的意思是,我们似乎存在一种默契,知道是什么重要的东西把我俩结合在一起。尤其是玛丽,她更清楚。

这段日子我记得不是很清楚,但另一方面,我又记得每一分、每一秒。我觉得幸福极了,但又有一丝惶惑。我叔父埃格伯特过去用一壶玉米酒获得同样的感受,但我俩却什么麻醉品都没用,甚至没有服用时光延长片，我觉得自己很幸福。很长一段时间以来，我已经忘了幸福是什么滋味，所以甚至不知道我并不幸福。过去的我虽然有许多乐子，开心，快活——但不幸福。

我们既不开音响，也不看书。只有玛丽有时会大声朗读我的几本童话书。这些书是我曾祖父留给我的无价之宝，她以前从没见过这种书。这些书不是将人们带进现实世界，它们只能带着读者远远离开现实。

第二天，我们去了村子里，我想带玛丽四下转转。村子里的人都以为我是位作家，我也愿意他们这么想。我没有利用这次假期写点东西的打算，但我还是停下来买了几个打字机用的真空管，一个电容和一卷复印纸带。我和零售店店主聊起鼻涕虫以及裸背计划来，谈话时当然继续保持着自己的作家身份。当地曾发生过一次让大家人心惶惶的假警报，邻镇也出了件事：一位当地人心不在焉地穿着衬衣出现在公共场合，被一名过分紧张的警官枪杀了。店主说起这事时非常愤慨。我暗示他眼下是战争状态，这是当事人的错。

他摇了摇头，"要我看，如果我们当初别到处惹事，根本不会有这种麻烦。上帝从来没打算让人类到太空中去。我们应该放弃空间站，待在地球上，这样就太平了。"

我告诉他，鼻涕虫是乘着自己的飞船来到地球的，我们没有找它们。玛丽冲我使眼色，提醒我少说话。

店主双手支在柜台上，身体倾向我，问道："我们进入太空之前有这种麻烦吗？"

我只好承认没有。"我就说嘛！"他得意洋洋。

我无话可说。还能怎么分辩？

从这以后，我们就没有再去村子里，也没接触任何人。步行回家路上，我们经过本地独居修道士"牧羊人约翰"的小屋。有人说约翰过去是养羊的，我也觉得他像，味道像。他替我照料屋子的一些小事。我们彼此敬重，也就是说，敬而远之，只有在非常必要时才极简短地见上一面。可这会儿看到了他，我挥了挥手。

他也挥手致意。他和平常穿得一样，头戴针织帽，身穿旧军用短上衣，短裤，脚蹬凉鞋。我本想提醒他附近有人因为不遵守"裸露到腰"的命令遭到枪杀，但又忍住没说。因为约翰是个十足的无政府主义者，忠告反而会让他变得更加顽固。我用双手拢着嘴喊道："把皮拉塔送来！"他又挥了挥手，我们继续隔着将近二百英尺远喊话，幸好我在上风位置，他差不多能听见。

"谁是皮拉塔，亲爱的？"玛丽问。

"一会儿就知道了。"

果然，我们一回家，皮拉塔就进来了。我把它的小门上的语音锁设成它自己的喵呜声，这样一来它就能自由进出了。皮拉塔是一只漂亮的大公猫，一半红毛波斯血统，一半杂交品种。只见它趾高气扬地阔步走进来，仿佛在吐露它对我离开这么久的不满，继而用脑袋蹭着我的脚踝，表示原谅我了。我弯腰揉搓了它的毛一番，这以后，它打量起玛丽来。

我看看玛丽。她弯腰蹲在那儿，一副精通猫语的模样，冲它打招呼，可皮拉塔只是满腹狐疑地看着她。突然，它跳到她怀里，开始像台出毛病的油表似的低声呼噜着，一边还蹭着她的下巴。

我舒了一口气，说道："这下好了，有一阵子我还以为我不能养你了。"

玛丽抬头一笑，"你用不着担心，我和猫处得很好，我自己有三分之二就是猫。"

"另外三分之一呢?"

她冲我扮了个鬼脸,"你会知道的。"她挠着皮拉塔的下巴,皮拉塔伸长脖子享受着,一副惬意的表情。我注意到玛丽的头发刚好和它的毛色相配。

"我不在时老约翰照料它。"我解释说,"现在,皮拉塔属于我,我一走就归他了。"

"我瞧出来了。"玛丽说,"现在我也属于皮拉塔,对吗,皮拉塔?"

猫没有作声,只是继续依偎着她,一点儿也不害臊。我放心了:厌恶猫的人无法理解猫对于爱猫者的意义。不过,要是小屋里没有玛丽,这只猫准会烦得我要命。

从那以后,除了我把它关在卧室门外,猫几乎整日都和我俩或者单独和玛丽待在一起。尽管玛丽和皮拉塔都觉得我小气,我可受不了让它进卧室。我们甚至连去峡谷打靶练习时也带上它。我建议玛丽把它留在家里,可她却说:"你自己小心别打着它就行,反正我不会。"

我不作声了,心里有些不服气。我枪法很好,不放过一切机会坚持练习,就连蜜月里也一样。不,不完全正确,要不是玛丽也真心喜欢射击,我也许会放弃练习。玛丽不仅是一名训练有素的射手,她的确有真功夫,称得上女神枪手。她试图教我,可她那种枪法,光靠教是教不出来的。

我问她为什么要带不止一支枪。她告诉我:"你会需要这么多枪的。来! 把枪从我这儿夺走。"

我摆了个面对面空手夺枪的架姿,她轻而易举地闪开了,尖刻地说:"你在干什么啊? 是要缴我的枪,还是邀请我跳舞? 好好来。"

我只好认真对待。我的枪法或许夺不了什么奖牌,但要论近身搏斗,我可是把好手。要不是她松了手,说不定我会拧断她的手腕。

我拿到了她的枪。紧接着,我感到又一支枪顶着我的肚脐。虽说这是一支女式手枪,却足以不用续子弹就能让两打妻子变成遗孀。我低头一看,只见保险栓已经打开了,我的美丽新娘只消动一根肌肉就能在我身上打穿一个洞,洞虽不大,要我的命却足够了。

"你究竟把枪藏在哪儿的?"我问她。我当然要问个清楚,我俩出门时根本没费心穿上衣服。这一带人迹罕至,又是我的地盘,自然不需要费那种手脚。

我非常诧异,我刚才还坚信不疑,认定玛丽身上唯一的枪就是她纤纤玉手中的那一支。

她一副娴静的淑女模样,告诉我:"枪就放在我头发下的脖子根,瞧见了吗?"我看了看,我知道电话能藏在那里,却从没料到可以藏枪。当然喽,一则我不用女式枪,再则也不会留火红色的披肩卷发。

我朝下看了看,因为她又用第三支枪顶着我的肋部。"这又是从哪儿来的?"我问。

她咯咯一笑。"全靠误导别人的注意力,我成天就放在最显眼的地方。"她没有多说下去,我也始终没想明白。奇怪了!她走路时应该当啷作响的,可没听到呀。

我发现我还能教她几手徒手功夫,我的自尊心总算有所恢复。照我看,赤手空拳的功夫比枪更有用,常能救你的命。倒不是说玛丽不擅长拳脚功夫,她每击一拳,每踢一脚就能将人置于死地。不过她有个坏习惯,每次跌倒,就会浑身瘫软地吻我。有一次,我没有回应她的吻,而是摇晃着她,要她认真点。她没有打断我的废话,依旧全身酥软,声音低了八度,说道:"亲爱的,你怎么不明白,我的武器不是这个。"

我知道她不是说她的武器是枪,她指的是更古老,更原始的东西。的确,她能像一头愤怒的熊一样拳打脚踢,可她不是那种高大强壮的、有男子气概的女人,这种女人在枕边绝不会用温柔的眼神看人。玛丽真正的力量蕴含在别的才华里。

这倒提醒了我,从她那儿我了解到我是如何从鼻涕虫那里获救的。玛丽一连好多天在城里游荡,虽没找到我,却准确地报告了这座城市被"攻取"的进程。要是她没有这种本事,能识别被鼻涕虫附体的男人,我们就会白白损失许多名特工,我也永远不可能从我的主人那儿获得自由。有了她带回来的数据以后,老头子才将兵力集中在城市的出入口,我才能获救,尽管他们并没有特意等我……至少我这样认为。

也许他们在特意等我。玛丽的一些话让我觉得,老头子和她曾马不停蹄地查遍了全市的主要发射台。很明显,寻找我曾经一度成了城市工作的重心。可是,这样做是不对的,老头子不可能为了找一名特工而放弃工作。我一定误会了玛丽的意思。

玛丽不喜欢沉湎于往事,我没有机会继续讨论这个话题。一次,我问她为什么老头子不再让她继续担任总统护卫。她只说了一句,"我不能再发挥作用了。"而不愿多作解释。她知道我总有一天会明白的:鼻涕虫已经发现了性别的奥秘,这样一来,她就失去了甄别被附体男性的特殊作用。但我当时不明白这一点,玛丽讨厌这一话题,因而拒绝谈及。玛丽是我认识的人当中最不爱自寻烦恼的一个。

在远离尘世的假日里,整日无忧无虑,我们几乎忘了我们要对抗的敌人。

尽管她不愿说自己的事,却很喜欢听我谈我自己的事。我心情很放松,心境也愉悦,所以很想向她解释清楚那件始终缠着我不放的心事。我告诉他我退伍以后怎么到处都没混出名堂来,最后只好忍气吞声,前去为老头子效力。我告诉她:"我不知自己到底是怎么了。我是个平和的人,老头子又是唯一一个我愿意服从的人,可我仍在和他斗个不停。为什么? 玛丽,我有什么地方不对劲吗?"

我的头枕在她膝上,她捧起我的头,吻了吻。"亲爱的,你怎么不明白呢? 你真的没什么不对劲的,只是你的身世让你变成这样的性格。"

"可我一直都是这样的呀。"

"我知道,自从你还是个孩子时就这样了。从小没有母爱,只有一个才华横溢的傲慢父亲,总是指使着你,应该这样,应该那样,把你弄得对自己没信心了。"

她的这番话让我吃惊地坐了起来。我? 对自己没信心? 我说:"啊,这话从何说起? 我算得上是世上最趾高气扬、自高自大的人了。"

"过去是。现在好多了。"她站了起来,道,"我们去看夕阳吧。"

"夕阳?"我答道,"不可能,我们刚吃完早饭呀。"可她是对的,我是错的——一向如此。

弄错了时间这件事一下子把我拉回现实。"玛丽,我们在这儿待了多久了? 现在是几号?"

"有什么要紧的吗?"

"当然要紧。我肯定我们来了一周多了。用不了多久,电话就要响了,我们就又得干活卖命了。"

"对,但知道不知道日期又有什么关系?"

她是对的,可我还是想知道日期。我本来可以打开立体屏幕查出日期,可这样我就会看到新闻——我不想看,我想继续和玛丽待在远离尘世、没有泰坦星人的太平世界。"玛丽,"我烦躁地说道,"你还有多少时光延长片?"

"没了。"

"嗯——我还有,足够我俩吃的。让我们把时间延长一些。就算只剩下二十四小时了,我们也可以让这段时间变慢,成为主观时间的一个月。"

"不行。"

"为什么不行? 趁好时光没有溜走之前及时行乐吧。"

她把手放在我的胳膊上,抬头望着我的眼睛。"不,亲爱的,这不适合我。我的办法是:好好享受每一刻,不把时间浪费在操心未来上。"我猜,我当时的表情一定很固执,她又说道,"如果你想服药,我不介意,但我不吃。"

"该死! 我不想独自快活。"她没有回答。在争辩中占上风的办法有很多,我觉得她这种办法是最可恶的。

我们并没有争吵。每当我挑起争论(我不止一次地这么做),玛丽总是让步,而结果总是我错了。有好几次,我想多了解她一些。我娶了这个女人,总该知道一些她的事吧。有一次,她想了想,答道:"有时候,我不知道自己有没有过童年,或者,我记忆中的童年是不是我昨晚的一场梦?"

我直截了当地问她叫什么名字。"玛丽。"她平静地说。

　　"那么,玛丽真是你的名字吗?"我早把我的真名告诉她了,但我们继续用"萨姆"这个名字。

　　"我当然叫玛丽,亲爱的。从你第一次叫我时,我就叫玛丽了。"

　　"对,你叫玛丽,你是我亲爱的玛丽,可以前你叫什么名字?"

　　她眼里有一种奇怪的、受伤的眼神,但她的声音还是很平静:"我以前叫'爱尔柳科尔'。"

　　"'爱尔柳科尔',"我重复着,品味着这个名字,"爱尔柳科尔,多么奇异而又美丽的名字啊。爱尔柳科尔,好名字,我亲爱的爱尔柳科尔。"

　　"我现在叫玛丽。"这件事就这么定了。不知什么时候,我渐渐认定,玛丽以前受过伤害,很严重的伤害。但估计我不太可能从她嘴里知道那件事。她以前结过婚,这一点我相当确定,也许伤害她的就是从前的婚姻。

　　但眼下,我不再理会这件事了。玛丽就是玛丽,不论过去、现在,还是永远,她在我身边,让我沐浴在她的温暖中。我觉得心满意足。"岁月和陈腐的世俗都无法夺去她无尽的活力①。"

　　既然她喜欢这个名字,我就继续叫她"玛丽",反正我一想到她,就是玛丽。然而她以前用过的名字一直回响在我的脑海里。爱尔柳科尔……爱尔柳科尔……这个名字在我的唇边徘徊,不知道应该怎么拼写。

　　猛然间,我知道该怎么拼了。我那讨厌的总爱储存琐碎事情的记忆已经找到了正确的检索标签,此时正在我的大脑深处拼命翻找我储存在那儿的一些连续多年不去考虑的垃圾信息。曾有一个社区,一个殖民地,那儿使用人造的语言,就连名字也是人造

①莎士比亚《安东尼和克娄帕特拉》。

的——

对了,是惠特曼人。这是一群无政府主义信徒,因为反对政府而被加拿大当局驱逐出境,他们前往小亚美利加,但在那儿也没有站住脚。他们的先知写了一本书,叫《幸福熵》。我虽未细读,却草草浏览过一遍,书中充斥着装模作样的数学公式,教导人们如何获得幸福。

人人都希望"幸福",正如人人都反对"罪恶"一样。但这个教派的做法却与众不同,总是给他们惹上大麻烦。他们有一种新奇而又相当古老的解决性问题的办法,这种方法看来挺适合他们,但只要这种惠特曼文化接触到其他类型的文化,都会引起爆炸性的大冲突。对他们而言,就连小亚美利加也不够远离他人。我不知从哪儿听说,这一教派的残余者已经移民去了金星。估计现在全都死了。

我不再想这些事了。如果玛丽真是惠特曼人,或是以这种方式被抚养成人的话,那是她的事。我当然不会让这一教派的思想引起我们夫妻之间的矛盾。婚姻不是谁对谁拥有所有权,妻子也不是财产。

如果玛丽不愿我知道她的这段往事,那我就不知道好了。我追求的是玛丽,不是什么密封包装里的童贞。

22

    我再次提起服用时光延长片时,她没有反对,只是建议我们将剂量降到最小。这种折中的方法其实很好——如果两人觉得剂量太小,什么时候都可以多服一点。

    我把药制成注射剂,这样药效来得更快。平常用药后我会看一座钟,只要秒针不动了,我就知道药力已经在体内发挥作用了。不过小屋没有钟,我们又没戴指表。这会儿太阳刚刚升起,我俩整夜没合眼,一直依偎着靠在壁炉前低低的半月形大沙发里。

    我们又躺了好一会儿,感觉很舒服,朦朦胧胧的。我迷迷糊糊地想,不知时光延长药起作用没有。接下来,我意识到太阳已经停滞了,不再上升;又看到一只鸟拍动着翅膀在观景窗前飞着,却老是飞不过去。倘若我多盯着看一会儿,我能看见翅膀的每次震动。

    我的视线移回妻子身上,欣赏着她修长弯曲的四肢和起伏有致的线条。皮拉塔蜷曲在她的肚子上,毛茸茸的一团,爪子蜷缩着,像袖手取暖。一人一猫都睡意蒙眬。"弄点早饭,怎么样?"

我说道,"我饿死了。"

"你弄吧,"她答道,"要是我动一动,会惊着皮拉塔的。"

"你可是说过爱我,敬重我,要为我做早饭的。"我边说边挠她的脚心。她喘息着抽回两腿,猫抗议地尖叫一声,跳到地板上。

"哎,亲爱的!"她说着坐起来,"都怪你让我动作太大。你瞧,我让它不高兴了。"

"别管他,老婆,你嫁的人是我。"话虽这么说,可我清楚是我的错。在其他没有服药的人面前,吃了时光延长片的人的动作应该很当心。我没有考虑到这只猫。它肯定觉得我俩的动作像喝醉了的"蹦蹦跳"玩具。我小心地、慢慢地蹲下来,想哄哄它。

但无济于事,它向它的小门飞奔过去。我本来可以抓住它,在我看来,它的动作就像糖蜜在慢慢流动。但这样做的话,它会更害怕。随它去吧,我进了厨房。

你知道吗?玛丽是对的,"时光延长片"对蜜月毫无益处。我先前感到的是狂喜极乐,服药后带来的却是不正常的幸福感。虽然我感觉不到时间的流逝,但这是药物造成的强制性的安乐感。我用化学药剂伪造出的感觉取代了真实的幸福感,这真是个损失。

的确,有些珍贵的东西是不能或不应该操之过急的。和往常一样,玛丽又对了。但是,不管怎样,这仍旧是美好的一天——或者说一个月,全看你怎么想。不过,我真希望当初能紧紧抓住真实的感觉。

晚上晚些时候,药效退去。我感到有些烦躁,这是药效减退的标志。我找到了指表,看着时间检测我的反应能力。测出恢复正常以后,我给玛丽测量,她却告诉我她已于大约二十分钟前恢复了正常。我还以为我按各人体重配出的剂量很准确呢。

"你想再用一次药吗?"她问我。

我将她拥入怀中吻着,答道:"不,老实说,我很高兴药劲儿过去了。"

"我太高兴了。"

我的胃口很好。一般说来,药效过去之后,不管在服药期间吃了多少顿饭,都会胃口大开。我刚说起我的胃口,玛丽说:"等会儿,我去叫皮拉塔,它一整天都不在家。"

在刚过去的一天——或者说"一个月"里,我一点都不想它。用药以后就是这样,只觉得幸福,其他什么都不管。"别担心,"我安慰她,"它经常整天不着家。"

"它以前可不这样。"

"跟我在一起时,它经常这样。"我答道。

"我想我让它觉得受委屈了——我知道,全怪我。"

"那它很可能去了老约翰家。每次我侍候得不周到,它都用这一套来惩罚我。它不会有事的。"

"可已经是深夜了,我担心土狼会逮着它。"

"别犯傻了,东面这么远的地方怎么会有土狼?"

"或许会碰上狐狸什么的。你介意吗,亲爱的? 我要出去找它。"她朝门走去。

"穿上点衣服。"我叮嘱她,"外面冷得刺骨。"

她犹豫了一下,然后回到卧室,拿上去村子那天我为她买的便服,走了出去。我给火添了把柴之后进了厨房。

她走时一定没有关门。我正在犹豫不决:是吃快餐好呢,还是充分享受做饭的每个环节的乐趣,就在这时,我听到她说道:"坏猫,你让妈妈担心死了。"呢喃的声音充满爱意,大家哄婴儿和小猫时都这么说话。

我喊道："把它抱进来,关上门!"她没有作声,我也没有听见门关上的声音,于是我回到起居室。

她刚进屋,怀里却没有小猫。我刚要说话,却看见了她的眼神,直勾勾地,充满难以名状的恐惧。我说了声,"玛丽!"向她走去。

她好像看见了我,却转身向门走去,动作急促而不连贯。就在她转身的一刹那,我看见了她的肩膀。

便装下的肩膀圆圆的隆起。

我不知道自己在那儿站了多久。很可能只有一瞬间,却令我永远刻骨铭心。我扑向她,抓住她的手臂。她望着我,眼神不再是惊恐万状,而是死一样的呆滞。

她用膝盖顶我。

我紧紧抓住她,勉强躲过一劫。我知道,不能用抓住对方上臂的办法来对付一个危险的对手。可这是我的妻子啊。要我用"佯攻——躲闪——格毙"的招数来攻击玛丽,我办不到。

但鼻涕虫却绝不会对我良心发现。玛丽,或者说鼻涕虫使出了浑身解数来对付我,而我却竭力避免伤害她。我既要阻止她杀掉我,又要杀掉鼻涕虫,同时还必须防止鼻涕虫抓住我,那样的话,我就再也救不了玛丽了。

我松开一只手,一拳打在她下巴上。这一击本可以把她打昏的,可她连动作都没放慢。我再次抓住她,像熊那样张开四肢抱紧她,让她动弹不得却又毫发不伤。我俩扑倒在地,玛丽压在我身上,我用头用力顶她的脸,免得被她咬着。

我就这样搂着她,凭借粗壮的肌肉钳制住她强壮的身体,不让她有丝毫动弹。接着我试图用神经压迫来麻痹她,可她知道我想干什么,像我一样对关键部位了如指掌。我没被她压麻痹就算幸运的了。

我只有一个办法:捏死鼻涕虫。我知道这对寄主会产生毁灭性的后果。她也许不会死,也许会,但肯定会受到重创。我想先让她失去知觉,再用比较温和的手段把鼻涕虫拿下来杀死……用高温或电击的办法,就能迫使它脱离寄主。

利用高温——

但我已经没有时间把这个想法付诸实施了,她的牙齿咬住了我的耳朵。我腾出右手向鼻涕虫抓去,却什么也没发生。我本以为手指会触到一团黏糊糊的东西,却发现这只鼻涕虫有着坚韧的角质外皮,感觉像是抓住了足球。当我碰到鼻涕虫时,玛丽猛一抽搐,咬下我耳朵上的一块肉,但她没有出现剧烈痉挛,说明鼻涕虫仍活着,还在控制她。

我努力把手指伸到鼻涕虫下面,使劲想把它从玛丽身上撬掉,可它却像吸杯一样粘在她身上,手指再也无法向下探。

与此同时,我身体的其他部位连遭袭击。我打了个滚,双膝着地跪起身,依旧抱着她。我不得不放开了她的腿,这样就不妙了,不过我用单膝顶着让她直不起身,然后挣扎着站起来,把她拖到火炉边。

她明白我要干什么,差点从我手中挣脱开。我觉得自己像是在和山林怒狮搏斗。但我还是把她拖到那儿,揪住她的头发,硬是把她的肩头按到火上。

我是说——我发誓我只想用微火燎烤鼻涕虫,迫使它为躲避高温掉下来。但她奋力挣扎,我滑了一跤,我的头猛地撞到壁炉的拱门上,她的肩膀落到了炭火上。

她尖叫起来,猛地一跳,离开炭火。我挣扎着站起来,头上撞的那一下仍旧让我头晕目眩。这时她倒在地板上,美丽的头发在燃烧。

她的便服也着了火，我用双手尽力扑火。鼻涕虫已经不在她身上了，我一边把火压灭，一边环视四周，发现它躺在火炉前的地上，而小猫正在嗅它。

"快走开！"我喊道，"皮拉塔，别往前凑！"小猫好奇地抬起头，好像这是某种新奇有趣的游戏。我继续扑火，直到确信她头发和衣服上的火完全熄灭。我来不及确认她的死活，马上离开了她，毕竟还有更紧要的事情要做。

我需要那把壁炉铲，因为我不敢再冒险用手去接触鼻涕虫。我转身去拿铲子。

但鼻涕虫已经不在地上了，它竟然骑到了猫背上。小猫僵硬地呆站在那儿，四肢分开，鼻涕虫正在安身。

也许我应该晚几秒看到，那样可能会好些。那样的话，骑着小猫的鼻涕虫已经逃到门外了。我是不会在茫茫黑夜中去追它的。可事实是我俯身冲向皮拉塔，它刚要受鼻涕虫的控制动一动时，我一把抓住它的后腿。

徒手对付一只疯猫，充其量只能说鲁莽。要控制一只已被泰坦星人操纵的猫简直是不可能的事，但我还是抓住了它，再次向壁炉走去。猫爪和利齿不断抓咬我的手臂。

这一次我做得很彻底。尽管皮拉塔哀号着想挣脱，我还是把鼻涕虫按到炭火上，把猫毛和我的手都烧着了，直到鼻涕虫直接掉到火焰里。接着我把皮拉塔抱出来，放在地上。它不再挣扎，和刚才为玛丽做的那样，我为它扑火，确信火灭了之后，才回到玛丽身边。

她仍然昏迷不醒。我蹲在她身旁，抽泣起来。

　　一个小时之内，能为玛丽做的都做过了。她左侧的头发差不多烧光了，肩和脖子也被烧伤。所幸脉搏跳动很有力，呼吸虽然急促微弱，但很平稳。她不断出汗，但我相信她还不至于脱水。这里虽然是偏僻的山村，所幸我的储备还算齐全。我替她包扎好，给她打了一针让她睡觉。这以后我才顾得上照料皮拉塔。

　　它仍旧躺在地上，姿势和我把它放在地上时一样，情形很不好。它的情况比玛丽糟得多，很可能肺部也灼伤了。我还以为它死了，可当我抚摸它时，它抬起了头。我轻声说道："对不起，老伙计。"我觉得似乎听到它喵呜了一声。

　　除了没敢给它打催眠针，我像刚才为玛丽做的那样给它的伤口敷上药。一切料理完之后，我走进浴室检查自己的伤。

　　耳朵已不再流血，我决定暂时不去管它。等将来有空了，这只耳朵需要做个修复再生手术。我担心的是我的双手。我把手按进热水里，疼得大叫了一声，转而又在空气中晾干，只觉得一阵阵刺痛。我不知道该怎么包扎自己手上的伤口。算了，反正还需要用手做事情。

　　最后，我把一盎司左右胶状疗伤药倒进一双塑料手套，然后戴到手上。这种药里含有麻醉剂，可以帮我勉强挺过去。接着，我走到立体声电话前，接通村里的医师。我向他详细说明了情况以及我的处理过程，并请他马上来一趟。

　　"在深夜吗？"他说，"你一定是开玩笑。"

　　我保证我绝对没开玩笑。

　　他的答复是："不要要求不可能的事情，老兄。你这件事是本县的第四次警报，但没人在夜里出门。今晚所有能做的你都尽力做了，明天一早，我一定去你家看望你的妻子。"

我叮嘱他早上务必先来我家,这才挂断电话。

午夜过一点,皮拉塔死了。我立即把它埋了,免得玛丽看见伤心。挖土时手疼得厉害,不过幸好不必挖太大的坑。和小猫道完别,我回到房间里。玛丽正安静地躺着,我拉了把椅子坐到床前照看她。很可能我时不时打盹儿,我也不太肯定。

23

黎明时分,玛丽开始呻吟着挣扎。我走到床边把手放在她身上。"好了,宝贝儿,好了,没事了,萨姆在这儿。"

她睁开了眼,目光中依然和她被附体时一样充满了恐惧,直到看清是我时才放松下来。"萨姆,啊,亲爱的,我做了一个最可怕的梦。"

"没事了。"我又说了一遍。

"你为什么戴着手套?"她注意到她身上包扎着的伤口,惊慌地说,"原来不是梦!"

"不,我最亲爱的,不是梦。不过没事了,我杀了它。"

"你杀了它? 你确定它死了吗?"

"当然确定。"房间里仍充满了鼻涕虫死尸的恶臭。

"啊,过来,萨姆。抱紧我。"

"会碰着你肩膀上的伤口。"

"抱抱我!"我只好从命。她根本不管伤痛,但我还是尽量小心,别碰到她的伤口。半晌,她浑身的战栗才慢了下来,最后差不多完全停止了,"原谅我,亲爱的,我表现得太柔弱了,女人气十足。"

"你应该还记得我刚从鼻涕虫那里逃脱时的精神状况。"

"我当然知道。现在告诉我,到底发生了什么。我一定要知道。我记得的最后一件事就是你想把我推到火炉边。"

"你瞧,玛丽,我别无选择,我不得不这样,否则没法把它赶下来!"

她握着我的肩头,现在轮到她来安慰我了。"我明白,亲爱的,我明白。谢谢你为我做了那么多!我打心底里感激你,再次感谢你为我所做的一切。"

我俩抱头痛哭,过了一会儿,我擤了擤鼻子,又说道:"起初我喊你,你没有作声,所以我就进了起居室,看见你在那儿。"

"我记得——啊,亲爱的,我挣扎过,拼命挣扎过!"

我注视着她。"我知道你尽力了——尽力挣脱。可你还能怎么挣扎?一旦鼻涕虫附体,就完了。不可能和它斗。"

"嗯,我输了,但我的确尽力挣扎过。"这是一个难解之谜。不知怎么回事,玛丽竟然能用她的意志抵抗鼻涕虫。我知道,这几乎是难以做到的。的确,她最后还是输了,但我明白我娶了一个比我更坚强的女人,而且她有着优美的曲线和完美的女性娇柔。

我有一个直觉,要不是玛丽一定程度上顶了鼻涕虫一阵子,不论时间多么短暂,程度有多么低微,我自己是顶不住它的,肯定会输掉这场斗争。

"当时我应该开灯,萨姆,"她接着说,"但我在这儿从来没害怕过。"我点头同意,这地方很安全,感觉就像上床睡觉或是投入庇护的臂膀一样踏实,"皮拉塔立刻向我跑来,直到我弯下腰碰到它时,才看到鼻涕虫,可已经太晚了。"她坐起来,用一只胳膊撑着身体,"它在哪儿,萨姆? 它好吗? 把它抱进来。"

于是我不得不把皮拉塔的遭遇告诉她。她面无表情地听完,点了点头,再也没提它。我忙换了个话题,"既然你醒着,我给你弄点早饭去。"

"别走!"我停下脚步,"别让我看不到你,"她又说,"什么理由也不许你离开。我一会儿起床给你做饭。"

"才不会让你去呢! 你就待在床上,乖乖地。"

"过来,摘下手套,让我看看你的手。"我没摘,手上的伤不堪想起,因为此时麻醉剂已经失去了效用。她点了点头,生气地说:"不出我所料,你手上的烧伤比我更厉害。"

最终还是玛丽来做饭,她居然还吃得下,而我只想喝壶咖啡。我坚持让她多喝点,大面积烧伤可不是闹着玩的。她把盘子推到一边,看着我说道:"亲爱的,出了这种事,我一点也不觉得遗憾。现在,我明白了你当时的感受,我们都受过这种罪了。"我点点头。我懂她的意思,现在,我们不仅共享了甜蜜,也经历了同一种痛苦。她站起来说:"现在,我们得走了。"

"对,"我表示同意,"一定得走。我想尽快给你找个医生。"

"我不是说这个。"

"我知道。"眼下已经没必要再讨论下去了,我俩都明白:音乐已经停止,我们该回去投入工作了。来时租的汽车仍停在我的降落平台,租金在不断累积。洗碗碟,关掉除永久电路之外的所有线路,作好出发准备——这一切只花了三分钟。临走时我却找不到鞋子了,幸好玛丽还记得我把它脱在哪儿了。

我的手有伤,所以玛丽开车。升到空中,她转向我说:"我们直接去总部办公室吧,在那儿可以边治伤边查清事情的原委。你的手疼得厉害吗?"

"还行。"我同意。手很疼,但一小时还是坚持得下去的,我也想尽快了解情况,重新开始工作。我让玛丽打开通话屏,我渴望收到新闻广播,正如以前渴望避开新闻一样。可车上的通信设备和其他设备一样蹩脚,我们连声音都收不到。幸亏遥控线路还能用,否则玛丽还得手动操作费劲地开车。

有个念头困扰了我好一阵,我把它讲给玛丽听:"鼻涕虫是不会光为了取乐才骑到猫身上的,对吗?"

"我想不会。"

"可它为什么这么干?道理上讲不通呀。但这其中必有原因,泰坦星人做什么都有原因,至少从它们的角度来看是这样。"

"我知道为什么,用这种方法,它们不是抓住我了吗?"

"对,我知道。可它们是怎样策划的?泰坦星人数量不够,不可能一只猫上放一个。通过猫确实可以抓住人,但可能性很小。以它们的数量是浪费不起的。或许,它们的数量已经多到那个地步了?"我想起了鼻涕虫在猴背上裂殖成两只的速度,想起被渗透到饱和程度的堪萨斯城。我打了个哆嗦。

"为什么问我,亲爱的?我可没有分析型的大脑。"从某种意义上,她说的是事实。倒不是说玛丽的大脑有什么差错,但她考虑问题不是凭逻辑推理,而是凭借直觉,直接解决问题。而我则必须靠逻辑分析,绞尽脑汁才行。

"别来小姑娘那套假谦虚的把戏,好好琢磨一下这个问题:首先,鼻涕虫是从哪儿来的?它不会走路,只能从另一个寄主身上转到皮拉塔身上。什么样的寄主呢?要我说是老约翰——牧羊人约翰。我不信皮拉塔会让其他任何人接近它。"

"老约翰?"玛丽闭上眼睛,又睁开,"我一点感觉也找不到,我从来没接近过他。"

"没关系,通过排除法,我看一定是这样。人人都在遵守'裸背命令',而老约翰却穿着衣服……他之所以未受惩处是因为他老躲着不见人。妈的,他肯定在'裸背方案'之前就已被鼻涕虫附身了。但让我想不通的是,为什么鼻涕虫要挑他这么一个深山里的隐士作为袭击目标呢?"

"为的是捉住你。"

"我?"

"对,为了再次抓到你。"

这话有一定道理。或许对它们而言,任何一个逃脱的寄主都是注意的对象。如果真是这样的话,那么我们救回来的十几个国会议员以及其他任何人,包括玛丽在内,就格外危险了。我得把这个情况记下来,上报,分析。不,玛丽不会有事……因为唯一知道她曾被附体的鼻涕虫已经死了。

另外,它们也许尤其希望抓到我。那我有什么特别之处呢? 我是秘密特工,更重要的是,控制过我的鼻涕虫一定知道,我了解老头子,也知道我有机会接近他。这就足以说明它们为什么要想方设法把我重新抓回去。我有一种强烈的感觉:老头子一定是它们的头号敌人,鼻涕虫肯定知道我的这个想法,因为它曾经完全控制过我的意识。

那只鼻涕虫甚至见过老头子,还和他谈过话。等一下,那只鼻涕虫已经死了呀。这下我的推理又不成立了。

不过马上又重新建立起来。我问道:"玛丽,自从咱们在你的公寓吃过早饭后,你有没有用过那套住所?"

"没有,怎么了?"

"无论如何也别再回去了。我想起来了,我和它们在一起时,我曾想在那里设陷阱。"

"啊,你没这么干,对吗?你已经在那儿设下陷阱了?"

"不,我没这么做,不过从那以后,它们也许设了陷阱。这和老约翰等着你或我回到小木屋的那种守株待兔的手法如出一辙。"我向她说了麦基尔文关于鼻涕虫的"群体记忆"理论,"当时我还以为他是在瞎编,科学家一贯乐此不疲,但现在我拿不准了。他的这个假设的确可以把所有问题全部解释清楚。"

"等等,亲爱的。根据麦基尔文博士的理论,每一只鼻涕虫其实就是其他任何鼻涕虫,对吗?换句话说,昨晚抓住我的那东西和你同泰坦星人在一起时骑在你身上的那一只是一码事——呃,亲爱的,我给弄糊涂了。我是说——"

"大意是这样。分开时,它们是个体;直接会谈时,它们将记忆融合为一体,就像《镜中世界》中的两兄弟那样,德威德尔德姆变成了德威德尔迪,难以区分。那么,果真如此的话,昨晚的这只鼻涕虫就记得从我这里了解到的情况,前提是此前它和骑过我的那只鼻涕虫或与之接触过的其他鼻涕虫有过直接会谈。你可以打赌,它肯定和别的鼻涕虫有过交流,从我对它们习性的了解就能知道。它也许该——我指的是第一只……越说越复杂了。比如说有三只鼻涕虫:乔,莫,嗯,还有赫伯特。赫伯特是昨晚的那只,莫是——"

"如果它们不是个体,为什么要起名字?"玛丽想问个究竟。

"只是为了方便我们区分它们,没别的原因。姑且认为麦基尔文是对的,那么,认得出你我的鼻涕虫就有成百上千只,也许数以百万。它们还知道你我各自的公寓、我的小木屋。也就是说,它们盯上我俩了。"

"可是——"她眉头紧锁,"这种想法太可怕了,萨姆。它们怎么知道什么时候能在小木屋找到我们?你没跟任何人说你要去哪里，就连我也不知道。它们会一直监视小屋等我们去吗？对，我想它们会这么干。"

"它们一定是这么干的。我们不知道等待对鼻涕虫算不算什么大事，对它们来说，时间具有完全不同的意义。"

"就像金星人一样。"她联想着。我点头同意，一个金星人很有可能和他自己的曾曾孙女结婚，他甚至有可能比自己的子孙后代更年轻些，当然，这完全取决于他们怎样夏眠。

"不管怎样，"我接着说，"我必须将这一情况连同我们对此事的种种推理一起上报，让分析小组的家伙们摆弄去吧。"

我想说，如果我们的推断是对的，老头子一定得格外小心，因为泰坦星人追逐的目标不是我和玛丽，而是老头子本人。但没等我开口，电话响了起来，这是自从我开始休假以来的第一次。接通后，老头子道："亲自前来向我报到。"

我回应道："我们正在路上，约三十分钟后到。"

"再快一点。你使用K5线路进来，告诉玛丽走L1，行动吧！"我还没来得及问他怎么会知道玛丽和我在一起，他就挂断了。

"你都听到了？"我问玛丽。

"听到了，我也在线上。"

"听起来好像好戏就要开演了。"

降落以后，我们才意识到形势变化得多么剧烈。我们还在遵守裸背计划，从未听说什么"日光浴方案"。下车时两名警察拦住我俩。"站在原地别动！"其中一人命令说，"不要做任何突然的动作。"

要不是凭他们的举止和拔出的枪，你根本看不出他们是警察。他们只挎着枪，穿着鞋子和用料极少的游泳裤。看第二眼才注意到别在腰带上的警徽。还是刚才那个警察说道："听着，老兄，脱下裤子。"

我的动作慢了点，没达到他的要求。他厉声说："快点！今天已经放了两枪了，你也许是第三个。"

"快脱，萨姆。"玛丽平静地说。我照办了。我的短裤和内裤是连体装，脱掉之后，我像个傻瓜一样只穿着鞋，戴着手套站在那里。不过我还是趁脱裤子的工夫，设法把电话和枪藏了起来。

警察让我转上一圈。他的同伴说道："他身上没有可疑物，现在检查下一个。"我开始重新穿上短裤，这时第一个警察让我停下来。

"嘿！想自找麻烦吗？别穿了。"

我同他讲道理："你已经搜过身了，我可不想因为赤身露体被抓起来。"

他很惊奇，然后大笑着转向同伴说："你听到了吗，斯基？他居然担心因为赤身露体给抓起来。"

第二个人耐着性子说："听着，土老帽，合作点，明白吗？你知道规矩的。要是我说了算，你穿毛皮大衣都没关系。不过你不会因为穿得少不体面被捕，你会因为多得太多被抓起来。告诉你，治安委员会的人开枪比我们快得多。"他转身对玛丽说，"现在，请这位女士接受检查。"

玛丽未做争辩，开始脱短裤。第二个警察和善地说："不必脱了，女士，只需要慢慢转上一周。"

"谢谢。"玛丽照做了。警察的建议太有道理了；玛丽的内裤看上去就像是喷涂在身上一样，三角背心也非常明显地紧贴在她身上。

"下面该检查绷带了，"第二个警察说道，"她的衣服里当然藏不住东西。"我心想,老兄,你错了,我打赌除了钱包里的那支枪,她身上这会儿至少还藏着另外两支,而且我敢肯定其中的一支比你们的枪出手快得多!不过我嘴上却说:"她被烧成了重伤,难道你看不出来吗?"

他狐疑地看着我马马虎虎包扎的凌乱的绷带。我包扎伤口的原则是缠得越多越好,因此如果她真的有这个意思,她完全可以在受伤最严重的肩部绷带处藏一只鼻涕虫。"嗯……"他沉吟着,"要是她果真是被烧伤的话……"

"她当然是被烧伤的!"我感到自己的判断力在渐渐丧失,我是个十足的大老爷们儿丈夫,只要涉及妻子,马上就不讲道理了。我清楚这一点,也很喜欢。"该死!看看她的头发!难道就为了蒙骗你,她会烧掉自己的头发?"

第一个警察阴沉着脸说:"有人会这么干。"

比较耐心的那位警察说:"卡尔说得对。很抱歉,女士,我们一定得检查绷带。"

我激动地说:"你们不能这么做!我们正要赶去看医生。你们得——"

玛丽打断我,"帮我一下,萨姆。我自己解不开。"

我不再讲话,颤抖着双手愤怒地揭开大堆绷带的一角。那位年长和善的警察吹了声口哨,道:"我很满意。你呢,卡尔?"

"我也一样,斯基。啊呀,姑娘,这伤看上去像是有人想把你烧烤了似的。怎么回事?"

"告诉他,萨姆。"

我讲了事情的经过。岁数大些的警察最后发表了意见:"我得说,你们遭的罪真不算大,请别见怪,我没有恶意,夫人。这么说现在轮到猫了,对吗?我知道狗被骑过,对,还有马。可是猫

——真想不到普普通通的猫身上也会有鼻涕虫。"他的脸上阴云密布，"我家有只猫，现在得除掉它。我的孩子是不会喜欢我这么干的。"

"我很难过。"玛丽安慰道，语气真挚。

"现在人人都不好过。好吧，二位，你们可以走了。"

"等等，"第一位警察说，"斯基，要是她背上裹着绷带在街上走动，很可能有人会开枪撂倒她。"

年长的警察挠着下巴。"他说得对，"他对玛丽说，"可要是去掉绷带你会受不了的。我们得为你们找辆警车来。"

他们真办到了。有辆警车正要停车，他们招手拦住。

我支付了租来的那辆破车的租金，然后同玛丽一起乘车来到位于一家宾馆的她的专用入口处。那地方需乘私人电梯才能到达。为了避免过多解释，我同她一起进了电梯。她在比车里收到的指令低一层处出了电梯，而我则接着往上走。我很想陪着她进去，但老头子命我通过K5通道进入，而K5通道就在眼前。

我也很想重新穿上短裤。在警车里以及迅速穿过宾馆侧门的这段时间里，一直有警察护卫以防玛丽遭到射杀，我对自己穿不穿衣服也没怎么在意。不过，不穿裤子走出电梯面对世人需要很大勇气。

我的担心是多余的。我走过的短短一段路足以向我表明时下的流行趋势，原来根深蒂固的传统习惯已随着去年冬天严寒的消退一去不复返了。和两位警察一样，绝大多数男人都只穿着布条遮蔽下体，不过我并不是新布鲁克林唯一一个只穿着鞋子赤身裸体的人。我尤其记得，有个男人斜靠着街道柱子，目光冷峻，审视着每个路人。他只穿着拖鞋，臂上别着一枚写有"治安委员会"字样的徽章,胳膊上挎着一把欧文斯防暴枪。

我在去K5的路上看见三个如此穿着的人,我起码还带着短裤。

一些女人也一丝不挂,有些女人虽没完全赤裸,却也和赤裸全身差不多。她们穿着系带胸罩和半透明的塑料短裤,身上根本不可能隐藏鼻涕虫。

我觉得,绝大多数女性还是穿上衣服好看,最好是穿宽松外袍。倘若牧师多年来一直担心的是女人穿衣服过少,那么,他们以前真是把精力用错了地方,因为这并没有唤起男人身上的兽性。女人裸体给人的整体观感令人沮丧,这是我的第一印象。不过,我还没抵达目的地,这种感觉就渐渐消退了。丑陋的身体并不比丑陋的出租车显眼到哪儿去,渐渐地,目光自然而然就对此不再注意了。大家似乎早就适应了,街上的人们好像已经完全漠然,也许是光背计划使人们的心理事先有所准备。

稍晚的时候我才意识到:走过第一个街区以后,我对自己的赤身裸体已浑然不觉。在我之前,别人早就不注意我的光身子了。美国社会几百年来一直把衣着端庄当作必须信守的戒律,这种做法看来真是大错而特错了。

再想一想,这种做法就像把随风摆动的窗帘当作存在鬼魂的证据一样。穿不穿衣服其实什么问题都说明不了,不说明你是好人还是坏人,道德或是不道德。一身皮罢了,裸露着又能怎么样?

我立即获准面见老头子。他抬起眼睛,恼怒地说:"你来晚了。"

我以问代答:"玛丽呢?"

"在医务室一边接受治疗,一边作口头汇报。给我看看你的手。"

"不用了,谢谢,我会看医生的。"我答道,没有脱掉手套的打算,"发生什么事了?"

"如果你能劳神听听新闻广播,你就知道出什么事了。"他不满地发着牢骚。

24

　　我很庆幸自己没有看新闻，否则我们的蜜月就要泡汤了。正当我和玛丽在互诉衷肠时，这场战役几乎溃败——我不太肯定算不算"几乎"。我认为鼻涕虫在必要的情况下会在傀儡身上的任何部位隐匿，而且仍能操纵傀儡。我的这一猜想被证明是对的——这一点不需要别人告诉我，街上的经历已经足以说明问题了。我和玛丽还没有进山隐居时，这一看法就已被国家动物园通过实验验证了，尽管我没见过报道。我想老头子那时就知道这一点，当然总统和其他几位高层要员也清楚。

　　因此，"日光浴方案"取代了光背计划，人人都脱得一丝不挂。

　　但事实上，这个方案执行得并不顺利。这件事当时是"最高机密"，而内阁却在讨论斯克兰顿暴动的问题。不要问我为什么会把它定为最高机密，封锁起来不让大家知道。政府一向习惯于随心所欲将什么事情划为机密，聪明绝顶的政治家和官僚们一副大包大揽的家长作风，认定其他人全是稚气未脱的少男少女，因此不必知道这些事。我从书上了解到，过去，纳税人一度可以要求知道所有事实。不知道这是不是真的,听上去有些乌托邦。

斯克兰顿暴动本来应该让所有人相信:尽管实行了裸背计划,但在绿区仍有鼻涕虫出没。然而,即使这一事件也未能促成"日光浴方案"的实施。我蜜月的第三天,东部沿海拉响了假空袭警报。假空袭警报之后,人们过了一段时间才明白所发生的事情。其实事情明摆着,不可能有那么多防空洞同时出现意外停电。

我现在想起来仍旧不寒而栗:当所有人都蜷缩在一片漆黑中等待空袭警报解除时,令人生厌的幽灵一般的傀儡在人群中游走,啪的一声将鼻涕虫放在他们身上。在有些空袭掩体中,显然没人有机会摆脱鼻涕虫附身的命运。

第二天爆发了更多的骚乱,我们在不知不觉中陷入了恐怖时期。严格地说,治安委员会首次活动是在奥尔巴尼一个名叫莫里斯·T.考夫曼的绝望市民从警察手中拔枪自杀后开始的,考夫曼当场死亡,几分钟后这位名叫马尔科姆·麦克唐纳的巡佐也随他而去:一名暴徒和附在他身上的泰坦星人联手将麦克唐纳撕成了碎片。不过,直到防空人员投入行动,将临时执行警察任务的人组织起来以后,治安委员会才真正开始活动。

当鼻涕虫在掩体内突然发动袭击时,绝大部分防空人员都在地面,因此多数都幸免于难。但是他们感到自己对此负有责任。并非所有的治安委员会会员都是防空人员,也不是所有的防空人员都属于治安委员会。然而,街上那些一丝不挂的持械男人谁都可能找个防空人员袖章或是治安委员会臂徽戴上。不管他是不是真的属于这两个组织,有一点你最好相信:他会向身上穿着多余衣物的人开枪——先击毙再调查。

趁着我的手在接受治疗包扎的工夫,我掌握了最新情况,也就是我和玛丽在山间小屋里待的两个星期里发生的事件。依照老头子的指令,医生在为我疗伤前给我注射了一针时间延长剂,延长我的时间感,我觉得自己花了三天时间,才通过快速扫描仪研究立体声磁带。实际上只用了不到一个小时。我听说过这种装置,是有些大学生为了应付考试,私下秘密制造的。当然,这种东西从未向公众公开过。你可以调整播放速度来和自己的主观感觉相匹配,略快一些也行,然后通过音频减速器听带子上所讲的话。虽对眼睛是很大的折磨,通常还会引起撕裂般的头痛,但这玩意儿对我的工作大有裨益。

令人难以置信的是,在这么短的时间内发生了如此多的事情。就拿狗来说吧,即便它身上没有鼻涕虫,治安委员会会员也是见狗就杀。因为用不了多久,它几乎肯定会被泰坦星人骑上,在它的驱使下攻击人,通常是夜里,泰坦星人会在天亮之前更换傀儡,从狗转移到人身上。

这个世界简直糟透了!连狗都不能相信了!

猫很少被当作傀儡,因为它们体形太小。可怜的老皮拉塔是个不幸的例外。

现在在绿区白天几乎见不到狗,夜晚它们从红区渗入,在黑暗中游走,而白天则躲起来。它们频繁露面,令人想起传说中的狼人。我在心里默默向那位乡村医生道歉,那晚他拒绝前来给玛丽看病,我当时真想痛揍他一顿。

我快速扫过监听红区广播得来的几十盘磁带。它们分为三个时间段:一是伪装时期,这期间鼻涕虫继续进行"正常"的广播;二是短暂的反宣传时期,鼻涕虫试图让绿区的公民相信政府已经发疯了。这一招没有奏效。因为正像它们当初不转播总统的公告一样，我们也没有转播它们的广播；最后是目前阶段，这时它们放弃伪装，全然撕下了面具。

按照麦基尔文博士的观点来看，泰坦星人没有真正意义上的自己的文化，它们在文化方面也有寄生性，只会让它们所发现的文化适应自身的需要。也许他的观点有些偏颇，不过在红区，泰坦星人的确采用了这种做法。如果寄主饿肚子的话，鼻涕虫自己也会挨饿，所以，它们必须维持受害一方的基本经济运作模式。当然，在继续维持这种经济模式时会有所变通，采取一些我们绝不会用的办法。比方说，它们会把受伤的或是多余的人加工成促进植物生成的肥料。不过，一般说来，农民还是农民，机械师仍当机械师，银行家继续作银行家。最后这种做法似乎有些迂腐，可专家认为，任何一种经济模式只要有"分工"，就离不开会计和"金融"系统。

我心里明白，它们能从其他国家的鼻涕虫那里得到资金，因而博士也许是对的。但蚂蚁或白蚁中间存在"银行家"或是"金融界人士"吗？我从没听说过。不管怎样，也许还有许多我闻所未闻的事情。

让人更加费解的是，泰坦星人为什么会继续保留人类的消遣方式。这是宇宙生命的普遍需求吗，还是它们跟我们人类学的？"专家们"都各执一词，谁也不肯让步。我也不知道这是怎么回事。它们从人类那里学会了取乐，还加以"改进"。不过，话说回来，它们的一些"改进"或许很有道理——比如它们在墨西哥所玩的斗牛把戏，它们让牛和人一样，享有均等的机会。

然而绝大多数变通做法令人作呕，我就不再详述了。除了黄区拒不合作的几个鲁莽家伙外，我是为数不多的看过有关此类做法的录音文本的人。我是从职业角度分析这些文件的。政府监听到所有红区的广播,可是录音文本却因为有违老康斯托克的"有伤风化"法受到查禁——又一例典型的"妈妈最清楚"的家长式作风。不过单以这件事而论,也许的确是妈妈最清楚。我希望玛丽在接受情况通报时不必看这类事情,不过即使她看到了也不会告诉我。

话又说回来,也许"妈妈"说到底也并不是"最清楚"。如果还有什么事能促使尚且自由的人下定决心摧毁这令人作呕的邪恶勾当的话,那就数红区播放的"娱乐"节目了。我记得在沃斯堡威尔·罗杰斯纪念堂进行的一场拳击赛广播,或许也可以称作摔跤赛。不管叫什么,总之赛场上有一名裁判和两位相互打斗的选手。比赛规定:只要伤及对方的主人就算犯规。

别的任何举动都不算犯规——做什么动作都可以!这场比赛是一对男女拳手,两人都体格高大健硕。女选手第一次用臂钳住对方就把他的一只眼睛挖了出来,不过双方势均力敌,因为她的左腕被打断了,这让比赛又能继续进行一阵子。直到其中一人因失血过于虚弱,连傀儡的主人都无法让奴隶动一动了,比赛才会终止。结果女拳手输了。我肯定她死了,因为她的左胸几乎被挖去,流了大量的血。除非立刻进行手术,大剂量的输血才能救得了她,但她并没有得到救助。两只鼻涕虫都移到了新的寄主身上,软瘫在地一动不动的拳手则被拖了出去。

比赛一旦完结,全场进入"观众参与表演"状态,场面之下流,巫婆的夜半集会相比之下只能算妇女慈善缝纫会。

啊,鼻涕虫竟然会判断性别了!

我在这盘磁带和别的带子上还看到一件事情,一件令人发指的事,我甚至不愿意提起,但我感到有必要讲出来——在一群群男女奴隶之间,还有人(如果还能称得上人的话)在四下游走。有男人，也有女人，他们身上没有鼻涕虫，他们是鼻涕虫可信赖的人……叛徒。

我憎恨鼻涕虫，可在鼻涕虫和叛徒之间我更想消灭后者。我们的祖先认为有些人会心甘情愿地和魔鬼签订契约。先辈的这一看法有一定道理：一旦条件允许，有人会这么干的。

有些人根本不信人类会向泰坦星人变节叛变，这些人没有看过遭到查禁的录音文本。证据确凿，就在我们眼前。众所周知，鼻涕虫觉得自己不再需要伪装之后，红区也脱下了衣服，甚至比执行"日光浴方案"的绿区脱得还要彻底。这一情况大家有目共睹。我刚才含糊其辞描述的沃斯堡惨剧中的那位裁判就是个叛徒。他的上镜率很高，因此我有百分之百的把握。我不愿提他的名字，不是为了保护他，而是为了保护我自己——这个败类后来是我亲手杀死的。

我们并非阵地全失，在他们给我治完伤之前我就了解到了这一情况。我们目前只能狙击敌人，阻止敌人势力的蔓延。即使这方面都做得不够彻底。一旦和他们正面交锋，我们就可能伤及自己人，炸掉自己的城市，对于消灭圆肩膀的敌人却毫无把握。我们需要一种具有选择性能的武器，这种武器能除掉鼻涕虫却不会伤及人类，或者它能使人失去知觉却能保全性命，这样我们就有机会营救同胞。上至麦基尔文与瓦尔加斯的喜剧组合，下至最底层的洗刷试管的大学生，所有搞科学的人都致力于解决这一问题。然而，这种武器仍然没能研制出来。要是能有一种"催眠"气体就好了。不过，在泰坦星人入侵之前没有这东西，倒也好。否则的话，鼻涕虫就会利用它来对付我们了。这玩意儿是一柄双刃剑。有一点必须记住，对于美国的军事力量，鼻涕虫拥有的支配权和自由人一样多,甚至更多。

陷入僵局,时间对敌人有利。有些人竟然愚蠢到想用氢弹夷平密西西比河谷沿岸的城市,这无异于砍掉脑袋医治唇癌。还有人同他们笨得不相上下,这些人没见过鼻涕虫,不相信有鼻涕虫的存在,认为整个事件侵犯了各州的权利,"日光浴方案"是暴政的华盛顿当局策划的阴谋。第二种傻瓜如今已经不多见了,倒不是因为他们改主意了,而是治安委员会分子非常急切地要消灭这种人。

还有就是头脑灵活的中间派。这种"通情达理"的人怎么都改不了他们喜爱谈判的癖好,总认为我们可以同泰坦星人"做交易"。有这样一伙人还真的尝试了这种谈判,这个代表团是由国会反对党的核心成员组成的。他们绕过国务院,通过安插在黄区的一个中介和密苏里州的州长取得联系,获得了泰坦星人的"保证"。在确保安全通行权和外交豁免权的前提下,这些人去了圣路易斯,从此再也没有回来,只是不断向我们发来激动人心的信息。我见过其中的一则,总体意思是:"快来吧,这里很棒!"

菜牛能和肉类加工商签订协议吗?

北美仍旧是唯一一个已知的鼻涕虫蔓延中心。联合国除了将太空站交给我们管理外,唯一的举动就是暂时撤到日内瓦。他们认为此事丝毫没有涉及国家间的侵略,甚至还争辩说:即使鼻涕虫真的存在,从技术上讲也只能算流行病,而非什么潜在的战争根源,因此不应当引起安理会的关注。经过投票,有二十三个国家弃权,此事被定为"国家内部事件",安理会敦促各成员国做出决定,向美国、墨西哥和加拿大三国的合法政府提供援助。

既然各国都"认定"这是流行病,我们不知道该请求什么援助。

　　这是一场日益严重的无声的战争。我们还来不及弄清敌人是否已经参战，一场场战役便告失利。在"反冲击方案"溃败以后，除了在黄区的警察行动以外，我们几乎不再使用常规武器。黄区目前是位于红区两边的广阔无人区，从加拿大无路可走的密林到墨西哥沙漠。

　　白天，除了我们自己的巡逻队外，这里人迹罕至，见不到比鸟和老鼠更大的动物。夜晚，我们的侦察部队撤退后，狗或其他东西则出没于此。

　　我和玛丽回来时，发射了整场战争中唯一一枚原子弹，用来阻击一艘降落在伯灵格姆以南旧金山附近的飞碟。飞碟的摧毁是遵照上级的指令，但这一指令遭到了质疑。有人争辩说，如果想做到知己知彼、百战百胜，我们应该捕获飞碟进行研究。我觉得我同情的是那些想先射杀再作研究的人。

　　当时间延长剂的药效渐渐退去时，我已经掌握了美国当前的形势。局势的发展甚至超出了我在遭到渗透的堪萨斯城时的想象：国家正在经历恐怖时代，朋友杀死朋友，妻子告发丈夫。任何有关泰坦星人的谣传都会激起街上的民众开着货车发起一场暴乱。夜晚敲门不会有人客气地开门，只会招来门内的一阵痛骂。老实人都待在家里。夜里只有狗和鼻涕虫在外面游荡。

　　事实上，许多发现鼻涕虫的谣传都是空穴来风，但这些空穴来风并没有使危险减少半分。"日光浴方案"允许人们穿少量的紧身衣，然而大家更喜欢全裸，这并不是想出风头，即使是穿最少的衣服也会招来怀疑的目光，人们马上怀疑这其中是否有鬼。现在没人再穿头脊防护甲，鼻涕虫已经会伪造这种护甲了，而且马上投入了使用。在西雅图有这样一个女孩，她只穿了一双凉鞋，挎着一个大钱包，而治安委员会的人却似乎嗅出了敌人,警惕地尾随着她。他们注意到,无论在什么情况下,即便换零钱的时候,她都不会松开右手的钱包。

她没有丧命,因为治安委员会的人把她的胳膊从腕部打落,我想她会再移植一个新的手臂,这类部件多得不得了。治安委员会成员打开钱包时,发现鼻涕虫还活着,当然它并没活多久。

在简报中看到这件事时,我不寒而栗地想起自己拿着短裤招摇过市的举动。这种举动非常不安全,携带任何和鼻涕虫大小相当的物品都容易招致猜疑。

我看完这一事件时,药效已经消退,我重新接触到周围的环境。我向护士提起此事,她安慰我说:"不必担心,操心太多对你没好处。现在请弯曲右手的手指。"

我弯了弯手指,她则协助医生先往代用皮肤上喷药。我注意到她也没有例外,连胸罩都没穿,她所谓的短裤其实不过是块遮羞布。穿得一样少的医生告诫我说:"干重活时必须戴上手套,下周来复查。"

我谢过他们,来到总部办公室,先去找玛丽,发现她正在整形科忙着治疗。

25

"手好些了吗?"我获准进去时老头子问我。

"会好起来的。这周暂时植上人造皮肤,他们明天给我移植耳朵。"

他看上去有些恼火。"我忘了你的耳朵,来不及移植治疗了,化装部会给你仿制一个。"

我告诉他:"耳朵不要紧,可为什么要费事仿造一个？ 要我假扮什么人物执行任务吗?"

"不完全对,简报你已经看过了,对局势有什么看法?"

我不知道他想要什么样的回答。"不容乐观,"我不情愿地承认,"人人都在防备别人,就像处在高压暴政统治下。"我对自己的观点越来越热衷了,"这儿的情形更糟糕。就算是高压暴政之下,你还可以用点小手段,比如贿赂、收买什么的。但现在面对的是鼻涕虫,你能向它行什么贿?"

"嗯——"他沉吟着,然后评价道,"这主意挺有意思。有什么东西能对泰坦星人构成吸引力?"

"呃,我刚才说的,其实是个反问句,修辞手法。我——"

"我重复了你的意思,但我不是反问。我们会把这个问题分配出去,做理论研究。"

"到现在,有什么救命稻草都得抓住,是吗?"

"太对了。现在说另一个问题。在你看来,进入别国或是红区进行监视,哪种更容易办到? 你愿意选择哪一种?"

我怀疑地看着他,"这里面有圈套,你是不会让人挑任务的。"

"我只是问问你的专业看法。"

"哦……我没有足够的信息。告诉我,除美洲以外,其他国家有鼻涕虫吗?"

"这个,"他回答说,"正是我想弄清楚的问题。"

我突然意识到,玛丽的话是对的。特工不应该结婚。倘若这项任务结束的话,我真想受雇为患有失眠症的富翁数羊,或者干点类似的轻松工作。我说道:"这次想让我去哪个国家?"

"你怎么会认为我想让你去别的国家?"他问,"也许我们在红区能更快、更轻易地探明我们想知道的情况。"

"哦,是吗?"

"当然。如果除了美洲大陆以外的其他任何地方蔓延着鼻涕虫,那么红区的泰坦星人一定知道。为什么要舍近求远,绕到地球的另一端去调查呢?"

我只好将我打算扮成印度商人携妻旅行的计划抛在一边,考虑他这番话。有这种可能……有可能。"那么,眼下究竟怎样进入红区?"我问,"难道让我在肩膀上戴着一个塑料仿制的鼻涕虫? 只要它们要求跟我直接会谈,我马上就会露馅。说不定比那个更早。"

"不要当失败主义者嘛。已经有四名特工去了那里。"

"回来了吗?"

"呃,没有,不清楚。难就难在这儿。"

"你想让我成为第五个? 你是不是觉得我把事情弄得一团糟,在职员名单上早就是个多余的人?"

"我认为其他人运用了错误的战术——"

"明摆着!"

"关键是要让它们相信你是个叛徒,明白吗?"

这主意太令人震撼了,我一时无从应答。最后我脱口而出:"为什么不让我先从轻松的做起? 比如假扮一阵子巴拿马男妓,或是尝试做一名拿斧头砍人的谋杀犯? 我得先进入角色。"

"这很容易,"他说,"也许不太现实的是——"

"哼!"

"不过兴许你能办得到。在我手头的所有特工里面,你对付鼻涕虫最有一套。除了把手上的轻微烧伤治好以外,你必须得到充分的休息。或许我们应该把你空投到莫斯科附近,让你直接考察一番。好好考虑一下,尽快想清楚。"

"谢谢,万分感谢。"我赶紧换了个话题,"你安排玛丽做什么工作?"

"你怎么不管好自己的事?"

"我和她结婚了呀。"

"对。"

"天啊,看在上帝的份上! 你能说的就这一个'对'字? 连句祝福的话都没有?"

"在我看来,"他慢吞吞地说,"一个人想要的所有福气你都有了。但我还是祝福你。"

"呃,好吧,谢谢。"我在某些方面有些迟钝,但我总以自己脑子里要考虑的事情多来作为借口,直到那时我还没有意识到,也许是老头子直接过问才让我和玛丽如此顺利地同时休假。我说:"哎,爸爸——"

"啊?"这是我在一个月内第二次这么喊他,这么一喊,他好像转攻为守了。

"你一直都有意促成我和玛丽结婚,是你撮合的。"

"哦?别犯傻了,孩子。我相信自由恋爱——自主选择。"

"条件是这种选择对你的胃口。"

"你看,我们以前谈过这个话题——"

"我知道,不要紧,我不可能因为这件事生气。我只是觉得自己像一匹获奖种马,被人牵进了马厩。为什么要这么安排?你不是那类'年轻人就应该恋来爱去'的好心家长,我了解你。"

"告诉你,我什么都没做。至于同意休假嘛——是这样的,他们跟我说人类这个种族必须繁衍。不这样的话,我们所做的其他一切都毫无意义,包括这场战争。"

"是这样吗,嗯?你会在战斗正酣时派两名特工去休假?是为了让自己早点抱孙子吧。"我飞快地做出总结,又加了一句,"我敢说你用过计算尺。"

他脸色一变,"我不知道你在说什么。你俩都获准休假,其余的事纯属意外。"

"嗯!意外是不会落在你身上的。没关系,我愿意成为牺牲品。现在谈工作吧,如果你真的想让我自己选择工作方法,那就多给我一点时间,研究事情的可行性。这期间,我还能去整形科造一只橡胶耳朵。"

当时我没有去管耳朵的事,因为在去整形科的路上,我碰见玛丽刚好出来。我并不是有意要在部门办公室周围表现出惊喜与爱慕,只是太意外了。"亲爱的! 他们把你治好了!"

她慢慢转了一圈让我看。"干得漂亮,对吗?"

的确漂亮。我根本看不出她的头发被烧过。此外,他们还在她肩部的临时皮肤上做了些修补,简直可以乱真,不过这种治疗方法我知道。真正让我吃惊的还是她的头发。我轻轻抚弄着,仔细审视左侧的发丝。"他们一定把头发全部剪掉,然后重新再造。"

"没有,只是修补了一下。"

"现在你又有了喜欢藏枪的地方。"

"像这样?"她妩媚地笑着,一边用左手整了整鬓发,突然,只见两手各握一把枪。这回我还是不清楚另一支枪是从哪儿冒出来的。

"真是我的宝贝! 如果必要的话,你可以在夜总会表演魔术谋生了。不过说正经的——耍这一手的时候可别让治安委员会的人撞见你,那种人神经质得很。"

"不会的。"她一本正经地安慰我。我们来到职员休息厅,找了个安静的地方说话。没有要饮料,好像也不需要。我俩简要交换了一下对局势的看法。我没告诉她即将执行的任务,换了是她也不会向我提起。身在总部,根深蒂固的保密习惯很难打破。

"玛丽,"我突然问道,"你怀孕了吗?"

"现在断定还为时尚早,亲爱的。"她答道,捕捉我的眼神,"你希望我怀孕吗?"

"希望。"

"那我一定尽最大努力。"

26

我们最后决定尝试进入俄国，而不是红区。评估团的意见是：没有机会扮成叛徒。他们的建议不可能左右老头子，但他和我也都是这个看法。问题的关键在于："人怎样才能变成叛徒？为什么泰坦星人会相信他？"

答案不言自明，鼻涕虫清楚寄主的心理活动。语言上的保证对于泰坦星人来说毫无意义，只有当泰坦星人通过对人心灵的解读知道此人是不掺假的叛徒，那么才有可能满足他的心愿，让他成为叛徒而不是寄主。不过鼻涕虫必须先感受到此人内心的邪恶，才能确信他是货真价实的叛徒。

我们的这一判断并非基于事实，而是出于逻辑必然性的推定。这是人类的逻辑，同时也肯定是鼻涕虫的逻辑，因为这和鼻涕虫的能力相符。至于我，即使在催眠状态的指令下，也不可能通过鼻涕虫的测试，让它认为我具备叛徒的素质。我要对心理分析伙计们的这个决定高呼"谢天谢地"。省得告诉老头子我不想自告奋勇地被鼻涕虫捉住，同时免除了他大费周章编出什么该死的逻辑、必需，迫使我成为"志愿者"。

泰坦星人知道寄主是被它们完全控制的奴隶,却偏偏要赋予他"自由",这似乎不符合逻辑。但细想一下就会知道这些叛徒给它们带来的好处:可以从中培养出一批"值得信赖"的间谍。"值得信赖"一词并不确切,可英语语言中没有相应的词来形容这种形式的卑鄙行径。绿区已经被叛徒渗透了,这一点确凿无疑。麻烦在于,很难把糊涂蛋和间谍区分开来。可恶的蠢人比率高于恶棍。

于是我准备出发。在轻度催眠的状态下,我复习了需要使用的语言,重点记住新出现的流行词汇和用法。我获得一个身份,并接受指导学会了一种有利于我四处游荡的职业,修理灌溉泵。另外再加上一大笔钱。

我会被空降到俄国,不用费劲地悄悄潜入。一旦我未能向国内报告情况,其他特工会接替我继续潜入。那儿说不定已经有别的特工了。这些情况没人告诉我:即使在药物作用下,特工也不可能泄露自己不了解的秘密。

发报装置既新颖又可人。超微波材料制成的定向式空腔振荡器体积不过茶杯大小。其他电源组之类的设备一共也就和面包差不多大。整个装置屏蔽性相当优良,就连放射性粒子计量器也觉察不到。只要用它对准位于地平线外的任何空间站,都能有效地接收信号。瞄准必须精确,这就要求我牢记所有三个太空站的轨道面以及我即将执行任务地区的航空坐标。这一装置的缺点其实也是它的最大优点,即发报器的高度定向性。这意味着只有在非同寻常的偶然情况下才能探测到它。

我降落时不得不经过他们的雷达监视网,不过会伴随着密集的反雷达措施,准会让那帮监控员大为恼火。他们知道有什么东西在降落,然而并不清楚是什么东西以及降落的时间地点,因为我们会采取迷惑战术:其他地点、其他时间也会采取同样的反雷达措施。

一旦确认当地是否有鼻涕虫大举侵入,我就会向任何一个在我视线以内的空间站发送报告。我没有凭肉眼分辨出太空站的本事,也不大相信那些自称能做到的人。报告完毕,我就可以打道回府了。走回去、坐车回去、爬回去还是买通官员溜出去,随我的便。

唯一的麻烦是我没有机会实现我的种种设想,因为"帕斯·克里斯琴号"飞碟着陆了。

"帕斯·克里斯琴号"是第三艘着陆后被发现的飞碟。前两艘中的"格林内尔号"被鼻涕虫藏了起来,也许已经再次起飞,而"伯林格姆号"飞碟只相当于一种放射性存储器。不过"帕斯·克里斯琴号"的运行轨道已经被追踪到,因而一着陆就立刻被发现了。

这艘飞碟是阿尔法空间站追踪到的。根据记录,它把飞碟当成了一颗特别大的陨石,认为它已在墨西哥湾一带着陆。这一情况直到后来才和"帕斯·克里斯琴号"飞碟联系起来。联系起来以后,它的记录使我们明白了雷达屏幕未能监测到其他飞碟的原因——飞碟来得太快了。

雷达是有可能"看见"飞碟的——六十多年前,最原始的雷达便已多次发现过它们,特别是在以大气环流速度航行侦察地球的情况下。然而,如今的现代雷达已经被"改良"到发现不了飞碟的地步。我们的设备太过专业化了。电子设备的选择性以有机体生长的速度一步步提高,并按这一趋势持续发展。所有雷达都带有鉴频电路以及类似设备,确保各种型号的雷达都能

"看见"应探测的物体,而管辖范围以外的则不必费神。交通调度管制只观测来往于大气的车辆;防御网和火控雷达只负责分内的观测对象,精度高的监控网可以监视运行速度极其不同的许多物体:从大气环流速度一直到每秒五英里的弹道导弹运行速度;精度低的监控网和高精度监控网的观测范围有所重合,可监视范围从最低速的无翼导弹一直到最快的太空飞船,连速度高达每秒十英里的物体都观测得到。

还有其他类型的专业雷达——气象雷达、港口雷达等等。问题在于,没有一种雷达能观测到每秒超过十英里速度的飞行物……唯一例外的是一种空间站的陨星探测雷达,但它并非军用设备,而是只有在联合国授权的情况下才能用于尖端科学研究的特许设备。

因此,记录在案的只有"特别大的陨石",直到后来才和飞碟联系起来。

但"帕斯·克里斯琴号"飞碟降落时,的确有人看到了。当时美国海军水下巡洋舰"罗伯特·福尔敦号"正在红区例行巡逻,在莫比尔以外、距离格尔夫波特十英里远的地方,它的感应器记录下了飞碟减速并且降落的时间。当飞船的速度从太空速度(据太空站记载每秒约五十三英里)降到水下巡洋舰雷达能够探测到的速度时,它突然出现在巡洋舰的屏幕上。

它无端地冒了出来,慢慢停下,然后便从屏幕中消失了。不过观测员记下了雷达显示的目标出现的最后方位,在距密西西比州海岸不到二十英里的地方。舰长大惑不解。雷达追踪到的当然不可能是飞船,因为飞船不可能以五十个重力加速度减速飞行。可他没有想到重力也许对鼻涕虫不起什么作用。他掉转航向,准备过去仔细察看一番。

他发出的第一封电文这样写着:飞船在密西西比州的帕斯·克里斯琴西海岸降落。第二封电文如下:派出登陆部队,拟俘获敌人。

要不是这次我在总部办公室,我想我会被排除在行动之外。当时我的电话铃声大作,惊得我的头撞到我正在使用的研究仪器上。我破口大骂起来。老头子在电话里说:"快来,立刻行动!"

我和老头子、玛丽这个小团队有多久没有共同行动了?好多周以前,还是多年以前?我们在空中正以紧急情况下才用的最快速度向南行进,丝毫不理会调度管制和异频雷达收发器发出的警告,只顾全神贯注地倾听老头子的话。

当他讲完事情的缘由,我说:"何必一家人全体出动呢?你需要一支建制完整的空军特遣队。"

"我会派的,"他冷冷地答道。继而又满足地咧嘴一笑。这种狡猾而又不怀好意的表情我极少能看到,加上这一次只有两回,"你担什么心?"他嘲讽地说,"咱们卡瓦诺一家又踏上征途了。对吧,玛丽?"

我哼了一声,"要是你还想来那种兄妹套路,那你还是另请高明吧。"

"跟上一次的相似之处只有一点:好好保护她,别让狗咬她,别让陌生人骚扰她。"他严肃地回答,"我是说真的,狗以及陌生男人,非常奇怪的男人。也许这就是局势的转折点,孩子。"

我想详细问问,可他却走进操作舱,关上门忙着发报。我转向玛丽,她朝我偎过来,哼哼道:"嗨,老哥。"

我一把抓住她,说道:"别再玩'老哥'这一套,不然有人就会挨揍喽。"

27

　　我们差点被自己人击落，于是只好带上由两架"黑天使"组成的飞行护卫队，他们飞前飞后，以使速度不至于比我们快得太多。然后将我们移交由空军上将雷克斯顿督战的指挥飞船。指挥飞船先与我们实现同步，接着用环形锚具将我们的空中轿车接入船舱。这种事我以前从没经历过，简直太令人紧张了。

　　雷克斯顿想将我们痛斥一顿然后把我们遣返回家，因为严格来讲我们属于平民百姓。然而斥责老头子可是件既困难又讨厌的苦差事。最后他们好歹将我们卸下飞船。我几乎是把空中轿车硬生生摔在格尔夫沿岸海防大堤的公路上。我还应该补充一句，我被吓得魂飞魄散，因为我们在降落途中还遭到了对空火力射击，头顶、四周，炮火不断，但在飞碟附近却出奇的平静。

　　前面不到五十码处，太空飞船高高矗立。艾奥瓦州发现的那个塑料板制成的假飞碟有多假，这个就有多真。这艘巨大的飞碟呈铁饼状，稍向我们这边倾斜，因为它着陆时一边正好压在一幢沿海修建的那种下面有高高支柱的古老大宅上。房子压塌了，飞碟的一侧由倒塌的房子以及一棵遮蔽房子、直径达六英尺粗的树干支撑着。

由于飞碟倾斜着，我们得以看到它的顶部，肯定是气密舱——一个直径约十二英尺的金属半球体，位于船的主轴部位。如果这是一个轮子，气密舱就在轮毂处。这个半球体被直接抬起，高出船体大约六到八英尺。我看不出究竟是什么把它抬高离开船身，但我觉得一定有一个中心轴或是活塞，向上凸出，犹如一个提升阀。

很容易看出飞碟的主人为什么没能再次起飞：气密舱被打坏了，张着口。这事是"泥龟"干的，这种小型水陆两栖坦克无论在港湾的海底或岸上都行动自如，它是"福尔敦号"两栖登陆部队的组成部分。

容我先记下我随后了解到的情况：坦克由诺克斯维尔的恩赛因·吉尔伯特·卡尔霍恩指挥，同他一起的还有二级驾驶员弗洛伦斯·伯左瓦斯基以及一位叫布克·T.W.约翰逊的炮手。当然，我们到那儿时他们全都死了。

我刚把车停在路边，就有登陆部队小分队围了上来，为首的家伙面红耳赤，像巴不得再杀几个人似的。看到玛丽以后，他不那么杀气腾腾了，但仍拒绝我们靠近飞碟。直到稍后他和战术指挥官接洽，而战术指挥官又接着征求了"福尔敦号"舰长的意见，我们才得到答复。这一要求想必直接传递到了雷克斯顿那里，而且反馈到华盛顿，以得到进一步证实。

我一边等候回复，一边审视战场。从眼前的情况来看，我庆幸自己不必参加这场恶战，已经有不少伤亡了。空中轿车不远处就有一具全裸的男性尸体，是位不足十四岁的男孩。他手里还紧握着一具火箭发射器，肩上留着鼻涕虫的印记，尽管这畜生已经不见了踪影。我不知道鼻涕虫是溜走了还是死了，或许它已经转移到了用刺刀捅死男孩的人身上。

我验看尸体时，玛丽已经和那位剽悍的海军军官向西走了。一想到鼻涕虫仍有可能在周围活动，我赶忙追上她，说道："快回车里去。"

她仍旧沿路向西望去，两眼发亮地说："我还以为我有机会开一两枪呢。"

年轻人安慰我说："她在这儿很安全，我们已经把它们堵在这条路下面了。"

我没有理会他，厉声对玛丽说道："听着，你这个好斗的小捣蛋，趁我还没打断你的骨头，快回车里去！"

"好吧，萨姆。"她只好转身回来，照我说的做。

我回头瞪了一眼那位年轻水手。说道："你盯着我看什么？"我心里很烦躁，正想找个人出出气。这地方弥漫着鼻涕虫的气味，等待又让我紧张不已。

"没什么。"他答道，一边打量着我，"在我们老家，没人这样跟女士说话。"

"那你为什么不滚回老家去？"我说完便昂首阔步地走开了。老头子也不见了，我很担心。

一辆救护车正从西边开回来，在我身边停下。司机喊道："去帕斯卡古拉的路开通了吗？"

帕斯卡古拉河距飞碟着陆点约三十英里，基本处在"黄区"，帕斯卡古拉城位于河口以东，至少从表面上看处于绿区，而就在同一条路西边六七十英里处的新奥尔良却是圣路易斯以南泰坦星人最密集的地区。

我告诉司机："没听说过。"

他啃着指关节，道："好吧……我这就开过去探探路，也许我会平安回来。"说完，涡轮机嘎嘎作响，他开车走了。我继续找老头子。

这里的地面战已经偃旗息鼓，但我们周围上空却空战不断。我仔细观察飞机喷出的尾气，试图分清谁是谁。真不知道双方怎么能分清敌我。就在这时，一架大型运输机如闪电般飞来，空中急刹车，扔下一排空降兵。我不禁纳闷，距离太远，根本看不清他们身上有没有鼻涕虫。至少这些兵是从东部来的，但这并未说明什么问题。

我总算看到了老头子，他在和登陆部队的指挥官说话。我走上去打断了他们的谈话："头儿，我们应该离开这里。这地方十分钟以前就该遭原子弹轰炸了。"

指挥官和蔼地说："放松点，人口密集区不会遭到原子弹轰炸，就连小型炸弹也不会用。"

我刚要厉声问他怎么知道鼻涕虫会那么想，这时老头子打断我，"他说得对，孩子。"然后挽住我的胳膊走向我们的车，"他的判断一点没错，但却是基于错误的理由。"

"啊？"

"我们为什么不去轰炸他们占领的城市？同样的原因，它们是不会轰炸这里的，至少在飞碟完好无损时不会这么做。它们并不想毁掉飞碟，仍希望能把它夺回去。现在，回玛丽那儿去。记得我的话吗？——注意狗和陌生男人。"

我没再说话，但心中充满狐疑。我真希望我们每一个人都能成为盖革计数器中的制动齿轮，能够抵消每一秒钟，让时间停滞不前。鼻涕虫像人一样不顾一切勇猛地战斗着——也许正因为它们不是人类吧。为什么它们会对自己的一艘飞碟那么谨小慎微呢？也许与保住飞碟相比，它们担心的是它会落到我们手里。

我们回到车里,刚要对玛丽说话,这时那位小个子海军军官匆忙走来。他停下来喘了口气,冲老头子敬了个礼,道:"指挥官批复说您可以看任何想看的东西,先生。"

从他的举止上看,我估计批复电文很可能是用加大号的字体写成的。"谢谢你,先生,"老头子温和地说,"我们只想查看被俘获的飞碟。"

"好的,先生,请跟我来。"说完却跟在我们后面,犹豫着该护送老头子还是玛丽。最后还是玛丽赢得了他的青睐。我走在后面,一直保持警惕,不理会那位年轻军官的存在。海滨这一带虽说极力经营,可大部分仍是丛林。老头子抄近路穿了过去。那军官道:"当心,先生,留神脚下。"

我问:"小心鼻涕虫吗?"

他摇了摇头说:"不,珊瑚眼镜蛇。"

这种时候,毒蛇和蜜蜂一样无害,而且讨人喜欢。但我一定是听从了他的警告,因为我正低头注意脚下,又一件事情发生了。

我先是听到一声喊叫,再一看,天哪!一只孟加拉虎,正要攻击我们。

第一枪很可能是玛丽射中的。我清楚我的那一枪不落后于年轻军官,甚至有可能更早一些,这一点我相当肯定。老头子最后一个开枪。

我们四人击中了老虎的不同部位,把这张虎皮彻底糟蹋了,连做毯子都不行了。然而它身上的鼻涕虫却丝毫未损,我又开了第二枪。年轻军官并不吃惊地看着这一幕,说道:"哎呀,我还以为路面上的危险都已清理好了呢。"

"哦,你指什么?"

"他们派出了一大批坦克,从大猩猩到北极熊,见什么杀什么。喂,你有没有被水牛袭击过?"

"没有,我也不希望碰上这种事。"

"不像被狗攻击那么糟糕。据我看,其他动物没有灵性。"他看了一眼鼻涕虫,一副无动于衷的样子,而我和往常一样想呕吐。

我们迅速走出丛林,来到泰坦星人的飞船上。我更觉不安。倒不是因为船本身有什么令人恐怖的地方,而在于船的外观。

因为它的外观不对劲。船显然不是天然形成的,但却一看便知道不是人类建造的,我也说不清楚这是怎么回事。表面是模糊的镜面,上面没有一点标记,丝毫看不出船是怎样组装起来的。

也看不出是用什么材料制成的。金属吗?当然得用金属了。但是果真如此吗?你本以为摸上去会特别冰凉,或是由于着陆的缘故格外灼热。可我摸了摸,两种感觉都不是,既不冷也不热。别跟我说它只是碰巧才跟人的体温一样。我注意到还有一件事很奇怪:这么大的飞船高速降落,按理说应该造成地面的大面积损毁。然而根本不存在任何受损地区,飞船落点周围的灌木丛一片郁郁葱葱。

我们开始检查,先从气密舱开始(也不知究竟是不是气密舱)。正如手能够轻而易举地将纸盒子压扁一样,密封舱的边缘已经被小巧的"泥龟"坦克挤得变了形,坦克的金属装甲陷了进去。这些"泥龟"可以在五百英尺深的水下从母舰弹射出去,结实极了。

在我看来,这艘飞船也相当结实。虽说被坦克撞坏了,密封舱关不上。而另一方面,不论飞船的门是什么材料制成的,其表面却连一点撞击的痕迹都没留下。

老头子转身对我说:"你和玛丽在这儿等着。"

"你不会是想亲自进去吧?"

"我正是这么想的,时间很紧。"

年轻军官道:"我要跟你一块儿去,先生。这是指挥官的命令。"

"很好。"老头子答应了,"跟我来。"他透过密封舱边缘仔细往里看了看,又用手撑着地跪下来。年轻人跟着他做。我很恼火,但也不想反对这种安排。

他们钻进洞口。玛丽转身对我说:"萨姆,我不喜欢这样。我害怕。"

她的话让我吃了一惊。我自己也害怕,但我没想到她也会害怕。"我会保护你的。"

"我们必须留下来吗? 他可没这么说过。"

我考虑了一下说:"如果你想回到车里,我带你回去。"

"呃,不,萨姆,我觉得还是得留下来。靠近我点。"她在浑身颤抖。

我不清楚他们过了多久才从密封舱边缘露出头来。年轻人爬了出来,老头子吩咐他放哨,又对我们道:"跟我来,我想里面很安全。"

"安全个鬼!"我对他说,但我还是去了,因为玛丽已经开始往里钻了。老头子扶着她下去。

"当心碰头,"他说,"一路上到处都是低桥。"

外星人造的东西和地球人造的完全不同,这已经是老生常谈了。然而很少有人有机会待在金星人的迷宫里,见过火星人废墟的则更是少之又少。我就没有这种经历,因此自己都说不清自己希望看到什么。如果要用一句话粗浅地表述,我认为,飞碟内部虽然说不上让人大吃一惊,却也很奇特。飞碟是由非人类的大脑设计的,这种外星大脑中没有人类的种种观念,根本没听说过合理的角度、直线等概念,或者虽然知道,但认为这些概念不足取,没有存在的必要。我们不觉来到一个扁圆的小房间,从那里爬行穿过一根四英尺的管道,这根管子通体发着微红的光,好像是一直向下盘旋进入飞船内部。

管道散发出一种怪异的,甚至令人难受的气味,像沼泽气体,还掺杂着些许鼻涕虫死尸的臭味。这种气体、微红的光线、把手掌贴在管壁上却没有温度方面反应,种种奇怪的现象加在一起,令我产生了一种不愉快的联想:我是爬行在某种巨型怪兽的肠子里,而不是在探索奇异的飞碟。

管道犹如一根动脉般伸展着,这时我们首次遇见泰坦星共生体。他——我姑且称之为"他",头枕着鼻涕虫,伸开手足仰卧着,像是熟睡的孩子。玫瑰花蕾般的小嘴露出一丝微笑,乍看之下,我竟以为他还活着。

乍一看,泰坦星人和人类之间相似的地方比不同之处更为显著。我们总爱先入为主,把自己的观念套用在对象上。比如,在我们眼中,一块风化的石头看上去很可能像人头,或是手舞足蹈的熊。再拿刚才提到的美丽的小"嘴"为例,谁敢说这种器官只能用来呼吸?或许还有别的用途呢?

尽管他们碰巧和人相似,有四肢和像头一样的圆形隆起物,我们还是得承认他们并非人类,我们和他们之间的差异比牛蛙和牛的幼仔之间的差异还要大。不过他们给人的整体感觉并不骇人,反而讨人喜欢,有一丝人情味。我觉得他们如同小精灵似的,是土星卫星上具有人形的精灵。倘若我们能在鼻涕虫控制他们之前就遇到他们,我想我们能够相处愉快。从他们造飞碟的本领上来看,他们和我们人类旗鼓相当——如果飞碟真是他们造的话。(当然不会是鼻涕虫造的,它们是窃贼,是闯入宇宙的不速之客。)

但这些是我后来的想法。当时我一看到这个小家伙,立即拔枪在手。老头子预见到了我的反应,转身对我说:"别担心,它已经死了。坦克撞毁他们的空气密封舱时,他们都死于氧气窒息。"

我仍旧拿着枪。"我想彻底打死鼻涕虫,"我固执地说道,"它也许还活着。"这只鼻涕虫并不像我们近来遇见的那些那样覆盖着角质外壳,而是赤裸着湿漉漉的丑陋身体。

他耸耸肩说道:"你自便好了。但它不太可能伤害你。"

"怎么不会?"

"化学成分不同,这只鼻涕虫无法寄居在呼吸氧气的生物身上。"他从这个小家伙身上爬过去,即使我决意要开枪也没机会了。一贯拔枪迅速的玛丽这次却没有掏枪,而是畏缩着靠在我身边,发出急促的、哽咽似的喘气声。老头子停下来,耐心地说:"你来吗,玛丽?"

她忍住哽咽,上气不接下气地说:"我们回去吧,离开这里!"

我说道:"她说得对,这项工作三个人做不了,应该派一个研究小组,还要配上合适的设备。"

他没理睬我,道:"这项工作必须做,玛丽,你是知道的。而且必须由你来做。"

"为什么必须由她来做?"我没好气地质问他。

他又没理睬我,说:"怎么样,玛丽?"

她仿佛从身体深处某个地方汲取了力量,打起精神。呼吸恢复正常,脸上的表情也放松了。然后,她从遭鼻涕虫侵袭的小精灵的尸体上爬过去,神态安详,宛如要上绞刑架的女王,毫无惧色。我拿着的枪有些碍事,只能笨拙地跟在他们后面爬着,尽量不去碰那具尸体。

最后,我们来到一间大屋子。这里也许曾是指挥控制室,因为里面有许多死去的小精灵,尽管我没有看见什么设备或是任何与机器相仿的装置。房子的内部是个空腔,和微红的光不同的是,这里的光线强得多。这间房子在我看来毫无意义,就像是大脑的脑回一样,令人费解。我不禁再次产生了那种想法——现在我知道,这种想法完全是错误的——即,飞船自身就是有生命的活机体。

老头子对这里并未多加理会,而是继续匍匐前行,爬到另一根发红光的管子里。我们跟着穿过弯曲的管子,来到一个宽达十几英尺较开阔的地方。头顶的"天花板"也高了,足以让我们站起来。但所有这些,我们都注意不到了。吸引我们全部注意力的是一堵堵透明的"墙"。

透过透明的薄膜,只见成千上万的鼻涕虫,到处都是,围绕在我们周围,在它们赖以维持生命的某种液体内游动、漂浮或是扭转着身体。每一个水槽都能从内部散射出光,我看到大团大团急速抖动的鼻涕虫。见此情景,我真想大声尖叫。

我手里还握着枪。老头子折回来,手按住枪警告我说:"可别经受不住折磨随便开枪。这是为我们好。"

玛丽一脸冷静地看着这些鼻涕虫。回头想来,我怀疑玛丽当时是不是真正地神志清醒。我瞅瞅她,又回头看看四面可怖的水族墙,急切地说:"我们离开这里吧,然后只消把这儿炸掉就没事了。"

"不行,"老头子平静地说,"那边还有,跟我来。"管子再次变狭窄了,继而又开阔起来,随后我们又一次置身于一间稍小些的屋子,和刚才那间鼻涕虫的房间相似。同样又看到了透明的墙体,里面漂浮着东西。

我必须再看一眼才明白那是什么,并相信那不是自己的幻觉。

透明墙里,一具男人的尸体脸朝下漂浮着,这是一个地球人,约四五十岁,灰色的头发几乎掉光了。他胳膊蜷在胸前,膝盖弯着,好像在床上或是子宫里安然入睡的样子。

我看着他,满脑子可怕的想法。他不是一个人,还有更多的人,男女老少都有,可他是唯一一个我能看清楚、引起我的注意的人。我肯定他已经死了,除此以外我根本没产生任何别的念头。但就在这时,我看见他的嘴在动——我真希望他是个死人。他还是死了好。

玛丽在房间里转来转去,像是喝醉了一般——不,她没醉,而是迷迷怔怔,神情恍惚。她从一面透明墙踱到另一面,出神地凝视着拥挤的透明墙深处。老头子一直注视着她,"怎么了,玛丽?"他轻声问道。

"我找不到他们!"可怜巴巴的小女孩儿的声音。说完,她又跑回第一面墙。

老头子一把抓住她的胳膊,拉住她,语气坚决地说:"你没找对地方,回到他们来的地方找,还记得吗?"

她停下来,带着哭腔说:"我想不起来了!"

"你一定得想起来,现在就想,你能做的就是这件事。必须回到他们那里才能找到他们。"

玛丽闭上眼睛,泪水流了出来。她喘着气,抽泣着。我挤到他俩中间说道："别这样！你要把她怎么样？"

他用另一只手抓住我，把我推开。"不，孩子，"他声音很轻但语气坚决地命令我，"你别管，这事你不要插手。"

"可是——"

"不行！"他松开玛丽，把我领到入口处，"待在这儿！听着，既然你爱你的妻子，恨泰坦星人，就别干预这事。我保证不会伤害她。"

"你究竟要做什么？"可他没理会我的追问，转身走开了。我待在原地，不愿听任事态发展，却又不想插手自己不明白的事，怕把事情搞得更糟。

玛丽弯身蹲在地上，像个孩子般用手捂着脸。老头子回到她身旁蹲下，拍着她的胳膊。只听他说道："回去吧，回到开始的地方。"

我几乎听不到她微弱的回答，"不……不。"

"那时你几岁？当时找到你好像七八岁上下，这事发生在那以前吗？"

"对，发生在那以前。"她呜咽着，完全瘫软到地上，随即嘴里喊着："妈妈！妈妈！"

"你妈妈说什么？"他柔声问。

"她什么也没说，只是看着我，眼睛很奇怪。她背上有东西。我害怕，我真害怕！"

我起身赶到他们身旁，弯着腰以免碰到低矮的天花板。老头子目光始终盯着玛丽，一手把我推开。我停下来，犹豫不前。他命令说："向后退，回去。"

这话是冲我说的，我照办了，但玛丽也向后退了一步。她喃喃低语："有一艘飞船，巨大的发着光的飞船——"老头子对她说着什么，我却听不到她是怎么回答的。这回我在原地老实待着，没有打断他们。看得出来她并没有伤害玛丽。尽管我的心情很乱，但我意识到一定发生了什么至关重要的事，足以让老头子在敌人的老巢中仍旧不管不顾，把全副精神放在玛丽身上。

他继续和玛丽谈话，语气中透着安慰与执着。玛丽平静下来，好像陷入一种倦怠之中，这时我才听得到她回答老头子的问话。过了一会儿，她开始喋喋不休地说个不停，仿佛得了多语症，不停地宣泄内心的情感。老头子只有偶尔才会打断她，给她一些提示，鼓励她说下去。

我听到身后有人沿通道爬过来，忙转身掏出枪，强烈地感到我们被包围了。就在开枪前的一刹那我才意识到这人是那位无处不在的年轻军官，我们让他在外面守着。"快出来！"他急切地喊着。他从我身边挤过去走进房间，冲老头子又喊了一遍。

老头子看来已经到了狂怒的边缘，吼道："闭嘴，别捣乱。"

年轻人却坚持说："您一定得出去，先生。指挥官吩咐你们务必马上出去，我们在撤退。指挥官说他随时可能使用毁灭弹。如果我们还在里面——'嘭'的一声就炸没了！我要说的就这些。"

"很好，"老头子不紧不慢地回答道，"我们就来。出去告诉你们的指挥官一定顶住，直到我们出去为止。我有至关重要的情报。孩子，帮我来抬玛丽。"

"好，好的，先生！"年轻人同意说，"但是要快！"他匍匐着离开了。我扶起玛丽，把她抱到房间收窄成为管子的地方。她看上去几乎失去了知觉，我把她放下。

老头子说："我们得把她拖出去，看来她不会马上醒。这么着——我把她扶到你背上，你驮着她爬。"

　　我没有理会他的话，摇晃着她。"玛丽，"我大声喊着，"玛丽! 你听见了吗?"

　　她睁开双眼，"怎么了，萨姆?"

　　"亲爱的，我们必须撤离，马上行动! 你自己能爬吗?"

　　"能，萨姆。"她又闭上眼睛。

　　我又不停地晃她。"玛丽!"

　　"什么，亲爱的? 什么事? 我太累了。"

　　"听着，玛丽——你一定要从这里爬出去。否则鼻涕虫就会抓住我们，你明白吗?"

　　"好的，亲爱的。"她这次倒没闭眼，但目光中一片茫然。我示意她顺着管子爬，我跟在身后。每当她胆怯或慢下来我就拍打她。我抬起她，拖拽着走过鼻涕虫的房间，接着又爬过我认为的控制室。经过被死去的精灵阻塞的管子时，她停了下来。我从她身边爬过去，把精灵的尸体搬开，塞进支线管道。这次可以肯定他身上的鼻涕虫已经死了，完成这件事令我作呕。我不得不再次打她，让她配合我。

　　经过无休止的噩梦般的艰难挣扎，我们终于到达最外面的一道门，四肢感觉像灌了铅似的。早已守候在那儿的年轻军官帮我把她拉上去，我和老头子则推的推、抬的抬。我助老头子一臂之力登上去后，自己也跳了出来，然后一把从年轻人手中接过玛丽。外面天早已黑了。

　　回去时走了很长一段路，经过被飞碟压毁的房子，绕过茂密的灌木丛，这才踏上海滨公路。我们的车不见了，不过不要紧，我们已在匆忙间不知不觉躲入一只"泥龟"坦克。刚刚躲好，我们的头顶便爆发了空战。坦克指挥员按下按钮，隆隆地驶离海堤，不断后退，没入水中。十五分钟以后，我们进入了"富尔敦"

号水下巡洋舰。

过了半个小时，我们在莫比尔基地登陆。我和老头子在"富尔敦"的军官公共休息室用过了咖啡和三明治，几名海军紧急服役妇女队的志愿军官已经把玛丽带到妇女生活区照料。我们离开时她看来已经完全恢复正常，加入到我们的行列。我问她："玛丽，你没事了吧？"

她冲我微微一笑。"当然了，亲爱的，为什么不呢？"

一艘小型指挥飞船和护卫队将我们带出此地。我本以为我们会回总部，或者华盛顿（可能性更大）。我没问老头子，他也没心情讲话。我只要握着玛丽的手就心满意足了。

飞行员飞了一个民用飞行器做不出来的高难动作——空中高速飞行，然后钻进山洞，陡然急停。就这样，我们进入了山里的一个机库。"我们这是在哪儿？"我问。

老头子没有作答，走出飞船，我和玛丽急忙跟上。机库不大，只能容纳十几艘飞行器。有一座引人注目的发射平台，还有一台独立发射架。机库里只停了另外两艘飞船。警卫过来示意我们继续朝后走到一扇镶在原生岩石内的门，穿过这扇门后，我发现我们来到了一间候见室。一个看不见说话人的刺耳声音命令我们脱下本已所剩无几的衣装。我对自己全身赤裸并不介意，但实在不愿去掉枪械和电话。

我们继续向里走，碰见一个全身衣物只有一块下士臂章的年轻人，臂章上有三个Ｖ形加上十字形图案。他把我们转给一个穿得更少的女孩，她的上尉臂章上只有两个Ｖ形。这两个人都很留意玛丽，两人都产生了典型的性反应。我想这位下士一定很乐意由上尉接手处理我们的事。

"你们的信息我们已经收到了。"上尉说，"斯蒂尔顿博士在等你们。"

"谢谢,女士。"老头子答道,"越快越好,请问在哪儿?"

"请稍候。"说完,她走到玛丽身边,把她的头发摸了一遍,"要知道,我们必须确保万无一失。"她语气中不无歉疚。不知她有没有发现玛丽的大部分头发都是假的,反正她什么都没说,玛丽更是毫无畏缩。检查完之后她说:"行了,我们走吧。"她本人的头发剪成灰色的波浪形,像男人一样短。

"好的。"老头子答道,"不,孩子,你只能走到这儿。"

"为什么?"我问。

"因为你上回差点把事情弄成一团糟,"他简短地回答,"现在给我闭嘴。"

上尉说:"军官餐厅就在左手第一条走廊,你为什么不上那儿等着?"

我听从了她的建议。路上我看见一扇门上端端正正地绘着巨大的红色骷髅,还印着"警告——此门内有活鼻涕虫"的字样,然后还有一行小字"有资格的人方可入内——使用'A'程序。"

我远远地避开这扇门。

军官餐厅和普通的俱乐部房间差不多,三四个男人和两个女人闲散地坐着。好像没人对我的到来感兴趣。于是我找了张空椅子坐下,觉着在这种地方待着挺不自在,正想喝一杯的当口,一个高大威猛型的男人坐到我身旁。他脖子上的链子除了挂着上校徽章外,还有一枚圣克里斯托夫勋章以及军人佩带的身份识别牌。"新来的?"他问。

我点头承认。"你是地方上的专家?"他又问。

"不知道什么才算'专家'。我是特勤行动人员。"我答道。

"什么名字? 别怪我这么多管闲事,"他抱歉地说,"我得声明一句,我分管这儿的安全工作。我叫凯利。"

我告诉他我的名字。他点了点头。"其实你们的人进来时,我看见了。从墙里传出的声音就是我的。现在,尼文斯先生,喝一杯怎么样?简报里谈了你刚才做的事,我觉得你应该喝一杯。"

我站了起来,问道:"哪怕要杀个什么人,我都得来一杯。"

"——不过在我看来,"过了一会儿凯利才说,"这儿不需要安全官员,就好比马不需要轮式溜冰鞋一样。信息应当透明化,一有结果就公之于众。这跟和人类对手交战完全不一样。"

我评论说他的话听起来跟普通的戴金穗军帽的高级军官不大一样。他笑了笑,一点也没生气。"听我的,孩子,并不是所有的金穗帽都是大家想象的那副德行——他们只是看起来是那副德行而已。"

我则说,在我印象中,空军上将雷克斯顿就是个精明人。

"你认识他?"上校问。

"只见过几面,并不是十分了解。但因为我在执行这项任务,和他打过不少交道。今天早些时候我还见到过他。"

"嗯——"上校沉吟着,"我从来没见过这位先生。你社交活动的层次比我高,先生。"

我跟他解释这纯粹出于偶然,但此后他开始对我另眼相看了。他向我介绍实验室的进展情况。"到目前为止,我们比魔鬼撒旦更了解那些令人作呕的鼻涕虫。然而怎样在不伤害到寄主的前提下消灭它们?我们仍然一筹莫展。"

"当然,"他又接着说,"如果我们一次能将它们中的一只引诱到一间小屋子里,用麻醉枪打翻,就可以拯救出寄主——不过这就像老话所说的捕鸟绝技:非常简单,悄悄溜到离鸟足够近的地方,在它尾巴上抹一撮泻盐就得。我本人并不是什么科学家,不过是警察的儿子,我自己现在也算是警察,只是身上的标签不同而已。但我和这儿的科学家谈了谈,我明白我们需要什么。这是一场生物战,认清了战争的实质就能赢得这场生物战。我们需要的是一种病菌,一种可以吞噬鼻涕虫而不会伤及寄主的病菌。听起来并不难,是吗? 是,我们知道百余种可以杀死鼻涕虫的病菌——天花、斑疹伤寒、梅毒、昏睡性脑炎、奥伯迈耶病毒、黑死病、黄热病等等。但它们也能害死寄主。"

"他们就不能想个办法让所有的人都具有免疫力吗?"我问,"就拿伤寒症来说——人人都注射过伤寒预防针,而且几乎所有人都接种过天花疫苗。"

"毫无用处。如果寄主获得了免疫力,鼻涕虫也就不会感染上病毒。现在鼻涕虫已将寄生环境从表皮扩展到整个寄主。不,我们需要一种寄主能够感染并能杀死鼻涕虫的病毒,但这种病毒顶多只能让寄主轻度发烧,或是头疼得厉害。"

我刚要冒点肯定是天才的见解,老头子出现在门口。我说了声失陪,走上前去。他问我:"凯利缠着你问什么?"

"他没缠着我问。"我答道。

"那是你一厢情愿,你不知道凯利是谁吗?"

"我应该知道吗?"

"应该。也许不应该,他从来不暴露自己的身份。那是B.J.凯利,当代最伟大的犯罪学家。"

"那个凯利? 可他没有参军呀!"

"可能是保留军籍吧。不过单凭这个,你就可以想象得出这个实验室有多重要。跟我来。"

"玛丽呢?"

"你现在不能见她,她在休养。"

"她——受伤了吗?"

"我向你保证过,她不会受伤的。斯蒂尔顿是他这一行中最棒的。但我们还得再深入些,克服许多困难。在这方面总是不顺利。"

我思索了一下,问道:"你得到你想要的东西了吗?"

"可以说是,也可以说不是。我们收获很大,但并不彻底。"

"你想要什么?"

这地方建在地下。我们一直沿着漫无尽头的走廊走着。他带我走进一间空空的小办公室,我们坐了下来。老头子摸了一下桌上的通话器说:"私人会议。"

"好的,先生。"一个声音答道,"我们不录音。"天花板上的绿灯亮了。

"我当然不相信他们,"老头子抱怨着,"但这样可以防止除了凯利之外的其他任何人回放录音。孩子,现在我就告诉你你想知道的,我不太肯定你是不是有资格知道这事。你确实和这姑娘结了婚,但这并不意味着她的灵魂都归你所有了——而且,这东西来自她的心灵深处,深得连她自己都不知道这件东西的存在。"

我缄口不言,其实也没什么要说的。他又接着说,语气很忧虑,"也许——还是告诉你更好些,这样便于你理解。否则你会缠着她问个不休,我可不希望出现这一幕,决不希望。这样做只会让她昏过去。我看,光凭她自己是想不起她的过去的。斯蒂尔顿博士的手法很温和——但你却只会让她烦恼,让事情发展到不可收拾的地步。"

我深深吸了口气："只能由你判断,我不能。"

"好吧,我也这么想。来吧,我会透露一些情况给你,并回答你的问题—— 一部分问题。作为交换条件,你必须保证你决不会再用这些事打扰你妻子。你缺乏问她的技巧。"

"好的,先生。我保证。"

"好吧,有那么一群人,你或许可以称之为信徒,他们名誉扫地,不受欢迎。"

"我知道——是惠特曼人。"

"啊? 你怎么知道? 玛丽说的吗? 不,不可能,她自己都不知道。"

"不,不是从玛丽那里,是我自己想出来的。"

他以一种奇特的目光看着我,不无敬意。"也许我一直都小看了你,孩子。你说得对,惠特曼人。玛丽就是其中的一员,当时她还只是南极的一个小孩子。"

"等等!"我插话道,"他们离开南极时是在——"我脑子在飞快地转动,那个数字终于冒了出来,"——是在1974年。"

"没错。怎么了?"

"可那样一来,玛丽就是四五十岁左右了。不可能呀。"

"你介意这个吗?"

"啊? 啊! 不——可她看起来不可能是这个岁数。"

"她是这个岁数,但又不是。听着,从时间上看她在四十岁上下,但从生理上看她只有二十多岁,从主观感觉上看她甚至更年轻,因为她什么都不记得,对1990年之前的事情一点都不知道。"

"你是什么意思? 她失忆了,这一点我能理解——有些事她根本不愿记住。可你其他的话是什么意思?"

　　"我没说错,她比实际年龄要小是因为——你见过那间打开她记忆闸门的屋子,她在类似的水槽里待了十年,而且很可能是不省人事地在其中漂浮了十年。"

28

按说我已经到了能经得住感情打击的年龄。然而，随着年龄的增长，我不是变得更坚韧，而是更温和。这也和爱上一个人不无关系。一想到我最亲爱的玛丽在那样一个人造子宫里漂着，不死不活，像一只腌蚂蚱一样保存在其中——我实在难以承受。

我听到老头子在说："别担心，孩子，她没事。"

我说："讲下去。"

玛丽的过去虽然神秘，但说起来却又十分简单。她是在金星北极凯瑟威尔附近的沼泽地被发现的，当时这个小姑娘根本说不清自己是谁，只知道她叫爱尔柳科尔。没人觉察出这个名字的意义，表面上看她还是个孩子，这样的年龄让人无论如何也没法把她同惠特曼人事件联系在一起。1980年的给养船在他们"新理想之国"的聚居地没有找到一个幸存者，他们开垦的种植园变成了一片沼泽，住处则成为断裂的薄壳，隐没在茂密的草木中。十年多时间，加上两百多英里的丛林，将这个举目无亲的凯瑟威尔流浪儿同遭到上帝惩罚的新理想国移民之间的联系切断了。

在当时的金星，一个不明身份的地球儿童应该是不可思议的,就像发现一只猫被锁在冰箱里,需要一个合理的解释。然而周围没人有足够的智慧和好奇心进一步探询下去。凯瑟威尔的名声至今仍然不好,在当时,这地方的人只有矿工、妓女和两大行星公司的代表。我想,在沼泽中用铲子挖放射性的泥浆,这种工作不会让人剩下多少精力来对别的事情大惊小怪。

扑克牌筹码就是她的玩具,她就这样长大了。她管来到儿童床边的每一个女人都叫"妈妈"或是"阿姨"。相应地,她们也把她的名字缩短为一个词:"幸运儿"。老头子没有细谈是谁出于什么原因出钱让她回到地球,对我的问题也避而不答。问题的真正关键在于,金星丛林开始吞没新理想国时她究竟在什么地方,他们的聚居地究竟出了什么事。

这些事情的唯一线索深埋在玛丽的记忆里,由于恐惧与绝望深锁其中。

在1980年之前的某个时候,大约和俄国西伯利亚报道的飞碟同时或是早一年左右,泰坦星人就发现了新理想国移民地。假如将它们入侵地球的时间向前推一个土星年,这几个时间就恰好吻合。看来,泰坦星人不像是在金星上寻找地球人,它们更有可能是在侦查金星,正如它们长期以来监控地球一样。或许它们已经知道到哪儿去找,因为我们知道,两个多世纪以来他们不时绑架地球人,因此,也许它们在地球捕获到了知道新理想国移民聚居地方位的人。玛丽混沌的记忆中毫无关于此事的线索。

玛丽目睹了移民地被占领,亲眼看见她的父母变成鼻涕虫的傀儡,再也无法照顾她。她自己显然没被鼻涕虫侵占,或者也许她被附体了,然后又重新获得了自由,因为泰坦星人觉得这样一个羸弱无知的小女孩不适合做奴隶。不管怎样，对她婴儿般的心智而言，这是一段漫无尽头的时光。她整日在受奴役的聚居地无所事事。没人需要她，没人照料她，却也没受到侵扰，像个耗子一样到处觅食维持生命。鼻涕虫大举侵入金星，它们主要的奴隶是金星人，新理想国的移民们受其奴役纯属偶然。玛丽肯定看到了她的父母被置于生机暂停、不省人事的状态。它们这么做是不是为了日后侵略地球？很有可能，但也不太肯定。

不久以后，她被抓起来放进水槽。具体地点是泰坦星人的飞碟里还是在金星上泰坦星人的基地？更有可能是后者，因为她醒来时仍在金星上。许多类似的谜需要解答。骑到金星人身上的鼻涕虫和入侵新理想国移民的鼻涕虫一样吗？也许一样吧——既然地球和金星都是碳氧运作模式。鼻涕虫好像永远能变化自如，但它一定得让自己适应寄主的生化环境。假如金星有火星那样的氧硅模式，或是氟模式，那么同一种寄生鼻涕虫不可能在两种不同类的寄主身上寄生。

问题的核心在于，当玛丽从人工孵雏器里被取出，当时是何种情形？泰坦星人侵略金星已经失败，或是面临失败。几乎可以肯定，它们一把她从水槽中拿出来就控制了她，只是玛丽比附在她身上的鼻涕虫活的时间长。

那鼻涕虫为什么死了？入侵金星的行动又为什么会失利？这些就是老头子和斯蒂尔顿博士想从玛丽的大脑中搜寻的线索。

我问："就这些情况吗？"

他答道："难道还不够吗？"

我埋怨说："等于没解答什么问题，反倒生出许多疑点。"

"当然还有更多的线索，"他告诉我，"比这重要得多。但你既不是什么金星专家，也不是心理专家，所以不需要你来做出评估与判断。我之所以告诉你一些情况,是为了让你明白我们为什么必须在玛丽身上寻找突破口,这样你就不会缠着玛丽问个不休了。孩子,对她好点,她承受的悲伤够多的了。"

对他的忠告我置之不理。怎么和自己的妻子相处,我不需要别人指手画脚。我说:"我想不明白的是,你怎么从一开始就把玛丽同飞碟联系在一起了?我现在明白了,你当初是故意带着她去艾奥瓦州转上一圈。你是对的,这我承认。但是为什么呢?别敷衍我。"

老头子自己倒显得有点迟疑起来。"孩子,你有没有过预感?"

"天哪,当然有!"

"那'预感'是什么呢?"

"呃,就是没有理由地觉得事情是这样或不是这样。或预感到有事要发生,或是有种不可抗拒的冲动想做什么事。"

"都是草率的定义。我认为,预感是一种下意识的自动推理,推理的基础是你在不知不觉中所掌握的信息。"

"听起来像是半夜三更的黑煤窑里的黑猫一样,让人摸不着边际。你当时并没有掌握什么信息。难道你的下意识自动推理可以拿你下一周才能获得的信息作为推理基础。这些胡说八道我是不会相信的。"

"啊,可我确实掌握了某些信息。"

"哦?"

"我们部门证明一个特工候选人合格所进行的最后一道程序是什么?"

"和你面谈呀。"

"不,不对!"

"哦——是催眠状态下的情况分析。"我之所以会忘了催眠分析，因为受试人永远都想不起来这种分析是怎么完成的，想不起自己睡着都做了什么，"你是说，你当时从玛丽那里获取了这些资料。那样的话，就根本不是什么预感了。"

"你又错了。我的确获得了一些信息，但非常少——因为玛丽的抵抗力很强。而且我也忘了那点本来就少得可怜的情报。不过我清楚玛丽是适合这一工作的特工。后来我又重放了她的睡眠分析测试，那时我才明白一定存在更多隐情。我们曾试图获得更多信息，但没有得手。可我知道一定得再尝试几次。"

我思索片刻后说："你肯定觉得自个儿有绝对把握，认准了这事值得挖掘。为了这个，你肯定没少难为玛丽。"

"我不得不这么做，很抱歉。"

"行了，好吧。"等了一会儿，我又问，"你说——我的睡眠分析记录里有什么情况？"

"这是个无理的要求。"

"胡说！"

"就算我想告诉你也做不到，因为我从来没听过你的分析，孩子。"

"什么？"

"我让助手听了一遍，然后问他有没有我应该了解的情况，他说没有，于是我再也没播放过。"

"是吗？好吧——谢谢了。"

他只嘟囔了一句，但我感到与他更亲近了些。好久没有这种感觉了。我们父子俩总是让对方难堪。

29

　　金星上的鼻涕虫因为感染了当地的一种病毒而死，我们所了解的情况就这么多。我们不太可能有机会马上收集直接信息，因为我和老头子正说着话，来了一封电报通知我们，雷克斯顿最终命令炸掉"帕斯·克里斯琴"号飞碟，以防它重新落入泰坦星人手中。我想老头子曾希望接近那些困在飞碟里的死气沉沉的囚徒，设法使他们重获生机，然后再好好问问他们。

　　这下没有机会了——他们只能从玛丽那里挖掘答案了。假定金星人所感染的一种特定病毒对鼻涕虫而言是致命的，却不会对人类产生损害（至少玛丽已经挺了过来），那么下一步就是检测所有的病毒，锁定其中的一种。太绝了！这种工作量浩如烟海，就像用蹩脚的工具在宽阔的沙滩上筛查每一粒沙子！

　　问题多少能简化一些，因为没有必要检验那些对地球人而言是致命的金星病毒。然而，能够使地球人致命的金星本土疾病少得让人吃惊，那些虽不致命却十分恼人的病毒倒是很多——在金星病毒眼中，我们地球人一定是一种奇特的侵入对象，不对它的口味。

使问题更棘手的是,地球生物所携带的金星本土病菌的种类少得可怜。也就是说,我们所寻找的沙粒也许这片海滩上根本没有。当然,这种缺憾是可以弥补的,但这意味着需要在一个陌生的星球上探索研究一百年左右。

与此同时,空气中渐渐出现了寒霜,日光浴方案再也执行不下去了。

他们不得不重新把希望寄托在玛丽身上,想从她的大脑里找到答案。我虽不喜欢这样做,可也没办法阻止。看样子,她似乎不知道别人为什么会要求她一次又一次地进入催眠状态。也可能她知道,但不肯说。她的样子好像很平静,但黑眼圈却显露出她的疲惫。终于有一天,我找到老头子,告诉他必须停下来。他温和地说:"孩子,该怎么做你应该很清楚。"

"我清楚个鬼!如果你到现在还没有从她那里得到你想知道的东西,你是永远得不到的。"

"你知不知道搜寻一个人大脑中的所有记忆需要多久?哪怕你把要搜寻的时间段限制在一定范围之内?要多久就有多久。我们需要的东西——如果它确实存在的话——也许十分微弱,难以把握。"

"如果它确实存在的话。"我重复道,"连你都不敢肯定它的存在。听我说,如果玛丽因为这个流产的话,我会亲手折断你的脖子。"

"如果我们真的没能找到它,"他柔声说,"你可能希望她流产。难道你想养育出充当泰坦星人寄主的孩子吗?"

我咬着嘴唇,"那你当初为什么不按计划把我派到别的国家去,反而让我留在这儿?"

"呃,是这样——首先,我想让你待在这儿陪着玛丽,好帮她维持士气。但不是像你现在这样,表现得如同被宠坏的乳臭小儿。其次,没必要去那儿,否则我会派你去的。"

"呃?出了什么事?其他特工发来报告了吗?"

他起身准备离开,"如果你像其他成年人一样关心天下事的话,你就不会不知道。"

我又"呃"了一声,但他没有理会,走开了。

我匆忙离开,赶紧补课,让自己跟上最新的形势。这段时间我心无旁骛,所以对每天的新闻一直没兴趣。就我的品位而言,让地球另一端的琐事聒耳扰目,意味着扼杀严肃的思考。但这一次,我的确错过了重要的信息。

我错失了第一时间知道非洲瘟疫的消息。我忽视了本世纪最重大的,不,第二重要的新闻,这是自十七世纪以来唯一的一次洲际流行性黑死病。

我简直无法理解。我在非洲待过,知道他们的公共卫生设施不逊于我们,甚至在某些方面还更胜一筹。严格地说,一个国家要想让瘟疫蔓延就得污秽不堪——满是老鼠、虱子、跳蚤之类病菌携带者。在这些方面,现在的非洲做得非常好。即使偶尔出现黑死病和斑疹伤寒,都局限于零星的地方病,不至于发展成流行性瘟疫。

但如今,这两种瘟疫在整个非洲散播开来,速度之快宛如流言。许多政府已经到了崩溃的地步,通过空间站不停地向联合国求援。出了什么事?

我的思维将这些片断信息整合在一起,抬眼望着老头子说:"头儿,那边也有鼻涕虫。"

"你说得没错。"

"你已经知道了？好吧，看在上帝分儿上，我们最好迅速行动，否则整个密西西比河谷将会陷入和亚洲一样的危机。一只耗子，只需一只小小的耗子——"我的思想又回到自己被鼻涕虫奴役的时光，我曾一度尽可能不去回忆的几天光阴。泰坦星人从来不费心思搞个人卫生。我的主人从未让我洗过澡，一次也没有。我怀疑自从鼻涕虫撕下伪装的面具以来，美加边境和新奥尔良一带是否有人洗过澡。虱子、跳蚤肆虐的程度可想而知。

老头子叹了口气说："也许，疫病流行是最好的解决办法，或许是唯一的解决办法。"

"如果那就是我们能想出来的最佳办法，还不如干脆炸掉那一大片地方呢。那种死法至少更干净利落。"

"是这样。可你知道我们不会这么干。只要存在将害虫清除干净而不至于烧掉整座谷仓的一线希望，我们就会不断尝试。"

我反复思考了好一会儿。我们还有另一个对手，那就是时间。从根本上讲，鼻涕虫一定蠢到不会维持奴隶生存的地步，也许这正是它们不断在星际迁移的原因所在——它们毁了所接触到的一切奴隶。过了没多久，寄主就会灭绝，而它们便需要新的寄主。

当然这只是推想，我将这一想法置之不理。有一点是确定的：除非我们尽快找到一种办法灭掉鼻涕虫，否则非洲发生的一幕同样会在红区上演。想到这里，我决定采取以前考虑好的行动方案——强迫自己介入玛丽正在遭受的心灵拷问。如果她的记忆深处隐藏着杀死鼻涕虫的办法，或许别人失败了而我却有可能发现。不管怎样，不论斯蒂尔顿和老头子愿意与否，我准备参与。我厌倦了这种介于女王的丈夫同不受欢迎的孩子之间的待遇。

30

自从我们来到这里，我和玛丽一直住在一个小间里，大小跟个铜鼓差不多。这种房间原本只能住一位低级军官，但实验室没有为夫妻准备的卧室。我俩挤得像拼盘菜一样，但我们并不介意。

第二天早晨我先醒来。和往常一样，我首先迅速检查了一遍，确认玛丽没有被鼻涕虫附身。正检查着，她睁开眼睛，睡眼蒙眬地冲我微微一笑。"再睡一会儿，"我说，"还有半个小时呢。"

但她没有再睡。过了一会儿，我问她："玛丽，你知不知道黑死病的潜伏期？"

她答道："我应该知道吗？嗯，你的一只眼睛比另一只要略微黑一些，看来你危险了。"

我晃了晃她，说："注意听我说，媳妇儿。我昨晚在实验室做了些粗略演算，得到的结果是，鼻涕虫想必早在侵略我们三个月前就已经侵入非洲了。"

"对呀，当然。"

"你知道？那你为什么不告诉我？"

"你又没问。另外,这还用问吗? 显而易见的嘛。"

"唉,你呀! 起床吧,别耽误了早餐。"

离开小卧室前我问她:"今早还和以前一样,跟他们做室内游戏?"

"对。"

"玛丽,你从来不谈他们问你的内容。"

她一脸惊奇。"可我从来不知道他们问了我什么呀。"

"我猜就是这样! 他们实施的是深度睡眠加上'遗忘'指令,对吗?"

"估计是吧。"

"嗯……好吧,得做些调整。今天我跟你一起去。"

她只说了一句:"好的,亲爱的。"

他们和往常一样在斯蒂尔顿博士的办公室里聚齐,其中有老头子、斯蒂尔顿本人、参谋长吉布西上校、我见过但不知其名的中校,还有一大群技师、初级军官和跟班。在军队,高级军官似乎连擤鼻涕都需要配上一个八人工作小组,这正是我离开军队的原因之一。

老头子看见我时眉头一扬,但没说什么。一位看门人模样的中士却想拦住我。"早上好,尼文斯夫人。"他朝玛丽打着招呼,然后又对我说,"我的名单上好像没有你。"

"我正要把我的名字加上去。"我对一屋子人宣布说,然后推开他继续向前走。

吉布西上校对我怒目而视,转向老头子,嘴里嘟囔着,意思是问:"这到底是怎么回事?"老头子并不回答,但眉头抬得更高了。其他人板着脸,装出一副与自己不相干的样子。只有一位女军士忍不住满脸笑容。

老头子起身对吉布西说："稍等片刻,上校。"然后蹒跚着向我走过来。他用只有我才能听见的声音说道："孩子,你向我保证过。"

"我现在收回承诺。你无权逼一个男人做出有关他妻子的许诺。你当时跟我的谈话是不恰当的。"

"你没有权利留在这里,孩子。在这些问题上你不够专业。为了玛丽,出去吧。"

这句话之前,我本来没想到质问老头子为什么有权留在那儿。但我不假思索,脱口而出："你不是分析家,因此你无权留在这里。出去吧。"

老头子看了一眼玛丽,我也瞟了她一眼。她面无表情,也许在等着我做决定。老头子缓缓地说道："孩子?你是吃了枪药还是怎么?"

我答道："是我妻子在接受实验。从现在开始,规矩由我来定——否则取消实验。"

吉布西上校插话说："年轻人,你疯了吗?"

我问他："你在这儿是什么身份?"我看了一眼他的手,补充道,"你戴的是弗吉尼亚军事学院的戒指,对吗?你还有没有别的什么资历?你是医学博士还是心理专家?"

他昂首挺直身体,想摆出一副尊贵的样子——然而高贵是很难装出来的,它是一种内在的气质,就像玛丽所有的那种尊贵一样。"你似乎忘了这里是军管区。"

"你似乎忘了我和我妻子不是军人!"我又说,"来,玛丽,咱们该走了。"

"好的,萨姆。"

我又对老头子说:"我会把我们的联系地址告诉总部办公室。"我开始向门口走去,玛丽跟在我后面。

老头子忙说:"等等,就算帮我一个忙。"我停下脚步,他又对吉布西说,"上校,你能跟我出去一下吗?我想私下和你谈一谈。"

吉布西上校用军事法庭审判长的目光瞪了我一眼,但他到底还是出门去了。我们都等着。玛丽坐下来,我仍站在那儿。低级军官们仍旧面无表情,中校看起来有些心神不宁,而那位女士好像要大笑出来的样子。只有斯蒂尔顿一副漠不关心的模样。他从收信筐里拿出一摞文件,开始埋头工作。

十到十五分钟以后,一位中士进来说:"斯蒂尔顿博士,指挥官说开始实验。"

"好的,中士。"他答应道,然后看着我说,"咱们进实验室吧。"

我答道:"先别忙。这里面的人谁是闲杂人员?他们都是吗?"我指了指中校。

"啊,这位是黑兹尔赫斯特博士——在金星上待过两年。"

"好吧,他留下。"我注视着面露笑容的女中士问道,"你在这儿担任什么工作,女士?"

"我吗?呃,我在这儿担任陪护。"

"我来承担陪护任务。现在,博士,请你把不需要的人员挑出来。"

"当然可以,先生。"结果他只需要黑兹尔赫斯特中校。我感觉他很乐意把这帮看客赶走。我、玛丽和两位专家走进实验室。

实验室有一张心理分析师的长沙发,四周是围成半圆形的椅子。头顶隐蔽地伸出一架三维照相机的双探头,我断定麦克风就藏在沙发里。玛丽在沙发上坐下,斯蒂尔顿博士拿出一支注射器说:"尼文斯夫人,我们接着上次来。"

我说:"等等,你有以前实验的记录吗?"

"当然。"

"我们先放一遍,我想详细了解情况的始末。"

他犹豫了一下,答道:"如果你希望这么做,可以放。尼文斯夫人,建议你在我办公室等候。是这样,看一遍需要花很长时间,我随后派人请你。怎么样?"

我的想法跟他们刚好相反,刚才顶撞老头子让我的肾上腺素激增。"我们还是先看看她自己是否愿意离开吧。"

斯蒂尔顿一脸惊奇,"你不明白你的建议意味着什么。你妻子看到这些记录会扰乱她的情绪,甚至会伤害她。"

黑兹尔赫斯特也插话说:"你的治疗方案非常令人怀疑,年轻人。"

我说:"这不是什么治疗,你知道的。如果你把治疗当作目标的话,你就会用让以前所见情景历历在目的视觉回忆法了,而不会使用药物。"

斯蒂尔顿看上去有些担心,"没有时间播放了。为了尽快获得结果,我们得想想办法,哪怕是些笨办法。"

黑兹尔赫斯特插嘴说:"我同意你的意见,博士。"

我按捺不住火气,厉声说:"该死! 没人请你们事事当权威,在这个问题上你没有任何权威。这些记录是从我妻子的大脑里偷窥而得的,本来就属于她。我真厌恶你们这帮假扮上帝的人。我不喜欢鼻涕虫的此种恶习,更讨厌人类也有这种毛病。她自己决定到底愿不愿意看。还有,请征求她的意见,问她是否希望其他人看到这些记录。"

斯蒂尔顿只好问:"尼文斯太太,你想看看你的记录吗?"

玛丽答道:"是的,博士,我很想看一看。"

他看来很吃惊。"啊？当然,你希望亲眼看到吗?"他说完看了我一眼。

"我同我丈夫都很想看。欢迎你和黑兹尔赫斯特博士留下来,如果你们愿意的话。"

他们也留了下来。一大摞录像带被拿了进来,每一盘上面都标有相应的日期和年代。把那些全看完的话要花上几个钟头,所以我放弃了大约1991年以后的有关玛丽的生活。这段日子的录像对解决问题意义不大,玛丽如果想看,日后再看也不迟。

于是,我们从她的幼年时代开始。像所有那些被迫在记忆的轨道倒退回忆的人一样,每盘带子都从受试者——也就是玛丽——的哽咽、呻吟、挣扎中开始,所有被迫回忆自己宁愿忘记的往事的人都是这种反应。此后,记忆才开始逐步重建。带子里既有玛丽的声音,也有她记忆中别人的说话声。最让我吃惊的是玛丽的脸,我是说,这张脸泡在水槽的样子。我们一点一点地将她的脸放大,让它的立体形象清晰地呈现在我们眼前,面部表情的丝毫变化都能捕捉到。

起初,她的脸是小女孩的模样——呃,她那时的五官和成年后没多大区别,正是我亲爱的妻子幼年时的模样。这倒让我希望我们能生个女孩。

然后,随着她记忆中别的演员出场,她的表情也相应地变化着。我好像在看一个演技精湛的独角戏演员扮演许多种角色。

玛丽看录像时表情很安详,可她却悄悄把手放在我的手心。当看到她父母遭到变故成为鼻涕虫的奴隶这可怕的一幕时,她紧紧抓住我的手指。要不是我的手硬得像火腿,肯定会被她捏成肉饼。不过,她始终控制着自己的情绪。

我跳着浏览了标有"身体机能暂停时期"的带子。我吃惊地发现这样的带子竟有许多盘。我原以为从处于这种状态下的人的记忆中没什么好挖掘的呢。尽管如此,我还是觉得,处在这种状态下,她不可能知道什么有助于我们了解鼻涕虫灭亡原因的情况。所以我把这些部分跳过去,重点看两组带子:她的苏醒阶段,她从沼泽中被救起的情况。

从录像上的表情中可以肯定一点:她刚一苏醒就被鼻涕虫附体了。她脸上无动于衷,毫无表情,这表明鼻涕虫没有再费心伪装寄主的面部表情,红区的立体节目中到处都是此类表情。她那一时期的记忆中几乎什么都没有,这更加证实了我的上述判断。

接着,突然间,她不再受鼻涕虫奴役了,又变成了一个小姑娘,非常虚弱,惊恐万分。从她的回忆中可以看出,她当时有点神志不清。在快要结束时,一个响亮清晰的新的声音喊道:"好吧,你们星期天再来收拾我吧!嘿,皮特——这儿有个小姑娘!"

又一个声音应道:"她还活着吗?"

前一个声音回答说:"不知道。"

带子的其余部分是在凯瑟威尔,她的康复阶段。其中有许多新的声音和记忆。这时,带子放完了。

"我建议,"斯蒂尔顿博士一边从投影仪中取出录像带,一边说,"我们再放一盘同时期的带子。这些带子之间略有不同,而且,这一时期对整个问题的解决非常关键。"

"为什么,博士?"玛丽很好奇。

"啊?当然,如果你不想看就不必看这一段,但我们要调查的正是这个时期。我们必须从你的记忆中再现金星上的鼻涕虫,看它们出了什么事,研究它们为什么会消亡。尤其是,一旦我们辨明究竟是什么病毒能够杀死控制你的鼻涕虫——也就是说,鼻涕虫死了,而你却安然无恙地活了下来。这就意味着我们找到了所需要的武器。"

"你们不是什么都知道了吗?难道连这个都没弄清楚?"玛丽疑惑地问。

"呃?现在还没有。但我们会弄清的。毕竟,人的记忆是一种极其完备的记录器,只是操纵起来很困难。"

"可我现在就能告诉你——我还以为你们知道呢——我得的是'九日热'。"

"什么?!"黑兹尔赫斯特仿佛被针扎了一下似的,从椅子上跳了起来。

"千真万确!录像你们都看了,难道你们没从我的脸上看出来?那是一张具有典型症状的九日热患者的脸。这样的脸我见过许多次,我到了凯瑟威尔以后还看护过这种患者呢,因为我得过这种病,所以有免疫力。"

斯蒂尔顿问道:"博士您怎么看?以前见过这种病例吗?"

"这种病例?不,没见过。到第二次远征金星时,他们全都接种过这种疫苗。当然啰,我完全清楚这种病的临床症状。"

"可你却没从这份录像资料上看出来?"

"这个,"黑兹尔赫斯特谨慎地回答,"我得说,我们所看到的情况与这种病的症状相吻合,然而还不能下定论。"

"什么不能定论?"玛丽尖刻地说,"我告诉过你,这就是九日热。"

"我们必须先确认这一点。"斯蒂尔顿不无歉意地说。

"要肯定到什么地步?这一点是毫无疑问的。别人告诉我说我得了九日热病,皮特和弗里斯科发现我时我还生着这种病。我后来还护理过其他病人,但我再也没传染上。我还记得这些病人快不行了时的脸色,就像我在录像带里的那样。只要见过这种情形,任何人都会永世难忘,更不可能把它错当成别的病。你还想要什么？等待天空中出现燃烧的字母吗？"我从没见过玛丽发这么大脾气。我暗想:当心,先生们,你们最好还是躲开点。

斯蒂尔顿说:"我想你已经把你的看法表达得非常清楚了,亲爱的女士。但请告诉我,我们都相信你对这段时期没有记忆。凭我对你的过去的了解,我也是这么想的。但现在,你似乎有直接而又清醒的记忆。告诉我,是这样吗？"

玛丽一脸迷惑,"我现在记起来了——而且记得相当清楚。我有好多年没有想过这段日子了。"

"我想我明白了。"他转身对黑兹尔赫斯特说,"怎么样,博士？我们有没有在实验室培育这种病菌？你的手下在这方面下过功夫吗？"

黑兹尔赫斯特一脸的惊愕,"这种病菌？当然没有！九日热病——完全不可能！我们还不如直接使用脊髓灰质炎或是斑疹伤寒症呢。我情愿用斧子来对付指甲上的肉刺！"

我碰了一下玛丽的胳膊示意说:"我们走,亲爱的。我们能做的都做了。"离开时我发现她浑身颤抖着,泪水夺眶而出。我带她走进基地餐厅,系统地治疗她的创伤,用的是我拿手的蒸馏剂疗法。

此后,我将玛丽安顿到床上午睡,我一直坐在她身边陪着她,直到她睡着。然后我去找父亲,他在分给他的办公室里,表示没有录音的绿灯正亮着。"你好！"我问候道。

他若有所思地看着我,"伊莱休,我听说你取得了惊人的成功。"

"我更喜欢你叫我'萨姆'。"我答道。

"很好,萨姆。成功者可以想干什么就干什么。可惜虽然摇中了大奖,奖金却少得让人失望。眼下的形势和以前一样绝望。九日热——难怪移民们和鼻涕虫都死光了。我真不明白该怎么利用这种病菌。不可能期望人人都有玛丽那种不屈不挠地活下去的意志。"

我懂他的意思。在地球人毫无防御的情况下,这种病的死亡率在百分之九十八以上。当然,注射过疫苗的人死亡率会有效地降至零,但这样一来,这种病又没用了。我们需要一种仅仅会引起人生病,却能置鼻涕虫于死地的病毒。"我看,意义不大。"我说出我的看法,"更大的可能是:未来六周内,脊髓灰质炎和鼠疫——或至少其中的一种——在整个密西西比河谷蔓延开来。"

"如果鼻涕虫已经从在亚洲受到的挫败中吸取了教训,开始采取极端的卫生措施。那么怎么办?"他答道。这一点我倒没想到,他这一提醒让我吃了一惊,差点没听到他接下去说的话,"不,萨姆,你一定要设计出一个更好的方案来。"

"一定得我设计吗? 我只是这儿的打工仔。"

"你已经做过一次了——但这一次不同,由你来负责。我不介意,反正我已经准备退休了。"

"啊? 你到底在说什么呀? 我什么事也负责不了——也不想负什么责。部门的头儿是你。"

他摇摇头说:"谁发号施令,谁就是头儿。头衔和徽章一般只是对事实的追认,先做事,而不是先得头衔。告诉我——你觉得奥德菲尔德有能力接替我的职位吗?"

我考虑了一下,摇了摇头。爸爸的第一副手是个执行者,是那种"执行指令型"的官员,而非"创新思维型"。他接着说:"我早就明白,接我班的人是你。总会有那么一天的。但眼下你已经开始抢班夺权了。你在重大问题上坚决反对我的判断,迫使我接受你的决定,而结果也证明,你的做法是有道理的。"

"去你的!我就这一次固执任性,有点强加于人。你那个聪明脑瓜子忘了去咨询身边名副其实的火星专家的意见——我是说玛丽。我根本没指望能发现什么,只是交了好运而已。"

他摇了摇头。"我不相信运气,萨姆。运气是平庸之辈用来形容天才成就的托词。"

我双手撑在办公桌上,向他靠近了些,说:"好吧,就算我是个大天才——但你照样别想让我扛这个包袱。这事一完,我就和玛丽去山里生儿育女,养养小猫什么的。我们没打算把一辈子时间耗在指挥疯疯癫癫的特工上。"

他温和地微笑着,一副目光比我远大得多的模样。我接着说:"我不想干你这份儿差使——明白吗?"

"魔鬼取代了神的位置以后说的就是这句话——但他发现,已经由不得他了。别把这事看得这么重,萨姆。至于眼下,头衔我还是自己暂时留着,并且尽我的全力帮你。与此同时,您有什么指示,长官?"

31

　　最糟糕的是,他说这话是认真的。我想给他来软的,但同样不奏效。那天下午晚些时候召开了一个高层会议,通知我去,但我躲着不想参加。不一会儿,一位身材小巧的女军官非常客气地告诉我指挥官在等我,我能否马上去一趟。

　　我只好去,但尽量不参与讨论。我父亲向来有一种本事:即便他不是会议的主席,也有一种驾驭会议的气度,他想听取谁的意见时就用期许的眼神看着他。这种策略很微妙,能使会议向着他希望的方向发展,与会者却一点儿也不知道。

　　但是我知道。每个人的目光都齐刷刷地投向你,与其缄默不语,倒不如发表一下自己的看法,尤其是,我发现自己还真的有意见要发表。

　　会议的大部分内容是一帮人在怨声载道,根本不赞成利用九日热来对付鼻涕虫。他们承认这种病菌会杀死鼻涕虫,甚至连生命力极强的金星人都会因此丧命。但它却一定会置人类于死地,而我只不过是娶了位例外的幸存者。对大多数人而言,这种病毒是致命的。受到病毒侵害七到十天之后,必然死到临头。

"你怎么看？尼文斯先生？"父亲这么称呼我是在请我发表见解。我一言不发，可他始终盯着我，等我开口。

"我觉得这次会议上许多人对此事不抱任何希望。这里发表的不少看法都是基于假设，而这些假设也许本身就是错的。"

"怎么讲？"

我脑子一时也举不出什么实例，只好信口开河："这个……比如说——我不断听到有人提及九日热，好像有个铁的事实：这种病会持续九天。其实不然。"

一位高级军官不耐烦地耸了耸肩，"这只是为了称呼的方便，这种病大致会得九天嘛。"

"没错——可你怎么知道这种病会持续九天？我是指，对鼻涕虫来说。"

话音刚落，立即响起一片交头接耳声。看得出来，我这次又摇中了大奖。

几分钟后，大家请我谈谈为什么我认为鼻涕虫感染这种病后持续的时间与人不同，而且果真如此的话，它的意义何在。我开始有些后悔不该第一个站出来发表看法，却只好硬着头皮往下说："关于第一点，根据今天早上所看到的录像，我们得知：鼻涕虫确实不到九天就死了，远远不到九天。这段录像也是唯一的证据。凡是看过我妻子录像的人——我想在座诸位都看过——都很清楚，她身上的鼻涕虫在第八日危险期之前好几天就从她身上掉下来死掉了。虽然单独一个数据不能画出一条曲线，但如果这是真的，而且能通过实验证实的话，那么问题就截然不同了。一个感染这种病的人也许会在四天之内摆脱鼻涕虫的控制，我们则会赢得五天的时间，抓住他，并且治好他的病。"

将军吹了声口哨，"这实在是个大胆的思路，尼文斯先生。你认为该怎么治好他的病？先说怎么抓住他吧，你有何见解？我的意思是说，假如我们真的在红区播撒下九日热病毒，我们的行动必须快得难以置信——别忘了，行动还会遭到敌人的顽固抵抗。我们需要在五千多万民众死于热病之前找到他们，并治好他们的病。"

这是个烫手的山芋，我只好把它推了出去。不知道有多少"专家"也像我这样通过推诿责任功成名就的。"关于第二点，这是个部署问题，战术问题，不归我管，这是你们要考虑的问题。至于第一点，你们有专家。"我指了指黑兹尔赫斯特博士，"问问他怎么看。"

黑兹尔赫斯特气鼓鼓地喘着气。我知道他心里是怎么想的。以前的技术不够充分……需要做进一步研究……还要进行实验……他又想起了一件事，说以前已经在九日热的抗毒疗法方面做了一些工作，但由于疫苗的效力实在太好了，抗毒素的工作于是没有继续。他想不起抗毒素是不是已经研究到很完善的地步了。反正，凡是去火星的人如今都会在离开前注射疫苗。最后，他可怜巴巴地得出结论，说对这种来自金星的病毒的研究必定仍处于不成熟的初级阶段。

他快说完时将军打断他说："这种抗毒素疗法——你们多久才能弄清楚？"

黑兹尔赫斯特说他马上就办，巴黎索邦大学有个人在搞这方面研究，他想给他打个电话。

"马上就打，去吧。"指挥官说道。

第二天早饭前，黑兹尔赫斯特便按响了我的门铃。我很生气，但走到走廊和他见面时尽量克制住没有发作。"很抱歉吵醒你,"他说,"可你在抗毒素这一问题上的看法是正确的。"

"嗯?"

"他们从巴黎给我寄来了一些抗毒素,马上就能收到,但愿还有效力。"

"如果失效了呢?"

"呃,我们有办法复制。当然,如果实行这个方案的话,我们得制成数百万剂。"

"谢谢你告诉我,"我说,"将军一定会很高兴的。"我正要转身走开,他拦住我。

"呃,尼文斯先生——"

"什么?"

"关于传病媒介这一问题——"

"传病媒介?"此时我脑子里乱作一团,什么话都听不明白。

"病毒带菌者。我们不能用鼠类。不知你知不知道这种病毒是怎样在金星上传播的?是通过一种叫轮虫的小飞虫,金星上唯一一种昆虫。但地球上没有这种虫子,而且,这是唯一的病毒携带方式。"

"你是说,无论你怎么努力,都无法将这种病毒传染给我?就算有大量活的细菌培养基也不行?"

"你说得对——当然,我可以给你注射这种病毒。但是要让百万名伞兵空投到红区,抓住鼻涕虫附体者给他们打针……我无法想象。"他无助地摊开双手。

我的脑子总算开始慢慢转动起来了……一次性空投一百万人……"为什么问我?"我说,"这好像是个医学问题。"

"当然。我只是觉得——嗯,对这个问题,你好像已经想出了办法——"他打住没往下说。

"谢谢你的信任。"我的大脑同时奋力思考两个问题,一时间纠缠在一起,一片混乱。红区有多少人口?"是不是这么回事,"我说,"假如你得了这种病而我没有,我不可能从你这儿传染上?"

他回答说:"至少不那么容易。假如从我的喉咙里取出一个活体黏液涂片,放到你的嗓子里,你很有可能传染上。如果我把我的静脉割开,将微量的血输到你的静脉里,你一定会感染上这种病。"

"直接接触,对吗?"一个伞兵能为多少人做这种事?十个?二十?三十?还是更多?"如果只有这一个困难,那就没问题了。"

"什么?"他问。

"鼻涕虫遇到好久没见面的另一只鼻涕虫时所做的第一件事是什么?"

"结合,交换基因组分!"

"'直接会谈',我总是爱用这种说法。你觉得这种病也可以通过成对结合传播吗?"

"我觉得?我可以肯定!就在这儿的实验室,我们已经演示过:生物体相互接合期间会交换活体蛋白。它们不可能躲过这种直接传播,我们可以让整个群落一下子感染上病毒。我自己怎么没想到?"

"别半生不熟就端上桌。"我说,"最好先试一下。但我想,这种方式会有效。"

"一定会,一定会!"他转身要走,又停下来,"哦,尼文斯先生,你是否介意——我知道这么要求有些过分——"

"什么?快说,我还没吃早饭呢。"

"嗯,能否请你考虑一下,由我在今天早上的报告里宣布这种传播疾病的方式?功劳归你,报告中一定会说明的。将军对我的报告期望很高,有了你的意见,这份报告就完整了。"他一脸渴望,差点把我逗乐了。

"我一点儿也不介意。"我说,"这是你的专业。"

"您真宽厚,我日后一定报答您。"他满心欢喜地转身走了。我也很高兴,开始觉得自己像个"天才"。

脑子里把这次大规模空投的各大要素整理清楚后,我这才开门进了我们的小卧室。玛丽睁开双眼,向我露出天使般的微笑。我俯身理了理她的秀发说:"你好啊,我亲爱的小甜心,你知不知道你丈夫是个天才?"

"知道。"

"真的?你从来没这么说过。"

"你从来没问过我呀。"

黑兹尔赫斯特真是给我面子,他在报告中使用了"尼文斯传病媒介"这个专业术语。看来应该由我发表评论了,父亲已经在朝我这个方向看了。

我开始发言:"我同意黑兹尔赫斯特博士的意见。验证性实验已经准备就绪。不过,博士的报告中还有些问题没有涉及,这是他有意留给我们讨论的,因为这些问题并不属于医学范畴。整个泰坦星人会通过接触一次性地感染上瘟疫,但还有个时间问题。时间是非常重要的,我应该说至关重要。"吃早饭时我已经打好了腹稿,连在哪些地方停顿都想好了。玛丽在吃饭时没有跟我闲聊,真是谢天谢地!

"——需要在多个人口密集的中心地带传播病毒。如果我们希望真正拯救红区的所有人,就有必要尽力让整个鼻涕虫群落几乎同时感染上病,这样才能保证营救小组在鼻涕虫不再有威胁之后进入红区,并赶在寄主发病的危险期之前用抗毒素将他们救活。这一问题用数学分析来解决比较合适——"说到这儿,我暗想:萨姆你这个家伙,真是个老骗子,冒充内行,你就是用电子积分器拼命算上二十年,估计也解决不了这个问题,"——这件事该交给分析部门来办。下面我来简要定义一下各因子:把传染源的数量定为'x',把大量的空投人员数定为'y'。会有数量不定的多种同时营救办法,当然最佳方案取决于各因子的计算结果。目前还没有进行过精密的数学计算——"其实我已经尽我的最大努力用计算尺算过,但我并没有提及,"——我自己对鼻涕虫的习性再了解不过,基于这段不幸的经历,我的估计是——"

他们听我继续往下说,会场静得连一根针掉在地上都能听得见,如果在场这些赤身裸体的人身上有针的话。我提出了对"x"的估计,这个估计有些偏低,这时将军打断了我的话,"尼文斯先生,我认为我们可以保证为你提供足够的志愿者来充当传病媒介。"

我摇了摇头,说道:"将军,不能征用志愿者。"

"我明白你为什么要反对。这种病在志愿者身上产生作用需要一定时间,而时间对志愿者本身的生命安危也是至关重要的。但我觉得我们能够克服这一困难,在他的身体组织里嵌入抗毒素胶囊之类的药物。我相信工作人员能研制出这种药。"

"这一点我也相信,"但我没说我反对的真正原因是对人类被鼻涕虫附体有一种根深蒂固的反感,"您不能用人类志愿者,先生。鼻涕虫知道寄主所有的心理活动,这样一来他不但不可能参加直接会谈,还会口头警告其他的鼻涕虫。"我也不知道我说得对不对,但听起来蛮有道理,"不,先生,我们得用大批像猴子、狗之类的动物,这些动物不会说话,而且体形大到能容纳一只鼻涕虫,趁着鼻涕虫还没明白过来就将整个红区感染上疫病。"

我继续迅速勾勒出最后一次空投的蓝图,而且形象地将其称之为"解脱计划"。"可以这么认为:一旦确认有足够剂量的抗毒素来供给第二次空投,第一次空投——也就是'解脱计划'就可以开始了。不到一周的时间里,美洲大陆上就将不会再有活着的鼻涕虫。"

虽然没有人鼓掌,但我还是能感到他们对我的敬意。将军终止了会议,又匆匆离开,给空军上将雷克斯顿打了个电话,然后派助手邀我与他共进午餐。我捎话说如果也邀请我的妻子,我很高兴赴宴,否则我不能接受邀请。

爸爸在会议室外等我。"嘿,我的发言怎么样?"我问他,急于知道他的反应。

他摇了摇头说:"萨姆,你把他们摆弄得团团转。你有政治家的素质。不,我想我会签约雇你来拍摄二十六周立体电视。"

我竭力掩饰住内心的喜出望外,在会议上酣畅淋漓地表达了自己的全部看法,连个顿都没打。我觉得自己脱胎换骨了。

32

曾让我心碎的那只国家动物园的猴子萨坦生就是个坏脾气的家伙，摆脱鼻涕虫的奴役后，简直没办法驯服它。爸爸自告奋勇要充当尼文斯－黑兹尔赫斯特病毒媒介学说的实验品，但遭到我的坚决反对，最后萨坦抽到了这个下下签。

爸爸固执得很。他有个傻念头，认为至少有一次理应轮到他被附体。我跟他说没时间耗费在他这种应受指责的虚荣心上，把他气坏了，但我仍然坚持自己的看法。

我之所以阻止他，既不是出于孝顺，也不是受新弗洛伊德主义思想的影响。我是担心他会成为爸爸兼鼻涕虫这样的集合体。我不想让他成为"它们"的人，哪怕是在暂时的实验条件下。我可不希望他那机智狡诈的头脑从此为鼻涕虫出谋划策。我不清楚他会想什么办法逃脱，也不知道他会干出什么破坏我们计划的坏事，不过我断定，他一旦被附体，必然会干出那种恐怖可怕的事来。

没有经历过被鼻涕虫附身的人，就算目睹过这一幕，也无法真切体会到一点：寄主已经完全和我们为敌，而他身上的各种能力仍然完好无损。我们不能冒这样的风险,把爸爸推向敌人那一边,我施加了很大的压力才驳回了他的意见。

我们用类人猿做实验品。我们手头不但有来自国家动物园的猴子,还有来自几个动物园和马戏团的类人猿。挑了萨坦来承担这一任务。不是我挑的,换了我的话,我会放过这只可怜的畜生。看着它脸上默默忍受的痛苦表情,简直能让人忘了它背上附着鼻涕虫,它是我们的对头。

萨坦在十三号星期三这天被注射了九日热病毒,到了星期五病毒就已发挥作用,另一只猴子兼鼻涕虫被带进它的笼子。两只鼻涕虫立刻进入直接会谈状态,此后,第二只猴子被带走了。

十七号星期日。萨坦的主人枯萎成一团,掉下来死了。立刻给萨坦打了一针抗毒素。星期一晚些时候,另一只鼻涕虫也死了,寄主同样被注射了药剂。

到星期三时,萨坦尽管有些瘦,但已康复。第二只猴子,方特勒罗伊阁下,也正在恢复健康。我给了萨坦一根香蕉以表庆祝,可它一下子就抓伤了我左手食指关节,而我忙得连做手术的时间都没有。这绝不是什么意外,这只猴子坏透了。

这点轻伤丝毫不会破坏我的情绪。包扎好伤口以后,我去找玛丽想向她夸耀一番,但没找到她,只好待在基地食堂,想找人干一杯。

这地方空无一人,除了我以外,大家都在实验室里,工作得比以往任何时候都要更加努力,为发动热病计划和解脱计划而奋战。

在总统命令下,所有准备工作都在实验室井然有序地进行着。约两百只用于传播病毒的猴子在此待命,细菌培养基和抗毒素也在这里"调配",而且免疫血清所需要的马匹也都关在以前的地下壁球场里。

当然,"解脱计划"所需的百余万空投人员不可能在这里。目前他们对这个计划仍然一无所知,直到空投前几个小时才会通知他们。届时将发给每个人一把手枪和两子弹带的抗毒素注射器。那些以前从未跳过伞的人不会有机会演练了,到时候必要的话,会有一名中士用力给上一脚,把他们踹下飞机。所有准备工作都必须严格保密,唯恐泰坦星人通过叛徒察觉我们的计划。已经有太多的周密方案由于某个傻瓜告诉他的妻子而招致失败。

一旦走漏了风声,我们这些用于传播疾病的猴子非但不可能进入直接会谈,而且一出现在泰坦星人的领地就会被当场击毙。不过,一杯酒下肚后,我放松下来。有理由认定秘密不会泄露出去——来往于实验室的人员"只进不出",这一状况会持续到空投日之后,想到这里我十分惬意。况且还有凯利上校在审查、监听所有和外界的联系。凯利可不是傻瓜。

实验室之外泄密的概率更是微乎其微。我和将军、爸爸、吉布西上校已于一周前去过白宫,见到了总统和雷克斯顿空军上将。我早已说服爸爸,保守秘密的最好办法就是不把秘密告诉任何人。他在白宫演了一场大发脾气的好戏,替我们弄到了我们需要的保密决定。最后,就连国务卿马丁内斯都不知道这次行动。接下来的一周里,除非总统和雷克斯顿睡觉时乱说梦话,我看不出我们还会有什么闪失。

一星期有些太久了,因为红区的势力还在不断扩张。它们向帕斯·克里斯琴发动的反击并没有就此止步。鼻涕虫仍在向前推进,现在已经过了彭萨科拉,占据了格尔夫比奇,而且有迹象表明它们要增兵。鼻涕虫或许会对我们的抵抗厌烦了,它们可能会决定扔原子弹,把本来可以利用的人类资源炸掉算了。这样一来,我们就被动了,雷达只能监视,却无法阻止敌人坚决的进攻。

但我已经不愿多操心了,只要再过一星期——

凯利上校进了餐厅,环顾四周,发现这里空无一人,于是走过来坐在我身边。我提议说:"来一杯怎么样?我想庆祝一下。"

他低头瞧了瞧下面凸起的毛茸茸的将军肚,道:"我想,多喝一杯我这体形也不会差到哪儿去。"

"那就两杯,干脆四杯、一打算了。喝就喝个痛快。"

他点了点头说:"是呀,我听说了,听起来不错。"

"'不错',你居然这么说!上校,我们离成功仅仅一步之遥,再过一星期我们就胜利了。"

"是吗?"

"哎呀,拜托,别这样!"他的态度让我很气愤,"很快你就可以重新穿上衣服,过上正常的生活了。你不相信我们的计划会奏效?"

"当然,我相信。"

"那你为什么这么悲观?"

他没有正面回答,而是说:"尼文斯先生,你觉得一个像我这样的男人喜欢不穿衣服,挺着大锅一样的啤酒肚四处转悠?"

"我不这么看。至于我嘛,我开始喜欢这样了。也许哪天不能这样不穿衣服,我反倒不乐意了。一丝不挂既省事又舒适。"

"不必担心,再也不会穿回衣服了。"

"什么？我不明白你的话。你刚才还说我们的计划会奏效，现在却说裸体方案好像要永久执行下去似的。"

"它会以一种变通的方式存在。"

我说："你说什么？我今天反应有些迟钝。"

他又要了一杯啤酒，说道："尼文斯先生，我从没想到军用基地会变成一个大型天体营。眼看这一幕成了事实，我又不敢想象我们能重新回到以前，因为这不可能。潘多拉的盒子只能打开一次，从里面跑出来的灾难不可能收回去。"

"这一点我承认，"我答道，"这个世界永远不会回到从前。但你也有些夸大其词了。一旦总统废止裸体计划，暂停的传统规范又会生效。到那时，不穿裤子的人准会被抓起来。"

"我不希望这样。"

"什么？你到底在想什么？"

"我已经想清楚了。尼文斯先生，只要还有一丝可能，存在着活的鼻涕虫，那么，文明之士就必须按要求赤身裸体，否则就会有被枪杀的危险。岂止是这星期、下个星期，从现在起，这种情况会持续二十年或是一百年。不，别打断我！"看到我想插话，他说道，"我并不是贬低你那些卓越的方案，但很抱歉，我得说你太忙于设计细节，而忽略了这些计划的局限性和时效性。比如说，你有没有制订方案一棵树一棵树地搜遍亚马孙丛林？"

他歉疚地说："刚才的话有些夸张了。地球上有将近六千万平方英里的干旱地区，我们不可能彻底搜查，以肃清鼻涕虫。嘿！我们对耗子研究了多久？至今并没有取得什么大进展。泰坦星人比老鼠狡猾多了，繁殖力也强得多。"

"你是不是想说没什么指望了？"我要他回答。

"没指望，根本不是。再来一杯。我想说的是，我们必须在这种恐怖下学会生存,就好比我们不得不学会与原子弹共存一样。"

　　我沮丧地走开了,自负与傲气已经荡然无存。我想找到玛丽。我突然觉得,有时候"天才"也没什么大不了。

33

　　我们在白宫一间会议室会合,这让我想起几周前总统发表讲话后的那一夜。当时,爸爸、玛丽、雷克斯顿和马丁内斯在场,内阁成员无一到会,取而代之的是实验室的将军、黑兹尔赫斯特博士以及吉布西上校。得知他一直被排除在这次大行动之外以后,马丁内斯急于挽回一些面子。

　　没有人理会他。我们的目光都投向覆盖整面墙的一幅地图上。自从热病计划的空投行动开始以来,时间已经过去了四天半,然而密西西比河谷一带仍旧红灯闪烁。

　　空投已经取得成功,我们只损失了三架飞机。但我仍感到胆战心惊。根据方程式可知,处于直接会谈范围内的所有鼻涕虫在三天前就应该被传染上了。运算表明,在最初的十二个小时内,必须接触百分之八十的鼻涕虫,这部分鼻涕虫绝大部分都集中在大城市。

　　如果我们的判断正确的话,很快,鼻涕虫就会以比苍蝇快得多的速度死去。

　　我强迫自己坐定,思忖着那些红灯到底代表几百万只病入膏育的鼻涕虫,还是仅仅代表两百只丧命的猴子。是不是有人漏算了一位数?还是泄露了秘密?难道我们的推理存在严重的失误而我们却没有意识到?

突然,正中央的一盏灯闪烁着变成绿光。大家惊得坐了起来。尽管没出现画面,但在图板上方的立体声设备里传出了声音:"这里是小石城的迪克西电台,"一个疲惫的南方口音说道,"我们急需救援。听到通话的人,请将这一消息传下去:阿肯色州的小石城处于可怕的流行病之中。通知红十字会,我们已经在……的控制之下——"声音渐渐消失,不知道是因为说话者过度虚弱还是信号传输出了问题。

我激动得差点儿忘了喘气。玛丽拍了拍我的手,我这才有意识地放松下来,向后靠着坐好。真是太让人高兴了!就在这时,我发现那盏绿灯的位置并不在小石城,而是在更靠西的俄克拉荷马州。又有两盏灯变绿了,一盏在内布拉斯加州,一盏在北边的加拿大。这时又传来一个声音,是带有鼻音的新英格兰口音。不知这人是怎么进入红区的。

"有点像大选之夜,对吗,头儿?"马丁内斯热诚地说。

"有几分像,"总统表示认同,"不过通常不可能在墨西哥得到选票。"他指了指图板,一对绿灯显示这是在奇瓦瓦。

"的确,您说得对。我想等这事情完了以后,国家就该着手整治国际事务了,对吗?"

总统没有作答,他也只好闭嘴不谈了。这让我很欣慰。总统好像在暗自思索着什么,看到我在注意他,冲我一笑,大声道:

"'据说跳蚤会生小跳蚤,

爬到背上咬跳蚤,

小跳蚤又生小跳蚤,

313

永无止境咬啊咬。'"

我觉得这首儿歌描绘的前景太黯淡了一点，但我还是礼貌地笑了笑。总统瞅了瞅其他人，问道："有人想吃晚饭吗？这些天来头一回觉得饿了。"

到第二天下午晚些时候，图板上的绿灯数量超过了红灯。雷克斯顿又让人装了两台信号器，和新五角大楼的指挥中心相连，一台显示大规模空投准备完成的百分比，另一台则显示计划空投的时间。时间数字不停变化，起伏不定。但在过去的两小时里，数字一直稳稳地停在东部时间十七点四十三分左右。

最后，雷克斯顿起身向众人宣布："我打算把时间锁定在十七点四十五分，总统先生，我先走一步，可以吗？"

"当然，先生。"

雷克斯顿转身对我和爸爸说："两位堂吉诃德先生，如果想去的话，眼下正是时候。"

我站起来说："玛丽，你留下等我。"

她问："在哪儿等？"她不去的问题已经解决了——解决过程一点儿也不平和。

总统插话说："我建议尼文斯夫人留下来。她早就成了我们这个大家庭的一分子。"

他微笑着盛情挽留玛丽，我对此表示谢意。

两小时后，我们进入了目标区。跳伞舱门已经打开，我和爸爸排在最后，跟在真正干活的小伙子们身后。我的手汗涔涔的，身上一股大幕拉开之前担惊受怕的恐惧的臭味。我害怕极了——我从来不喜欢跳伞。

34

　　我左手握着枪,右手准备好抗毒素注射器,开始在我负责的街区内挨家挨户找人。这里是杰斐逊城的旧城区,几乎到处是贫民窟,公寓式大楼都是五十年前建的。我已经注射了二十四针,还有三十六针没有打。此后我得赶到州议会大厦按约定会合,而现在我已经厌倦了。

　　我清楚自己为什么要来,不仅仅出于好奇,而是希望看到鼻涕虫死去! 我想看着它们死,看到它们死了,我才解恨。我早就等得不耐烦了,这个愿望超过了我的其他所有欲望。可眼下愿望实现了,我却不想再看下去了。我只想回家好好洗个澡,把这事忘掉。

　　任务并不艰巨,只是单调乏味,而且令人作呕。我见到了许多死去的鼻涕虫,连一只活的都没发现。我击毙过一只躲躲藏藏的狗,它的背部隆起,好像有鼻涕虫伏在它身上,但我不太肯定,因为路灯坏了。我们在日落前四处注射,而现在天已经全黑了。

　　最可怕的是难闻的臭味。谁要是拿病人身上这种污秽的气味和绵羊身上的味道相比,谁就是侮辱绵羊的体面。

我检查完了所有公寓楼内的房间,大声喊了喊,确信没人需要救治了,这才来到街上。大街上空无一人,因为所有人都生了热病,几乎没人上街。唯一的例外是一个男人,双目无神,摇摇晃晃地朝我晃过来。我喊道:"喂!"

他停下来。我说:"你生病了,我有办法治好你,来,伸出手臂。"

他有气无力地一拳打来,我用枪柄小心地给了他一下,他面朝下倒下了。他背上是一大片鼻涕虫留下的红疹子,我避开这片疹子,在他的肾部找了一处清洁健康的部位,一针扎进去,然后一折。完事。这是气体注射,不需要拔出针头。

下一幢房子的一楼有七个人,多数人已经昏迷不醒,我连说话都省了,只需给他们打上一针就可以继续赶路,一点麻烦都没有。二楼的情形和一楼差不多。

顶层有三套公寓闲置着,我用枪打开锁,进入其中的一套,发现里面没人。第四套公寓可以说有人,一个女人,躺在厨房地上死了,头部遭到重击,陷进去一块。鼻涕虫仍在她肩上,也死了,开始散发出臭味。我离开他们,四处察看。

浴室的旧式浴缸里坐着一位中年男子。他的头耷拉在胸前,手腕的静脉割开一道口子。我以为他死了,可我俯下身时,他抬起头,口齿不清地说:"你来得太晚了,我杀了我的妻子。"

我暗想也许是我来早了,从他苍白的脸色和浴缸底部的情形看,我迟来五分钟也许也更好些。我看着他,不知道该不该浪费这一针。

他又说:"我的小女儿——"

"你有个女儿?"我大声问道,"她在哪儿?"

他的目光闪烁不定,但已经说不出话来,头又猛然耷拉下来。我冲他喊着,然后托着他的下巴,用拇指探着脖子,但找不到脉搏。离开之前,我小心翼翼地冲他后脑底部开了一枪,帮他早点解脱。

孩子在一间屋子的床上,是个八岁左右的女孩。要不是生病,她应该长得很漂亮。她醒了过来,哭着冲我叫爹爹。"好了,好了,"我安慰她说,"爹爹来照料你。"趁她不注意,我给她腿上扎了一针。

我转身要走,可她又喊道:"我渴了,想喝水。"我只好又回到浴室。

我正要把水给她,我的电话却尖声响起来,惊得我洒了一地水。"孩子!听到我说话了吗?"

我伸向腰间打开电话,"听见了,什么事?"

"我在你北面的小公园,你能来吗?我遇到麻烦了。"

"就来!"我放下杯子正要走,又有点迟疑不决。我又转身回来。我可不能把我新结识的小朋友独自留在坟墓般的房子里,不能让她看到父母双亡的惨状。我将她抱在怀中,跌跌撞撞跑到二楼,进了第一扇门,把她放在沙发上。那套公寓有人,或许他们也病得不轻,无法费心照顾她,但我已经尽力而为了。

"快点,孩子!"

"已经上路!"我冲了出去,加速前进。爸爸的责任区就在我的北面,它的前面就是闹市区的一个小型公园。到达那一街区时,我起初没看到他,从他身旁跑了过去。

"这里,孩子,在这儿——车里!"这回我既能从电话里,又能用耳朵直接听到他的声音。我转过身,这才看到那辆车,很像是总部常用的那款豪华型凯迪拉克轿车。里面有人,但光线太暗,我看不清究竟是不是老头子。我小心翼翼地走近,听到声:"谢天谢地!我还以为你永远不会来了呢。"直到这时我才听出来是老头子。

我必须弯下身才能从车门进到车里,这时他猛地把我紧紧缠到怀中。

恢复知觉以后,我发现手脚被捆着。我坐在副驾驶席,老头子则在主控台开车。我只觉得我这一侧的轮子离开了地,这才猛然意识到车子已经升空。

他转身冲我一笑,问道:"感觉好些了吗?"我看到了他肩上高高隆起的鼻涕虫。

"好一点了。"我答道。

"很抱歉,我不得不打你,"他又说,"可我没有别的办法。"

"我想也是。"

"我目前还得捆着你,你知道,等以后我们会做更好的安排。"说完又露出他那惯有的狡黠的笑。最令人惊奇的是,他本人的个性竟能通过鼻涕虫说的每一句话体现出来。

我没问它们会做什么"更好的安排",我既不需要也不想知道。我将注意力集中在研究捆我的乘客安全带上,但这纯属白费心机。老头子对怎么捆我颇费了一番心思,我找不出漏洞。

"我们这是去哪儿?"我问。

"南面。"他摆弄了一下方向盘,"在去南方的路上。给我一点时间让我把车开好,我会告诉你以后怎么办。"他忙活了几秒钟之后又道,"行了——三万英尺以后自动进入平飞状态。"

提到这一高度,我才飞快地瞥了一眼控制面板。这辆车不仅仅是总部的车,更是我们那儿最有吸引力的一款车。"你从哪儿弄来的车?"我问。

"总部把它密藏在杰斐逊城,我肯定没人能找到它。很走运,不是吗?"

这个问题完全可以有另一种看法,但我没有争辩。我还在寻找机会,哪怕是最微乎其微的可能性! 从压力感上来判断,我的枪不在身上。他的枪也许别在另一侧,至少我看不到。

"不过这还不算最幸运的事,"他接着说,"我有幸能被整个杰斐逊城唯一的一只健康的主人抓到——真是让人难以置信的好运气。所以终究还是我们赢了。"他轻轻一笑,"这真像自己跟自己下一盘高难度的国际象棋。"

"你还没告诉我这是去哪儿呢?"我继续刨根问底。我不知道这样问有没有用,可我一时间一筹莫展,谈话是我唯一能做的事情。

他想了想说:"当然不在美国。整个美洲大陆上唯一没受九日热侵扰的也许就是我的主人了,我可不敢冒这样的险。我觉得亚卡坦半岛很合适,车子设定的目的地就是那儿。我们可以在那里先站住脚,等实力壮大后从南方卷土重来,到那时我们一定不会重蹈覆辙!"

我说:"爸爸,你不能把我解开吗? 我都被捆麻了。你知道,你可以信赖我的。"

"忍耐一会儿,忍耐一会儿——先不忙,等我把车调整到完全自动驾驶状态。"车还在爬升,无论配置加了多少,这辆车设计时毕竟是辆家庭用车。对它来说,三万英尺很得爬升一会儿。

我说:"你没忘吧,我曾和主人打过很长时间的交道。我了解情况,我保证听你的。"

他咧嘴笑了笑,"别在长辈面前班门弄斧。如果现在把你放开,不是你杀了我,就是我杀了你。我可不想你死,我们会成功的——你和我,孩子。我们动作敏捷、头脑灵活,所有的素质你我都具备。"

我没有回答。他接着说:"同样——你既然了解情况,为什么不告诉我呢,孩子? 干吗要对我隐瞒呢?"

"什么?"

"你没跟我说过这种感觉,孩子。我以前从来不知道可以有这样平和、满足、心旷神怡的感觉。这么多年来,这是我最快活的日子,自从——"他突然变得神情恍惚,又接着说,"——自从你母亲去世以来。不过别介意,这样更好。你早该告诉我这种感觉如此美妙。"

我猛然觉得一阵恶心,忘了应该谨慎小心,和他斗智。"也许我不这么看。而且,如果你没有被一只污秽的鼻涕虫附身,通过你的嘴胡说八道、用你的脑子思维的话——你也不会这么看,你这个又疯又笨的老家伙!"

"别激动,孩子。"他柔声说道,这倒帮了我的忙,因为他的声音确实能宽慰我,"用不了多久,你就会明白以前你错了。相信我,这是我们的目的,也是我们的命运。人类已经自相残杀到分崩离析的田地,而主人将重新统一人类。"

我暗想,说不定真有这样的糊涂蛋,会被这番甜言蜜语骗到,为了一番和平、安全的许诺,心甘情愿地将灵魂托付给鼻涕虫。但我没说出来,我闭紧嘴巴,免得呕吐出来。

"不过你不用等那么久了,"他突然说道,看了一眼控制板,"先等我把车弄稳当。"他校正好控制面板,又检查了一次,最后设定控制指令,"这下搞定了,下一站是:亚卡坦。现在该工作了。"说完,他从座位上起身,蹲在我身旁,一同挤在狭小的空间里,"你会没事的。"他一边说着,一边用安全带把我拦腰捆起来。

我用膝盖顶他的脸。

他直起身来看着我,一点也不生气。"你真淘气。我本该愤恨的,可是主人不喜欢愤恨。乖乖的。"他又继续捆扎,同时检查我的手腕和脚。他在流鼻血,但他并不擦拭,"马上就好,"他说,"再耐心些,不会太久的。"

他回到另一个座位坐下,膝盖托着胳膊肘,身体向前倾,让我能直接看到他的主人。

一连几分钟,什么都没发生。除了使劲拉扯身上的束缚,我也想不出该干什么。从神情上看老头子像是睡着了,但我不信他真睡着了。

鼻涕虫棕色角质外壳的正中央形成了一条细线。

我看着看着,它变宽了。现在我能看到细线下面令人憎恶的块状乳白色物质。两半外壳之间的空隙变大了,这时我意识到鼻涕虫正在裂殖,通过吮吸我父亲体内的活力与物质来生成两只。

我同时也惊恐地意识到,属于我个人的生命只剩不到五分钟了。我的新主人正在诞生,很快就会附到我身上。

要是凭人的血肉骨骼就能弄断我身上的束缚的话,我早就挣断了。可我怎么使劲都无济于事。老头子对我这番挣扎毫不在意。我怀疑他是否还有意识,因为鼻涕虫忙于裂殖的时候一定会放松对寄主的控制,仅仅让他静止不动。也许正因为这个,老头子才一动不动。

当我挣扎得筋疲力尽,知道肯定挣脱不了束缚时,我放弃了努力,我看到长有纤毛的银线正沿鼻涕虫身体的中央一路划下去,这意味着裂殖就要完成了。正是眼前的这一幕改变了我的推理思路，如果我这翻江倒海的脑袋里还能有什么思路的话。

我的双手被捆在身后，踝关节也捆着，整个人被拦腰绑在椅子上。不过我的腿尽管捆在一起，腰部以下却能伸缩自如，座位上也没有捆绑膝部的带子。

我猛地向下一坐，腾出更多的发力空间，然后高高扬起被捆在一起的双腿，猛然向控制板砸去，将控制面板上的所有控制开关一股脑儿全部砸开。

重力加速度猛地增大。我也说不清增加了多少，因为我不知道车子的最大马力是多少。反正力量很大，我俩猛地摔在座位上。我还好，因为我被捆在椅子上，可爸爸就惨了。他被扔向座椅靠背，他背上的鼻涕虫毫无防备，被挤开了花。

爸爸自己则陷入了可怕的痉挛。这种情景我以前见过三次，每一块肌肉都在抽搐。他又向前倒在方向盘上，脸被撞得变了形，手指也扭歪了。

空中轿车急剧下降。

我坐在那儿——如果你把被皮带固定在座位上称为"坐"的话——看着轿车俯冲。要是爸爸的身体没把控制台彻底撞坏，兴许我还能做点什么。比如说，用我束缚着的双脚让轿车重新向上飞。我还真的试过，根本不行。控制台很可能被压碎了。

高度仪咔嗒咔嗒响个不停，等我腾出空来看一眼时，发现我们已经降到一万一千英尺了。然后是九千、七千、六千——接着进入最低飞行高度。

降到一千五百英尺时，和高度仪连在一起的雷达连锁装置接通了，制动火箭开始一阵阵喷射。每喷射一次，我身上的皮带便猛勒我的胃，令我反胃，最后我吐了。我还以为我得救了，车子会由俯冲改为平飞——这其实是不可能的，因为爸爸的身体死死卡在方向盘上。

直到飞机坠地，我还以为我们总算逃过了这一劫。

我苏醒过来时觉得四周轻轻晃来晃去，晃得我恼怒不已，我想让这种晃动停下来。我努力睁开一只眼，另一只怎么也睁不开，目光迟钝地寻找究竟是什么东西在晃动，惹得我不痛快。

我头上是车的地板，但我盯了好半天才分辨出来。等我明白了这是怎么回事，我才多少意识到我在哪儿、发生了什么事。我想起了俯冲和坠地，这才意识到我们一定是落在水里了，而没有坠落在地面上。这里应该是墨西哥湾。但不管在哪里，我都不在乎。

心中突然一沉，我悲痛地想起了父亲。

我座位上的皮带断了，在我身上摆动着，已经不起束缚作用了。我的手脚仍被绑着，一只胳膊像是骨折了，一只眼睛被撞得睁不开，疼得我连呼吸都十分困难。我不再查看身上的伤。爸爸没有像先前那样卡在方向盘上，不知他在哪儿。我忍着痛，吃力地转过头，用那只没受伤的眼睛察看车里情况。他躺在离我不远的地方，我俩的头相距三英尺左右。他浑身冰冷，血淋淋的。我肯定他死了。我觉得我花了半个小时才爬过那短短的三英尺。

我和他脸对脸躺着，面颊几乎贴在一起。在我看来，他已经没有任何生气，从他扭曲着躺在那儿的奇怪姿态来看，他不可能还活着。

"爸爸，"我沙哑地喊道，然后尖叫一声，"爸爸！"

他的眼皮在动，但是没能睁开。"你好吗，孩子。"他轻声说，"谢谢你，儿子，谢谢——"他没声音了。

我想把他摇醒,但是我所能做的只是不断呼喊。"爸爸,醒醒——你没事吧?"

他又开始说话,好像每个字都是极其费力地吐出来似的。"你母亲——让我告诉你……她——为你感到骄傲。"他的声音越来越弱,呼吸越来越弱,发出不祥的嘶啦啦的声音。

"爸爸,"我呜咽着,"你不能死!没有你我活不下去。"

他睁大双眼,"你行的,孩子。"说完顿了顿,积攒了力气之后又费力地说,"我受伤了,孩子。"他再次合上了双眼。

他还活着,但不管我怎么叫喊也没法让他醒过来。我只能紧紧贴着他的脸,任凭泪水与尘土、血水交织在一起。

35

彻底消灭泰坦星人的时候到了!

每一个要去太空的人都会写这样一份报告,因为我们很清楚,我们也许不会回来了。如果回不来,这就是我们遗留给自由人类的精神财富。在报告中写下我们了解的情况,记下泰坦星人的行动方式,以及必须采取什么防范措施。凯利说得对,损坏的东西再也无法修复成原来的模样。尽管解脱方案大获全胜,但决不能肯定鼻涕虫已经被消灭殆尽了。就在上星期,有报道说在育空河附近射杀了一只熊,它的后背高高隆起。

人类不得不永远保持警惕。特别是在今后的二十五年里,因为很有可能出现这样的情况:我们没有回来,来的却是飞碟。我们不清楚这群泰坦星魔鬼为什么以土星的"年"(即二十九个地球年)为周期活动。也许原因很简单:人类的许多周期和地球年相吻合,泰坦星人也一样。我们希望它们只在一"年"里的一段时间活跃,其他时间则处于休眠状态。这样一来,我们这次"复仇行动"就轻而易举了。当然,我们并没有把希望完全寄托在这上面。我本人作为一名"外星人应用心理学家"奔赴太空,但我同时也是一名战士,同去的其他人也都和我一样,从牧师到厨师,人人皆兵。我们要向鼻涕虫表明,它们犯下了一个弥天大错,胆敢招惹宇宙中最坚强、最凶狠、最致命、最不屈不挠也是最有能力的生物,这种生物只可能被杀死,绝不可能被征服。

(我还有一个私人愿望,要是能想办法把那些雌雄同体的小精灵救活该多好啊!和鼻涕虫的战斗结束时,我们没能拯救在堪萨斯城附近发现的飞碟里的小精灵,但这并不能证明什么。我想我们能够同这些小精灵相处融洽。他们很可能是泰坦星上真正的本地人,不用说,他们和鼻涕虫毫无关系。)

不管我们成功与否,人类一定要将奋战赢得的勇猛名声发扬光大。如果说鼻涕虫教会了我们什么,那就是,保卫自由只有一种办法:随时随地为它战斗,不顾一切地战斗。如果我们不能明白这一点,那么——"恐龙,给我们挪个位置!我们也灭绝了。"

有谁知道无边宇宙中还潜伏着什么恶毒的陷阱、致命的危险?也许,和天狼星上的土著(姑且这么说吧)相比,鼻涕虫简直算得上单纯、友好、坦诚。如果这仅仅是序幕,我们最好还是从中吸取教训,以应对更大的挑战。我们曾以为茫茫宇宙中没有其他生命,我们自然而然是万物的主人——甚至在我们"征服"了太空以后,我们依旧这么想。好吧,如果人类想成为宇宙的主宰,或是值得尊敬的邻居,他就一定要为此抗争,将犁头锻打成刀剑,其他种种方式都只是小姑娘的幻想。

每一个即将启程的人都至少被骑过一次。只有那些被附体的人才知道鼻涕虫有多么狡诈,他们对鼻涕虫恨之入骨,知道必须怎样时时保持警惕。他们告诉我,这次征程将长达十二年,我和玛丽总算有时间度蜜月了。噢,对了,玛丽也去。我们绝大部分都是已婚夫妻,单身男人也和单身女人的数目匹配。十二年不是一段旅行，它是一种生活方式。

当我告诉玛丽我们准备去土星时，她只说了一句："好的，亲爱的。"

我们会生上两三个孩子。正如爸爸说的："人类必须繁衍发展，哪怕不知道向哪个方向发展下去。"

我这篇报告很多地方很松散，我看得出来，全文印出之前有些地方必须删掉或是修改。我把我的所知所想全部写了进去。和另一星球上的种群的战争是一场心理战，而不是机械战，因此，我的思想和感受也许比我做了什么更重要。

我是在贝塔太空站写的这篇报告。我们将在这里换乘"复仇者"号飞船。我来不及做修改，只好就这样了，让日后的历史学家们笑话我吧。昨晚在派克斯匹克港和爸爸道别时，我们把自己的小女儿留给了他。女儿不理解，分别的过程让我们很难过，但我们只能这么做。我和玛丽需要照顾又一个即将降生的孩子。

当我说再见时，爸爸更正我："你该说，再会。你会回来的，我还想活到你回来呢，一年比一年任性、脾气坏。"

我说希望如此。他点了点头："你会成功的。你是那么坚韧、出色，你绝不会死。你像我，我对你充满信心，孩子。"

就要换船了，我兴奋异常。傀儡主人——自由的人类就要来消灭你们了！

等待你们的将是死亡与毁灭！